# rebentar

# rebentar

rafael gallo

nova versão

EDITORA RECORD
RIO DE JANEIRO • SÃO PAULO
2023

CIP-BRASIL. CATALOGAÇÃO NA PUBLICAÇÃO
SINDICATO NACIONAL DOS EDITORES DE LIVROS, RJ

G162r Gallo, Rafael
2. ed. Rebentar / Rafael Gallo. - 2. ed. - Rio de Janeiro : Record, 2023.

ISBN 978-65-5587-767-0

1. Romance brasileiro. I. Título.

CDD: 869.3
23-83777 CDU: 82-31(81)

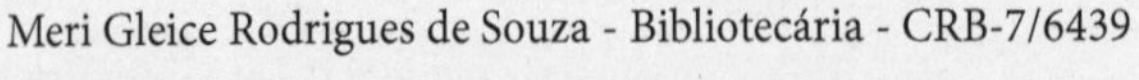

Meri Gleice Rodrigues de Souza - Bibliotecária - CRB-7/6439



Texto revisado segundo o Acordo Ortográfico da Língua Portuguesa de 1990.

Direitos exclusivos desta edição reservados pela
EDITORA RECORD LTDA.
Rua Argentina, 171 – Rio de Janeiro, RJ – 20921-380 – Tel.: (21) 2585-2000.

Impresso no Brasil

ISBN 978-65-5587-767-0

Às mães que tanto me ensinaram.

*O tempo é um rio que me arrebata, mas eu sou o rio;*
*é um tigre que me destroça, mas eu sou o tigre;*
*é um fogo que me consome, mas eu sou o fogo.*

Jorge Luis Borges

# Maio

Chama-se órfã a pessoa que não tem os pais. A condição de pais e mães que perderam seus filhos, no entanto, nunca foi nomeada. Não poderia haver palavra com a qual tocar essa falta. Quanto às famílias de crianças desaparecidas, trata-se de uma forma de ausência ainda menos cabível em definições, por ser a própria ausência algo sem limites estabelecidos. Nem mesmo o último dos limiares, a divisa entre a vida e a morte, é traçado. E diante de um grupo de pessoas pertencentes a essa condição inominável, a de terem filhos desaparecidos, Ângela se vê prestes a manifestar a renúncia dela: a decisão de haver encerrado, por conta própria, a espera e a busca por seu filho, Felipe, que desapareceu há mais de três décadas. Tinha cinco anos de idade.

Apresentada pelo mestre de cerimônia, Ângela ouve seu nome vibrar dos alto-falantes, atravessar todo o auditório e, depois, deixar como rastro a sombra de silêncio. Levanta-se da cadeira, sobe os degraus que levam ao palco, e chega ao microfone. Em cada passo, o temor de um descompasso com o chão, de uma queda diante daquelas pessoas.

Quase todos na plateia conhecem, ao menos em parte, a história da mulher que toma a frente. Pouca diferença faz se ela não participou de eventos como esse, organizado por conta do Dia Internacional da Criança Desaparecida, no último ano. Antes disso, têm sido bem maiores o tempo e a repercussão envolvidos na tragédia dela. O "caso Felipe", como ficou conhecido. Um dos mais longevos e misteriosos do país, que teve ampla cobertura da mídia, causou comoção nacional e, vez ou outra, volta a ser notícia por alguma razão.

Cercada da quietude à espera, Ângela ouve o pulso do próprio coração, percebe-o no interior do peito. Ela pousa na estante as folhas nas quais escreveu as frases prestes a serem ditas, aproxima de si o copo vazio e a garrafa de água oferecidos. Quando olha à frente, não enxerga quase nada em meio à penumbra por trás das luzes dos holofotes que irrompem em sua direção. Ainda que não os veja, cumprimenta os presentes ao microfone; estranha a dimensão de sua voz amplificada. Toma a primeira página às mãos e começa a ler, pausadamente, as palavras que tremem no papel.

"A perda de meu filho não se tratou somente da perda de um filho, mas de tantas outras coisas. Nenhum dano seria mais grave. Tudo era a falta dele: mesmo as coisas que o negavam, tudo era Felipe. E tudo era medo: a sombra do que não se pode controlar. Sem a volta dele, abriu-se na pele do mundo uma ferida; todo futuro se rompeu: não se ganhava um ano, perdia-se outro. Atravessei muitos meses estirada em minha cama, fechada no quarto escuro, entregue ao sono e ao entorpecimento por remédios. As pequenas normalidades da vida de repente se tornaram impossíveis. Não foram poucos os momentos em que tudo chegou à beira do abismo para mim e meu marido. Meu lar impossível de ser refeito, é o que parecia. Eu *sabia* da passagem dos anos, porém não a *sentia*. E o tempo continua a correr, sem concessões. De nada adiantava imaginar como as coisas poderiam ter sido diferentes; como elas seriam se não fossem o que são. Hoje eu acredito que, de certa forma, nossa história teve conclusão assim que começou. Só não houve morte que, consumada, colocasse um ponto final. Inclusive, cheguei a pensar que encontrar Felipe em uma mesa de autópsia traria alguma estranha forma de alívio; ao menos, nossa história teria uma conclusão, uma resposta a tanta procura."

Sua voz perde substância ao mencionar a morte possível, mas nunca tornada palpável. Ela abre a garrafa no suporte ao lado, entorna a água no copo vazio e toma um gole dele. O líquido na garganta mais pesado do que seria de se esperar. E pesadas as palavras que espalha à atmosfera do auditório.

Talvez devesse ter redigido esse texto de maneira diferente, elaborado outra forma de organizá-lo; quase lhe soa artificial o que diz. Não gosta das frases que escreveu, da escolha delas. E tem consciência de que precisa ser cuidadosa. Muito do seu discurso há de ressoar em uníssono com a sensibilidade dos que estão ali, naquela escuridão ao avesso da luz.

"Hoje, a impressão que tenho é de ter deixado tudo para trás na minha vida, por conta da falta de Felipe ou da crença na volta dele. Surgiam sempre novas possibilidades, novas tecnologias de rastreamento, novas esperanças. Ainda que cada nova tecnologia que não o trazia de volta funcionasse no sentido oposto, o de demarcar com mais precisão o quão perdido ele estava, eu sempre acreditei naquilo que me diziam: uma mãe nunca deixa de tentar. E eu havia tentado burlar o tempo, mas sem mãos habilidosas o bastante para isso. Então, perdi também a medida do quanto anular de mim mesma. Existem outros sentimentos na contraface da esperança, que pesaram como uma âncora fincada no fundo de mim. Ninguém poderá falar que eu desisti dele; passei trinta anos da minha vida tentando ter o Felipe de volta, sem dar importância a nada além disso. No fim, fiquei preservando a integridade da ausência dele."

Enquanto suas falas começam a sinalizar dissonâncias com o discurso comum, Ângela percebe as transformações na tensão do ar ao redor. Ela se serve da água de novo, a garganta ressecada como se à mercê de trincar-se sob um sol particular. Na escuridão diante dela, o mar de silêncio parece prestes a se tornar revolto; ela pressente o empuxo.

"Após mais de trinta anos de sofrimento pela perda do meu filho, chegou o momento de dar à minha história um desfecho. Foi quase impossível. Conseguiria mesmo deixá-lo para trás e seguir adiante? Eu mesma resisti muito, antes de aceitar essa decisão. E a concretização do desapego teve um impacto maior, bem maior, do que qualquer preparação psicológica teria sido capaz de resolver. Toda proteção em frente às investidas do tempo teve de ser destruída. Precisei me tornar capaz de eliminar por completo a crença na proximidade de meu filho, precisei acatar a irreversibilidade da perda."

Outro gole da água no copo, que já não sai da mão dela.

"Cada pessoa tem a sua história. Cada mãe, a sua maneira de lidar com o desaparecimento de seus filhos e suas filhas. A minha é essa. Não se trata de uma decisão simples esse encerramento, nunca se tratou. A rigor, talvez fosse mais justo dizer que não foi uma escolha, mas sim a falta de outras. Não há muito mais que eu possa fazer. Acabou. O dia no qual a minha existência também chegará a termo virá de um jeito ou de outro; resta apenas ser alcançada por esse dia ainda ancorada à tragédia anterior ou, ao menos, ter rumado para outros caminhos. A verdade é que não existe, nunca existiu, a maneira certa de se desmanchar o que uma vez formou o universo de um filho. Talvez essa minha fala sirva como indicação de que existe alguma maneira, algum direito de nós, mães e pais de filhos desaparecidos, seguirmos adiante, caso assim queiramos, sem estarmos todo o tempo presos unicamente à ordem de lutar mais e mais. Podemos continuar a amar nossas crianças, a sentir saudades delas, mas não precisamos nos ater somente a isso, como se qualquer outro aspecto da vida — além das buscas e do luto — diminuísse qualquer coisa no elo entre nós e quem perdemos. Porque muitas vezes esse laço não pode ser refeito e é preciso encontrar outra forma de pacificação, mesmo sem o reencontro. Todos os pensamentos sobre meu filho desaguavam no mesmo mar: o da tristeza pela perda. Eu tentei deixar a ternura encontrar de novo lugar em minha vida, e novos planos surgiram em minha mente reanimada. Sinais de vida onde o vazio parecia infindo. Felipe foi a coisa mais maravilhosa que me aconteceu. Para entrar em contato de novo com esse sentimento, que havia se perdido, e para semear novos ramos ao tempo, em vez de apenas podá-los ou ceifá-los, precisei manter o foco no presente, sem me deixar levar por comparações a qualquer porção do passado. Reatar-me ao hoje. Ainda que estivesse vivo, meu filho seria um homem agora, cujo rosto, pensamento, palavras e gestos seriam estranhos, irreconhecíveis para mim. Está perdido de qualquer maneira. O que preciso reencontrar é meu próprio caminho."

Todos a ouvem calados, mas é perceptível a agitação de uma ressaca intangível. O discurso sobre sua renúncia não é nada simples para os ouvintes, tampouco para ela. Em poucos minutos, exposta a conclusão de um processo que lhe havia tomado muito mais tempo, um tempo imensurável, para elaborar. Seria difícil calcular com precisão quando esse encerramento pessoal teve início; Ângela poderia se reportar àquele dia em setembro, quando foi ao antigo cais no intuito de cessar a repetição de tal hábito, e, ao voltar para casa, conversou com o marido sobre a renúncia, mas havia sido uma elaboração bem mais longa, anterior. Um processo em grande parte solitário, o qual ela nunca imaginou que chegaria a termo dessa forma, assumido diante de famílias com histórias similares à sua. Não era esse o plano. Mas ela já se desvencilhou da crença em planos há muito. Outra vez, bebe água, como se tomasse fôlego.

# Setembro

As ondas rebentam em branco contra as rochas; derramam-se sobre as superfícies impenetráveis, riscam veios fugazes de claridade. De cima da plataforma de cimento que avança sobre as águas, Ângela observa o movimento infindo do mar. O céu se fecha opaco por um telhado de nuvens espessas. A linha que o divisa do mar, no horizonte, quase inexiste, como se nunca houvesse se dado a separação entre as águas. O mundo ainda por começar. Uma tarde a mais, de sol velado, esfumaçada em matizes de cinzas; paisagem monocromática, tal qual num retrato em preto e branco. Tudo parece formado por uma substância única: a plataforma de cimento, o rochedo gris, o céu marmóreo, a mulher em sua solidão, o mar da cor das pedras.

E não é só uma tarde a mais.

Ângela respira lentamente, regida sem notar pelas pulsações da maré. O ar trespassa os seus pulmões conforme a orla inala e exala a espuma das ondas. O inverno antes parecia em vias de recolhimento, mas seu hálito frio se restabeleceu de forma inesperada. A mulher se contrai, cruza sobre o peito os braços desprotegidos. As mãos guardadas. Pensa que as estações do ano se tornaram parte dos desenredos na trama do tempo, tantos desde o dia em que Felipe desapareceu.

Naquela data, teve início o hábito de vir a esse lugar, o antigo cais. Hoje será a última vez que o repete. Entre um momento e o outro, em praticamente todos os dias ela tem visitado esse refúgio particular, que sempre lhe ofereceu uma espécie de suspensão do tempo. Uma pausa segura, desde aqueles primeiros instantes da procura. Após chamar pelo nome de Felipe por toda a cidade surda, Ângela chegou a esse ancoradouro e, diferente do ocorrido em outros pontos, não teve a sensação de que cada minuto passado aqui, sem encontrar seu menino, representava o minuto desperdiçado no qual poderia tê-lo recuperado em outro lugar. Tampouco se angustiou para sair de imediato, tomar novas rotas dentro do labirinto da ausência do filho, cujas paredes começavam a se erguer do chão despedaçado. O que se firmou nela foi a percepção de término do lapso inicial; no limite onde a cidade acabava no mar, também acabava a hipótese de que o garoto estivesse a apenas um pequeno engano de distância. De que tudo poderia ser resolvido de forma simples. Estava claro: ele não havia apenas perdido o caminho entre os corredores da galeria, ou algo assim, e tentado voltar para casa sozinho, em desnorteios ainda não decifrados pelos adultos. Tratava-se de algo muito mais grave. A ampulheta demoníaca que já media cada segundo, enquanto as primeiras buscas fracassavam, daria lugar a calendários e suas contagens de dias, meses, anos — nunca sabidos quantos por vir — que seriam tragados pela ruptura a se esgarçar. Felipe não havia sumido por conta própria, seria impossível uma criança tão pequena causar estrago tão vasto. E enquanto crescia a sombra de um raptor no pensamento de Ângela, também se intensificava a tormenta da voz a reverberar dentro dela: *ele desapareceu*. Repetindo-se cada vez mais forte e mais veloz, em espirais que a afogavam: *ele desapareceu, ele desapareceu, ele desapareceu*.

Depois de tanto ter corrido contra o tempo, a mãe caiu sobre os joelhos aqui e, petrificada, deixou-se pela primeira vez rebentar em choro pela perda. Nesse cais, à beira da plataforma interrompida, diante da qual se estende o mar. Era um fim de tarde cinza e frio como o de hoje — o inverno culminante do mês de julho, em um ano que vinha ordenado até então — e ela sentia sua pele arder trêmula sob a superfície, perpassada pelo hálito frio da morte. Decorridos mais de trinta anos, ainda persistem tais vibrações, em formigamentos ocasionais. A morte havia passado a inalar e exalar cada um dos dias de Ângela, em um movimento infindo. Felipe nunca encontrado, apesar de todos os esforços. Nenhum vestígio dele que tivesse comprovação. Desde aquele instante em que soltou a mão dele na galeria, e o viu correr para longe, o afastamento nunca mais se reverteu.

Já abandonado à época, esse cais foi um dos constantes pontos de buscas, alicerçadas na hipótese de que o corpo poderia surgir emerso das águas. Ângela acompanhou as missões e, ao final delas, quando todos partiam, deixava-se ficar um pouco mais. Uma espécie de retiro, distanciada não só da algaravia policial, mas de todos os arredores e seus ruídos. O porto, afastado e cercado por montanhas, recuperou parte de sua vocação original, não por abrigar embarcações, mas por ter ancorada ali a mulher, na tentativa de evitar ser levada pelas correntes do tempo. Vontade que se agravou com o passar dos anos, com as transformações tão drásticas em todo o restante da vida e do mundo. Esse cais inalterado sempre aparentou ser das poucas coisas que, como ela, não se desprenderam daquele dia nunca concluído. Tudo mais — eventos históricos, trivialidades, alterações urbanas, transformações no próprio corpo ou no de outras pessoas, avanços tecnológicos, palavras ditas em conversas, palavras não ditas — atuava como denúncia tácita de que Felipe ainda precisava de resgate. De que a mãe tinha de fazer algo, tinha de conseguir o que quer que fosse necessário para salvá-lo. O que cabia a Ângela parecia ser, na maior parte de sua existência, somente a cruzada às cegas pela recuperação do filho ou o luto por sua perda perene.

São muitos os ruídos de fora, muitos os de dentro. O hábito de vir aqui, além de servir como paliativo, fez com que ela desenvolvesse relações simbólicas com esse refúgio: o movimento infindo do mar se tornou modelo de força, no qual tentava se ver espelhada. Quanto mais o universo ao seu redor se desfigurava, mais a mulher se apegava a essa plataforma abandonada e a esse canto de mar, ambos imutáveis como ela haveria de ser. Ainda que se passassem dez, vinte ou trinta anos, nem ela nem as águas perderiam qualquer porção da energia a movê-las. Não importavam as adversidades, Ângela sempre viria a esse reduto e o mar sempre a ensinaria, vez após vez, a se reerguer como as ondas, a rebentar contra as pedras em seu caminho.

No fim, passaram-se mesmo três décadas, e as transformações ultrapassaram em muito o que ela poderia ter vislumbrado antes: a cidade em desenvolvimento acelerado se tornou um ambiente estranho; o próprio corpo envelheceu muito, assim como o de seus entes queridos; quase nada restou daquele mundo vivido junto do filho. O mundo ao qual ele pertencia e ao qual proporcionava um sentido só dele. Ângela continuou a mirar-se no movimento do mar, mas há tempos percebia espelharem-se ali os traços de outro aprendizado. Por mais que houvesse tentado, a todo custo, proteger da ação erosiva do tempo seu vínculo com o filho, ele — o menino em si — não podia ser preservado da mesma maneira. Distante do cuidado das mãos e dos olhos dela, o garoto que foi perdido nunca mais seria reencontrado: se estiver vivo, Felipe é um homem agora, cujo rosto, pensamento, palavras e gestos seriam estranhos, irreconhecíveis. Isso poderia ser entendido como óbvio por qualquer pessoa, mas às vezes há uma diferença enorme entre *saber* e *sentir* certas coisas. E Ângela finalmente *sente* que não há mais o que buscar, que não tem como recuperar seu menino. A morte venceu; não com o golpe habitual, mas ainda assim de forma implacável.

Hoje, veio ao antigo cais com um propósito distinto, o de se despedir para sempre desse abrigo. O rito particular de isolamento tem dessa vez novo significado: demarcar o encerramento definitivo da busca pelo filho e da espera por um reencontro. Entre tudo o que constituiu essa procura e essa esperança — as investigações policiais, os anúncios na mídia e na internet, a manutenção do universo familiar para o resguardo possível de Felipe — não há, provavelmente, nenhum elemento mais importante e mais difícil de ser desmanchado do que sua própria determinação e apego maternais, sempre pulsantes no peito, como outro coração talhado dentro do coração dela. Deixar de buscar Felipe trata-se, acima de tudo, de acatar em definitivo a perda, que sempre esteve por ser revertida. Cortar esse segundo cordão umbilical, através do qual mãe e filho compartilham há anos a morte, e não a vida. Ela precisa conceder a si mesma o direito de viver, sem pensar que cada movimento seu pode representar um desvio do que seria a chance de reencontrar Felipe. Precisa remover-se da sombra do desaparecimento dele, desmontar com as próprias mãos o labirinto de corredores vazios no qual se enclausurou. Embora tenha resistido por muito tempo, a partir de agora ela se deixará tomar por esse sentimento de ruptura que a tem preenchido devagar, há tempos. Tem se erguido dentro dela como um mar da cor das pedras.

Ao dar meia-volta, Ângela sente a aspereza sob os pés, o barulho dos grãos de areia pousados na plataforma contra os sapatos. Ela deixa o píer, dá as costas ao mar. Atravessa a estreita faixa da orla, em direção à trilha que leva ao descampado onde estacionou o carro. Com o rosto inclinado para o chão, observa suas pegadas anteriores marcadas na areia, cada uma delas a se desmanchar sob o peso de seus passos, agora no sentido oposto.

Ainda restam temores e dúvidas quanto à decisão de encerramento. Embora houvesse refletido muito a respeito, e soubesse o peso de tal escolha, pressente que esse novo caminho pode se revelar, ao fim, como apenas mais um entre tantos outros rumos iniciados, interrompidos, desfeitos e refeitos sem nenhuma mudança efetiva na trajetória como mãe de um filho desaparecido. Dali a pouco poderia estar de novo em um avião, como os muitos nos quais voou, rumo a qualquer canto do país de onde se anunciasse a hipótese de alguma pessoa, ou cadáver, ser passível de identificação com Felipe. Conseguiria mesmo se recusar, caso a chamassem para algo assim hoje? A renúncia é uma decisão para a qual é inadmissível a leviandade; nunca se permitiria realizar algo dessa magnitude se não fosse por inteiro. Trata-se de um caminho que só pode ser tomado se não houver volta. Como se incendiasse todas as pontes, feitas de esperança, que poderiam conduzir a um lugar de maternidade restaurada.

É preciso haver conclusão. Entre tudo o que passa a faltar, o fechamento é das maiores carências.

Um filho desaparecido é um filho que morre todos os dias. Nem mesmo nas mitologias mais cruéis há tragédia equivalente; essa dor nenhum deus teve de suportar. Cada noite, ao cair, desaba sobre os pais com o peso renovado da notícia: você perdeu sua criança e ela está naquela escuridão afora, desprotegida. Essa mensagem silenciosa se impregna nas paredes da casa, nos vãos entre os azulejos, nos ponteiros dos relógios e nas páginas dos calendários, nos retratos da família, no chão que se pisa. É um luto com uma diferença fundamental: alguém que não é reencontrado nunca se perde em definitivo. E sempre surgem novas possibilidades, novas tecnologias de rastreamento, novas pistas sobre o paradeiro, novas esperanças. Se o filho morre todos os dias, sua ressurreição também é constante e dolorosamente insubstancial. Tantos renascimentos possíveis, iminentes, abortados em uma série sem fim de fracassos nas buscas.

Na verdade, não há infinitas mortes nem infinitas vidas, nunca houve: o que resta, no lugar da criança desaparecida, é uma anulação constante entre vida e morte — polos opostos de um vazio sem contornos. Os pais e o filho para sempre a habitarem esse vão: morrer vida afora, viver adentro de uma morte que não se consuma.

Sentada no banco do carro, Ângela encara os próprios olhos mareados no espelho retrovisor central, com dificuldade de partir. As pernas doem da curta caminhada, mas não é a trepidação do sangue nas veias nem os joelhos prejudicados que a imobilizam. Uma série de memórias se ergue em seu pensamento como uma espécie de resistência íntima: cenas de quando ela se envolveu em investidas que, apenas tardiamente, revelaram-se pistas falsas sobre o paradeiro de Felipe. Tantos lugares perscrutados, acompanhada de familiares, amigos, outras mães, investigadores, forças policiais, ou sozinha: o parque de diversões, os hospitais, as favelas, as estradas de terra, os aeroportos e as rodoviárias, os prédios condenados e muitos outros espaços que nunca lhe trouxeram nenhuma solução. Talvez seja pelo receio de que o encerramento pessoal se assemelhe a mais um desses tantos descaminhos anteriores. Ainda que se direcione ao sentido oposto, o destino poderia acabar o mesmo: a posição de mãe que retoma da estaca zero a procura pelo filho perdido.

Uma imagem vivaz emerge na lembrança. Mesmo hoje, Felipe ainda se mostra como uma criança. A que teve ao seu lado até os cinco anos de idade, única forma de presença conhecida dele. No fundo, é com esse menino que sempre *sentiu* que poderia se deparar de novo um dia. Precisa mesmo dar fim a essa história; é absurdo ainda carregar tal imagem como perspectiva.

Ela dá partida no carro e sai, como se, ao acelerar, deixasse para trás as memórias. O esforço é vão: o cheiro de urina e de mofo dos corredores de tantos anos atrás se infiltram de novo pelas narinas. A mulher percebe as paredes escuras daquele edifício em ruínas, na avenida Sete de Setembro, fecharem-se ao redor de sua mente; uma das primeiras ocasiões nas quais uma denúncia anônima a conduziu em uma diligência com acompanhamento policial. A música no aparelho de som do carro, mesmo com o volume aumentado, não basta para encobrir a insurgência dos estrondos das portas arrombadas, do choque dissonante entre os gritos fortes dos guardas e os berros sem poder dos indigentes alojados ali; o choro de tantos meninos e meninas que não eram Felipe. Dessas crianças, principalmente, Ângela se lembra: de cada um dos rostos esmiuçados, dos olhos que, em pavor, contraíam as pupilas intimidadas pelas lanternas disparadas contra eles. Um após o outro, os garotos e garotas expostos, quase indistinguíveis, para que ela apenas repetisse: "Não é ele. Não é. Não." Travava contato com outra forma de desaparecimento, o de crianças largadas de volta àquele abandono, àquela escuridão. Cada andar perpassado e cada família que os policiais devassavam inutilmente abriam um vazio cada vez maior, tanto ao redor de Ângela quanto no interior dela. O prédio se esgotava em degraus e mais degraus que não levavam a lugar nenhum. As pessoas ali dentro pareciam desencarnadas, como se não pertencessem ao mesmo plano material. O mundo começava a se desdobrar, abria infinitos alçapões para o desconhecido, para obscuridades onde uma criança jamais deveria ficar.

Um guincho agudo fende os devaneios de Ângela. O funcionário do porto sinaliza para que pare e espere, retira o apito da boca. O caminhão de carga manobra à frente do carro dela, ocupa toda a via. A mulher observa o cais atual, que substituiu o antigo; fundado como parte de um projeto multinacional, seus resultados foram, entre outros, transformar o pequeno município litorâneo — onde Ângela mora desde o nascimento — em um polo de transporte marítimo e de exploração petrolífera. Com mudanças tão radicais, a cidade pareceu embaralhar intencionalmente suas avenidas e edificações, feito cúmplice do crime a acobertar de vez o paradeiro do menino desaparecido. Muitos terrenos, antes de serem escavados pela polícia, foram soterrados por prédios e mais prédios, possíveis mausoléus gigantes sobre um Felipe incógnito e irrecuperável. Vários caminhos se adulteraram e, sob a ótica irracional de Ângela, o garoto, naquela infância estanque, poderia ter se tornado incapaz de encontrar a própria casa, ou mesmo o regresso ao ponto de partida, diante do mapa constantemente rasurado. Esse Felipe imaginário, ilhado no tempo, não tomava parte das mudanças na cidade conforme elas ocorriam: desconhecia os novos viadutos, as ruas cujos sentidos se inverteram, a malha cada vez mais complexa de avenidas ou mesmo os outdoors que foram substituídos. Lugares por onde Ângela agora passa, ao cruzar a cidade. Aproxima-se, afinal, do ponto do qual havia tentado se distrair durante o trajeto. Vê, à distância, o semáforo ainda aberto e desacelera, à espera de que o sinal passe para o vermelho. O amarelo se anuncia, para seu alívio; parar nesse cruzamento vai lhe fornecer um pouco mais de tempo para se preparar, um pouco mais de fôlego. É preciso calma antes de um passo como o próximo. O sinal fecha. Ângela se aproxima da linha e para o carro. Se fizer a conversão à direita em seguida, passará pela rua da galeria na qual Felipe desapareceu. Percorrerá o caminho conhecido pelo garoto dali à casa deles, como ela sempre fez ao voltar do rito diário no antigo cais. Ou em todas as vezes que passou de carro por essa região. Se não fizer a conversão e continuar reto, cumprirá a promessa feita a si mesma de, pela primeira vez em todo esse período, tomar o caminho mais lógico para casa, sem se desviar.

Nunca conseguiu abrir mão de percorrer essa rua, com o corpo curvado em proximidade ao vidro, a fim de vasculhar todos os cantos e checar se não surgia algum vestígio de Felipe. Uma mãe nunca deixa de tentar; pelo menos, era o que lhe diziam e no que sempre acreditou. Esse caminho, refeito à exaustão, parecia guardar uma probabilidade um pouco maior de algo ser encontrado, ainda que tal distorção estatística fosse pura superstição. Na ordem irracional das expectativas de Ângela, seria mais considerável que ele vagasse pela rua da galeria, feito uma alma penada, ou deixasse por ali algum sinal da passagem dele, do que pisasse o chão de quarteirões inexistentes aos seus cinco anos de idade.

Na transversal do cruzamento, Ângela vê o semáforo avançar ao amarelo. Suas mãos deslizam pelo volante, transpiram em um formigamento incômodo. Vermelho. Condicionado por anos de repetições, o corpo dela pende à direita. Quer se curvar ao vidro. O sinal abre à frente e ela agarra o volante com força, como se fosse um timão no qual tivesse que reter com os braços a curva pesada da embarcação. Pisa no acelerador e chega a fechar os olhos por um instante, em uma condução às cegas. A travessa da galeria fica para trás, oblíqua, enquanto o carro segue pela avenida. Mesmo após recuperar a vista, os músculos da mulher demoram para perder tensão. Ela sente ter atravessado um braço de mar em tormenta.

Longe de seus olhos, a rua que nunca trouxe qualquer novidade, a despeito da mística incutida, por um instante convoca Ângela de volta, com o silêncio de quem guarda um segredo a ser transmitido. Não há nada a ser checado, é só um espasmo de esperança, Ângela, você sabe disso. O mesmo impulso enganoso que levou tantas pessoas — por meio de visitas, intromissões, cartas e telefonemas, denúncias à polícia, depoimentos aos veículos de comunicação — a dizerem que haviam visto Felipe naquelas imediações, ou em tantos outros lugares, após a história ganhar destaque na televisão, no rádio e nos jornais impressos. A angústia ofuscava muitos que, então, acreditavam terem enxergado algo. O filho de Ângela e Otávio, antes invisível, como se evaporado de dentro daquela galeria, passou a notório em todos os pontos da cidade, depois em outros recantos do país e até além das fronteiras nacionais. Centenas de Felipes encontrados, nas mais diferentes situações. Um taxista presenciou o momento no qual aquele garoto da foto dos cartazes entrou num Opala branco, conduzido por um homem calvo, próximo dos cinquenta anos; uma telespectadora reconheceu, ao ver os apelos na televisão, o menino que estranhamente caminhava sozinho na praia próxima à casa dela poucos dias antes; médiuns recebiam as vibrações do pedido de socorro etéreo: vindo de um casebre de madeira em uma encosta, das proximidades de um obelisco difuso, ou de outras paisagens quase abstratas. Uma freira parou uma viatura, no meio da rua, para avisar que Felipe estava no parque de diversões, as mãos dadas com uma senhora que lhe comprava doces. Um senhor tocou a campainha da casa de Ângela de madrugada, aos gritos de que o filho dela dormia embaixo de um viaduto. Ela correu até lá com o homem — que nunca soube quem era ou como havia descoberto onde ela morava —, e só cogitaria o perigo de tal iniciativa dias depois. Viu a criança: uma menina. Incontáveis cenas como essas, protagonizadas por alguma miragem refletida de Felipe.

Não poderia dizer, àquela época, o que a magoava mais: a indiferença que continuava a mover o mundo e a cidade — em um funcionamento ininterrupto e banal — enquanto seu menino urgia ser salvo, ou o excesso de envolvimento com a tragédia familiar, em tantas pistas descabidas e até mesmo tentativas de se aproveitar do desespero e da notoriedade do caso, no intuito de faturar algo em causa própria. Chegaram a lhe entregar uma criança, na presença de fotógrafos e jornalistas, como se fosse Felipe, apenas para posarem de salvadores da família. Uma cena tão sórdida quanto ridícula, que, ao menos não se prolongou por muito. Ela se recusou a levar o menino para casa, apesar da insistência das autoridades.

Entre os que realmente tentavam ajudar, algumas das contribuições inferiam uma imagem de Felipe que era até ofensiva para a mãe. Apesar de tão novo, ele era um garoto inteligente e bem-educado, não deixaria os pais para trás de maneira deliberada e tola, como, por exemplo, em troca de pequenas regalias dadas por uma senhora no parque de diversões. Quem o levou embora fez algo muito mais astuto, ou terrível, do que oferecer passeios como esse, a fim de manter o sumiço. Mesmo assim, Ângela nunca deixou de averiguar todas as hipóteses. Que escolha tinha? Ia aonde os médiuns e outros charlatães indicavam, uma descrente disposta à conversão pelo milagre; seguia os rastros de quaisquer denúncias, anônimas ou não, tendo perscrutado, inclusive, o parque de diversões várias vezes, em busca de qualquer indício do filho ou daquela senhora sem rosto. Não ficou sem a guarda da mãe nenhum dos mil Felipes, que se replicavam como se a cidade tivesse se tornado um enorme labirinto de espelhos, semelhante ao que havia no parque de diversões.

Ela se lembra de quando foram, os dois, na atração: observavam os reflexos deles se multiplicarem, ora achatados, ora alongados até o teto ou sinuosos, enquanto brincavam de pegar e esconder. Nunca imaginaria, naquela ocasião, que sua ida seguinte ao parque seria em uma busca policial; ou que ver outras crianças soltas, brincando sozinhas em sua inocência intocada, seria, então, chocante. As risadas infantis tornadas uma forma de mágoa. Dentro do labirinto de espelhos, último reduto investigado, a mulher caminhou em círculos, perplexa com os espelhos vazios e a escuridão silenciosa que haviam restado no mundo dela. Os reflexos deformados de Felipe, impossibilitados de qualquer graça, vistos apenas por estranhos pelas ruas afora. Essas pistas fornecidas por pessoas incógnitas não serviam de guia; não eram como a risada dele, que havia atravessado aquele mosaico de distorções poucos dias antes, para acenar perfeitamente a localização do menino, dentro do labirinto inofensivo da brincadeira. Ângela, sem mais esse sinal, tornada incapaz em absoluto de estender os braços e agarrar o filho dentro da escuridão. O único anseio era alcançá-lo, de forma tão simples e contentada quanto daquela vez; como se apenas encerrasse um jogo de esconder, tomar o filho no colo e sentir de novo a barriguinha dele vibrar sobre o próprio peito, em uma gargalhada cheia de vida.

As ruas estreitas de paralelepípedo mostram a conformidade do bairro a outra época, quando havia menos automóveis e menores distâncias a recortar os bairros. Chamada por muitos de "parte velha da cidade", essa região abriga muitas casas em cuja arquitetura é notável a concorrência entre elementos modernos e antigos. Nenhuma delas, no entanto, deixa à mostra essa tensão de forma tão dramática quanto a de Ângela e Otávio. A fachada do sobrado deles, diante do qual a mulher manobra e aponta o carro, tem sido mantida com aspecto idêntico, de forma cuidadosa, como um monumento histórico tombado pela própria família. Ou uma evidência policial que não pode ser adulterada. A tonalidade ocre das paredes, os ladrilhos originais do piso da garagem e o portão de grades brancas, com a metade inferior delas abaulada para fora, têm sido retocados nas últimas três décadas por seu Miguel, um restaurador de antiguidades. De tempos em tempos, ele trabalha na casa como voluntário, a fim de preservá-la tal qual um quadro que precisa renovar o frescor, sem sofrer descaracterizações. Todo esse esforço minucioso em nome de manter erguida uma cópia fiel do lar ao qual o filho poderia voltar. A casa tem sido a bandeira da família, hasteada a meio mastro por todos esses anos.

No portão frontal se torna mais agudo o emaranhamento entre passado e presente: o gradeado de ferro, cujo desenho saiu de moda há muito tempo, forma um tímido e deslocado contraponto em meio aos corpulentos portões maciços das residências vizinhas; a maçaneta no centro das grades sobrevive, mas não precisa, nem deve, ser manuseada para a abertura. Ângela toma o controle remoto e, de dentro do carro, aciona o portão, que se move aos modos de uma fantasmagoria, como se braços invisíveis o conduzissem pela maçaneta paralisada. O automatismo, que já causou espanto em quem o vê pela primeira vez, dá-se por mecanismos acoplados de forma engenhosa, os quais conciliam a demanda por um sistema de segurança — necessário diante da crescente violência na cidade — e a preservação da fachada que Felipe poderia reconhecer. Aqui, a casa dele.

Ângela avança para dentro da garagem; pelos reflexos dos faróis contra a parede, mede até onde pode ir. Desliga o carro e, na quietude, percebe melhor o próprio abalo, ainda vibrante, por conta do desvio da rua da galeria. É difusa a sensação, mas quase se afigura uma ideia de abandono. Pelo retrovisor, a mulher vê o vulto do portão encostar-se de volta, trêmulo. Nunca havia enxergado com tanta nitidez a precariedade desse movimento. Seria sua decisão o suficiente, e já efetiva, para ter outro entendimento das coisas que a cercam? Ainda que as coisas em si não tenham se alterado?

Ela sai do carro e, prestes a abrir a porta da casa, ouve o toque abafado do celular na bolsa. Apressa-se na tentativa de acertar a chave na fechadura com uma das mãos, enquanto, com a outra, procura o telefone afundado entre a carteira, os remédios, o batom e outros acessórios. A música do toque se aproxima do fim, em uma contagem regressiva implícita na melodia, o que a leva a se atrapalhar ainda mais. Ângela finalmente consegue abrir a porta, sua mão se depara com o celular na bolsa, mas nesse exato instante ele para de tocar. Ela xinga; lê na tela o aviso da chamada perdida com o nome de Isabela. Vai para a cozinha, acende as luzes; na sala, estavam acesas desde antes, para dar impressão, a quem olhasse de fora, de que a casa não estava vazia. Ângela tem vontade de descansar um pouco antes de telefonar de volta para Isa. Na verdade, preferia não conversar com ninguém agora, antes de falar com Otávio. Mas seria difícil recusar atenção à sobrinha e afilhada, com quem os laços têm sido tão importantes. Além do mais, deve ser apenas conversa rotineira, possível de ser encerrada logo com alguma desculpa. Liga de volta. Ouvir a voz da jovem muda a disposição anterior, à primeira saudação. "Você está ocupada?", Isa pergunta pouco depois e Ângela nega; conta sobre ter se atrapalhado com a chave e o celular, à chegada em casa. "E está tudo bem mesmo? Sua voz está diferente", a jovem constata. "Sim, tudo bem. Deve ser esse tempo louco. Saí, fiquei na rua até agora, e peguei um pouco de friagem. Acho que me atacou a garganta." Isa diz: "Ah, tá. É que eu queria muito te contar uma coisa. Pensei em passar aí, mas agora não sei. Seria ruim?" Ângela hesita, pergunta se é urgente. Alega não estar no melhor momento; além do mais, combinou de conversar com o marido sobre outro assunto. "Acho que pode esperar, então", Isa cede. Depois, reitera a pergunta, se está mesmo tudo bem, o que Ângela confirma. Então, a sobrinha coloca a interrogação que parece sempre à iminência de ser pronunciada: "É sobre o Felipe? Aconteceu alguma coisa?" A mãe do menino nega ter se dado qualquer mudança na situação. "Você quer conversar?", a afilhada se dispõe. "Obrigada, querida, pode deixar. Amanhã, quando você vier aqui, te conto. Mas não precisa se preocupar."

Elas combinam a visita para o dia seguinte. Ângela desliga o celular e o deixa tombar sobre a mesa. Se é tão difícil a mera anunciação de haver algo a ser dito, como será quando expuser de fato a renúncia? Ao refletir um pouco mais, ela se dá conta de que Isa também prenunciou algo, o qual ficou sem se dizer. Poderia ser a respeito de Felipe? É só o que falta: a sobrinha trazer uma grande novidade sobre ele, depois de assumido o encerramento da procura. Pare de se iludir, Ângela; acha que ela esperaria até amanhã, se tivesse algo a contar sobre Felipe? Mas foi por sua própria intervenção que a sobrinha deixou de vir hoje; e a conhece bem o bastante para saber que a obedeceria, não insistiria no contrário. Mesmo uma notícia importante, sobre o tema mais significativo, não superaria o acato dela? Muito improvável. Deve se tratar de um novo corte de cabelo, o anúncio do casamento com Marcelo, uma promoção no trabalho, nada mais do que isso. Parece um vício, essa obstinação da esperança. Mas pode se dar ao direito dessa vez, não? Só um último alento antes que o processo se inicie de vez, o encerramento seja colocado em prática.

"Oi, querida, desculpe ligar de novo. Só queria ver se você pode adiantar um pouco do que vem falar amanhã. Fiquei curiosa." É perceptível o riso encabulado da sobrinha, pela alteração dos ruídos na linha do telefone. "Ah, eu preferia falar pessoalmente", o tom dela reitera a previsão de se tratar de algo bom, pacífico. Ainda assim, Ângela assume o posto de quem acaba por proferir aquela interrogação, sempre tácita: "Tem relação com o Felipe?" Isa nega. Pede desculpas por ter passado tal impressão. "Imagina. Foi bobeira minha. Amanhã nos vemos e conversamos tudo. Só fiquei curiosa." Isa se diz curiosa também; brinca com o fato de ambas fazerem mistério. Em seguida, repete o que a tia já sabe: pode telefonar a qualquer hora, mesmo de madrugada, se for preciso. Despedem-se outra vez, Ângela desliga o telefone. Essa fantasia, de uma notícia ainda por surgir, irá assombrá-la para sempre? Porque se for assim, de nada adiantará forjar a postura de renunciante. As fotos de Felipe ainda a circularem, com apelos e contatos da família, são o que menos importa nesse processo; de nada serviria se livrar de tudo aquilo, caso não consiga, em primeiro lugar, desvencilhar-se desses sentimentos que, na contraface da esperança, têm pesado como uma âncora fincada no fundo de si. Que a têm impedido de seguir com a vida, rumo a direções diferentes daquela apontada à bússola do desaparecimento. Os olhos se contraem quentes, ainda há choro a minar. Ela vai até a pia, lava o rosto, escuta o som do carro de Otávio na rua. O tremor incômodo do portão.

A conversa que precisa ter com o marido foi ensaiada dezenas de vezes na própria cabeça. Ainda assim, agora os termos se confundem, como se às pressas para se anteciparem a uma saída em meio ao tumulto. Ângela tenta ao menos situar a introdução ao assunto, escolher as frases com as quais desenhar a declaração tão delicada. Ela teve muito tempo, o quanto lhe pareceu necessário para lidar com a própria decisão, mas ao marido a apresentará em um único lance. Como ser essa mãe que comunica ao pai da mesma criança o fim das perspectivas de reavê-la? Otávio surge sob o batente da porta da cozinha. Quando Ângela volta o rosto para ele, o homem se imobiliza, surpreendido pelos olhos ainda vermelhos e desconcertados da mulher. Conhece a esposa, sabe de que águas emanam aquelas lágrimas. Depois de tantos anos a comungarem o mesmo sofrimento, nenhum traço podia ser distinguido tão bem um no outro quanto essa dor. "O que aconteceu?"

De frente para Otávio, seu marido, o pai de Felipe, o homem que tem atravessado com ela todo esse vale da morte, a mulher perde por completo o fio de raciocínio. Ele é a pessoa que mais será afetada pela escolha dela; na verdade, é o único a compartilhar o mesmo laço a ser rompido e, por isso, o único que poderia dissuadi-la em absoluto, caso não concordasse com tal fechamento da história, que é também dele. Todas as frases e gestos planejados esmorecem. Ela não consegue dizer nada, os ponteiros do relógio na parede talham a opacidade do silêncio. Os lábios tremem e, em meio aos cacos espalhados do pensamento, consegue pronunciar apenas: "Precisamos sair dessa casa."

Otávio suspira. Parece capaz de sentir, nos vãos entre as batidas do relógio, o ondular das reverberações da fala de Ângela. Sua esposa, mãe de Felipe, com quem tem atravessado o vale da morte. Ele já não pode mais ser o mesmo homem que chegou até aqui há apenas um instante. O marido que continuaria a ouvir ideias da mulher, ao longo de dias e anos, a respeito de novas iniciativas nas buscas ou quaisquer medidas que, provavelmente, só serviriam para acalentá-la um pouco, em meio àquele labirinto insolúvel. Ele dá sinais de compreender, como esperado, o que a frase de Ângela quis dizer; a dimensão da mudança, para além da casa. Aproxima-se dela, passos incertos entre as respostas que poderiam ser dadas.

Talvez houvesse percebido diferenças no comportamento recente da esposa, mas as oscilações emocionais não eram incomuns. Nem amenas. E houve muitos momentos em que a convicção no reencontro se arrefeceu, mas sempre foram por fatores externos. Dificilmente ele imaginaria algo desta natureza: partir de Ângela o desapego. Mesmo quando tudo parecia naufragar, a mãe nunca demonstrou nenhuma inclinação a abdicar de tudo que a ligava ao filho. Ela seria como os capitães que afundam junto com o navio, se preciso. Entre o casal, cogitar qualquer hipótese de desprendimento da cria se tornou, inclusive, um tabu. Um pecado sem perdão. Parecia que palavras como as que Ângela acabara de dizer, ou não dizer, nunca teriam lugar entre essas paredes que os cercam.

A casa sempre foi o símbolo concreto da resistência da família, na espera por Felipe. Otávio deve presumir que Ângela se preparou muito, antes dessa declaração. Exige uma coragem extraordinária colocá-la diante do outro. Ele pergunta se ela tem certeza. "Sim." Teria acontecido alguma coisa de diferente? "Não", Ângela se abate. Ainda haveria mil perguntas por fazer, mas é como se não falassem o idioma desse lugar distanciado de Felipe. Mal conseguem pronunciar o nome do menino agora. "E a Suzana? Você conversou com ela sobre isso?" Ângela nega. "É uma decisão que precisava tomar por mim mesma, primeiro. E junto com você. Nós somos os pais. Se não estivermos os dois nisso, não vamos em frente. Eu sempre tive o seu apoio. Então, se você ainda quiser continuar, eu continuo com você."

Otávio se cala. O ponteiro do relógio na parede goteja sobre o silêncio. Se o marido pedir tempo para pensar, ela aceitará, apesar de não querer uma suspensão a mais. Durante todo o caminho da perda, Ângela tem sido a guia, ainda que, na maior parte das vezes, conduzindo às cegas outro cego. Poderiam, também, consultar Suzana, a psicóloga do grupo Mães em Busca, antes de tomarem a decisão. Seria prudente. Ele olha bem para a esposa. "Eu estou com você. Se é o que você quer, vamos seguir em frente."

Os dois se abraçam. Depois de tanto tempo, Ângela finalmente tem alguém junto de si no encerramento. Otávio não demonstrou gravidade à aceitação, o que a faz se perguntar se ele já havia se acostumado à ideia bem antes, à espera apenas de que ela chegasse ao mesmo ponto. Aninhada ao peito dele, com o tecido da camisa a se manchar pelas lágrimas, ela começa a dizer que precisam ter a vida deles de volta.

"No fim, perdemos muito mais do que o Felipe. Eu não fiz mais nada. E a gente não vai recuperar nosso menino. Ele não existe mais." Otávio pergunta se a esposa pensa em tal possibilidade, sem que as palavras se concluam. É a mulher quem tem de pronunciá-las: "Ele está tão morto quanto eu e você. Aquele nosso filho acabou. Aquela criança que esperamos bater na nossa porta um dia. Entrar nessa sala, no quarto dele, e lembrar de tudo. Essa casa virou um mausoléu, Amor. Só isso." O marido retoma as lembranças de outras falas, as informações que alguém havia passado, a certa altura, sobre a memória das crianças guardar o que foi visto e vivido aos cinco anos. Ângela deixa de lado tal discussão: "Ele não vai voltar. *Ele* não tem como voltar."

A cada frase, a travessia por um círculo infernal do absurdo, a fim de escapar do absurdo. Otávio deita o olhar ao redor, sobre cada objeto que os cerca. A marca do luto velado e tenaz, feito uma camada de poeira pousada sobre as superfícies das coisas. O bater dos ponteiros do relógio rege o compasso da espera pelo que há de vir. Difícil conceber como serão suas vidas fora desse lar, em meio a outros objetos, outras mensagens silentes. Essa casa, tendo se tornado uma espécie de purgatório, ainda representa algum abrigo, entre o paraíso perdido do passado e o inferno de terrores sempre em vias de os tragarem. Tanto cuidado com a manutenção desse limbo foi, também, por acreditar que o preservar seria a melhor maneira de encontrar a saída dele.

Que o casamento tenha sobrevivido, depois de tudo, poderia ser digno de espanto até para eles mesmos. Ângela e Otávio sempre ouviram as estatísticas de que oitenta por cento dos casais se separam quando têm filhos desaparecidos. Pelo que viam nas atividades do Mães em Busca, ou em outras ocasiões similares, o número real devia ser ainda maior. A predominância quase absoluta de mulheres, sem companheiros, parecia não só demonstrar a discrepância entre as estimativas e a realidade, como também justificar que as associações em prol de filhos desaparecidos tivessem apenas as mães no nome.

Em especial, quando não têm outras crianças, é fatal para os casais o prolongamento das horas e dos dias dentro da casa esvaziada, a enxergarem no rosto um do outro o espelhamento de sua maior angústia. Quando o principal sentimento compartilhado é também o mais excruciante, quando cada palavra e cada gesto esbarram no vidro estilhaçado da ausência do filho, a separação pode se tornar uma espécie de saída de emergência. Mesmo para os mais resistentes.

Não foram poucos os momentos em que tudo chegou à beira do abismo para Ângela e Otávio. Porém, ir até a beira do abismo e não despencar pode ser, também, uma forma de ganhar segurança. O que os salvou, em grande parte, foi perceber desde muito cedo que precisavam se esforçar para enxergar, um no outro, além daquela angústia replicada; vislumbrar que ali estava também a única pessoa que conhecia a mesma dor e, portanto, saberia com que mãos tocar a ferida geminada. O filho era dos dois, ambos circulavam no mesmo labirinto; ao longo da travessia dessa perdição, teriam de reaprender como atar de volta cada laço conjugal. Desde os costumes mais rotineiros até as partilhas eróticas, tudo precisou ser depurado das culpas e das assombrações pela perda de Felipe, ou seu retorno sempre pendente. Quantas vezes Otávio se afastou, sem saber onde colocar os próprios braços; quantas vezes Ângela fugiu nua da cama, repentina, como se flagrada por um fantasma inquisidor. Foi longo o processo de esculpir de novo o amor, depois de perdido o molde. Depois das rachaduras abertas.

Além de todo o resto, as culpas já seriam suficientes para demolir o relacionamento. A maior delas, demarcada pelo momento inaugural da ausência de Felipe: quando Ângela soltou sua mão na galeria e o deixou seguir sozinho, desprotegido, pelo corredor rumo ao destino trágico. Por mais que outros tentassem redimi-la, seria difícil a mãe *sentir* que não foi unicamente por ela ter deixado de guardá-lo, que ele se perdeu. Logo no início, quando a ausência e o remorso se sedimentavam dentro da família, Otávio tentou dar algum alento à mulher, ao interromper a noite que atravessavam em vigília sobre a cama, para dizer, com uma assertividade que não lhe era comum: "Eu vou falar uma coisa, e quero que você me ouça bem, porque nem a gente deve voltar mais nesse assunto. Essa ideia tem que ser eliminada de vez, a ponto de nem ser digna de menção: não é para ninguém, nunca, dizer que você tem culpa. Você não tem culpa nenhuma. Todo mundo deixa as crianças soltas por um momento; poderia ter acontecido comigo, poderia ter acontecido com qualquer um. Você foi uma vítima; eu também, tanto quanto você. E a maior vítima é o Felipe. Ponto. A única pessoa culpada é o monstro que levou ele embora. Eu lamento muito, muito, que tenha acontecido quando você estava perto. Mas é só isso: aconteceu quando era você quem estava perto. Se eu pudesse mudar ao menos isso, preferia que tivesse sido comigo, para tirar seu fardo. E quero que você aceite de mim que não tem culpa nenhuma, porque eu não suportaria se pensasse que eu, ainda por cima, poderia guardar algum rancor contra você, por essa coisa tão horrível que aconteceu. Se tivesse sido comigo, sei que você faria o mesmo por mim. Então quero que seja definitivo: ninguém aqui tem culpa, precisamos encontrar nosso filho e acabou." Ele chorava ao falar, em um disparo de frases nada típico.

O fato de não se acusarem quanto à falta de Felipe foi um dos pilares para a sobrevivência a dois. Incontáveis decisões e atitudes tiveram de ser tomadas, ao longo dos anos, e foi imprescindível que ambos as assumissem de todo, sem abrir espaço para conflitos posteriores, por algum deles defender que teria sido preferível fazer diferente. Isso não poderia ser usado como artifício para expurgar o próprio sentimento de culpa. Muitas vezes, foi preciso uma espécie de pacto de silêncio, um resguardo das conjecturas. Nos momentos de maior frustração, quando restava pouco mais a fazer do que atirar a raiva na pessoa ao lado, a natureza comedida dos dois os ajudava, ao menos, a direcionar os insultos às paredes, as agressões aos móveis e aos tecidos frágeis das roupas. Brigar um com o outro em nome de Felipe soaria como blasfêmia contra o deus-filho, o que não ousavam.

Uma das etapas complicadas foi quando Otávio retomou o trabalho na agência dos correios, a fim de manter os proventos necessários à casa e às buscas, enquanto Ângela abandonou o emprego de professora, para se dedicar por inteiro à procura e ao luto. Ambos concordaram que tal dinâmica, distante de igualitária, seria a adaptação adequada ao novo mundo que habitavam. Não sabiam nada desse lugar, a sensação dominante era a de que nunca saberiam nada. Por isso, também, não exigiam do outro o acerto constante. Onde estaria o acerto?

Ângela apaga a luz do quarto e se deita. Lembra-se da primeira noite que passou nessa suíte após o desaparecimento. Como tantas outras memórias da época, a daquela ocasião é bastante difusa, mas ainda resta a lembrança da queda à cama, ao lado de Otávio. Os dois esgotados de recursos, a não ser tentarem algum descanso para seus corpos, que seriam muito exigidos no dia seguinte, quando a procura se renovaria com o sol. A primeira vez que se deitavam sem terem de tirar Felipe dessa cama e levá-lo para o quarto dele; o quarto então vazio, de onde ecoavam as perturbações do silêncio.

Otávio costumava carregar o filho nos braços até lá, até a cama onde o menino daria continuidade ao sono. Quão insuportável foi não terem isso juntos; alguém que falta é também a soma de ausências nos próprios gestos de quem ficou. Apenas os dois ali, a chorarem abraçados na mesma perda, na mesma perdição. Deitados feito mortos, porém irremediavelmente despertos, enquanto a noite mais funda tragava o filho desamparado do lado de fora. Dentro da casa, todas as luzes permaneceram acesas, a se lançarem das janelas para a rua, como um farol a indicar a Felipe o caminho de volta, ou uma vela a se queimar pela partida dele. Ângela não sabe quanto tempo levou até que cessassem essa forma de vigília, mas com certeza passaram-se semanas antes que as lâmpadas fossem apagadas, que as janelas se fechassem junto às pálpebras da mulher, finalmente adormecida pelo entorpecimento de medicações. A sensação dela, antes, era de que se consentisse em cerrar os olhos, nunca mais veria Felipe.

Hoje, com milhares de noites acumuladas, há alguma habituação adquirida. Ângela ingere a dose bem menor de remédios com um gole de água, o casal jaz quieto sob as cobertas. De forma distinta, perdem Felipe outra vez. Evitam falar mais sobre o assunto, como se qualquer conversa fosse uma indelicadeza à memória do garoto ou à própria renúncia. É provável que consigam dormir a noite inteira. Para reconquistar esse hábito, após as vigílias do começo, levaram muito tempo em dormidas fragmentadas, com alternâncias entre poucas horas de sono. E houve, nessa precariedade do repouso, um espelhamento sórdido do período inicial da presença de Felipe na casa, quando tinham de acordar a todo momento por conta do bebê. A ausência reacendeu nos nervos da mãe a mesma percepção aguçada; ela ouvia, várias vezes na madrugada, virem do quarto do filho os pequenos gemidos e o choramingar baixinho, que só mães parecem capazes de escutar. O quarto vazio soluçava e a convocava.

Foram muitas as madrugadas nas quais Ângela não suportou ficar na cama e, passadas poucas horas, rumou ao dormitório de Felipe. Naquela primeira noite após o desaparecimento, ela atravessou o corredor banhado de luz, com a vista embaciada e o corpo em um balanço de enjoo e pesar.

Apoiada às paredes, seguiu para a porta do cômodo sem ninguém; tateava o caminho como se, apesar das lâmpadas acesas, atravessasse a escuridão. Ao encostar no batente, observou cada um dos pequenos objetos que constituíam o universo da criança: a pequena cama arrumada, com o edredom azul de estrelas amarelas; o guarda-roupa de pátina branco, as cortinas do Peter Pan nas janelas, as estantes repletas de brinquedos, a escrivaninha que já começava a ser usada para trabalhos da escola. Sobre o encosto da cadeira, o pijama que ele havia tirado para ir à galeria, horas antes. Ela o tomou nas mãos, inspirou profundamente o cheiro da criança, ainda impregnado nas fibras do tecido; o cheiro da inocência tão oposta àquele mundo que a devorava. A mãe se afundou em outra espécie de escuridão, desconhecida até aquele momento. Desabou sobre o colchão de Felipe, agarrou-se às cobertas e chorou, descontrolada, até que Otávio a tomou nos braços e a retirou dali.

Os raios de sol entram pelas frestas da janela, despertam Ângela. Ela tem a impressão de ter misturado, ao longo da noite, sonhos e lembranças com Felipe, com as primeiras madrugadas da subtração dele. A casa está quieta, Otávio deve ter ido para o trabalho. Ângela sai do quarto, atravessa o corredor, passa direto pelas escadas que a levariam à sala no andar de baixo, depois à cozinha. Aproxima-se da porta do quarto de Felipe. Sob o batente, aciona o interruptor. Remove da escuridão a imagem perfeitamente igual àquela com a qual se deparou na primeira noite após o desaparecimento. O quarto dele mantido intacto, como se o pequeno Felipe houvesse acabado de sair dali e, mais importante, estivesse na iminência de voltar. A pequena cama arrumada, com o edredom azul de estrelas amarelas; o guarda-roupa de pátina branco, as cortinas do Peter Pan nas janelas, as estantes repletas de brinquedos, a escrivaninha que já começava a ser usada para trabalhos da escola. Sobre o encosto da cadeira, ainda o pijama que ele havia tirado para ir à galeria, décadas antes. Ângela toma-o outra vez nas mãos. Sabe que há tempos o cheiro da criança não está mais enredado nessas fibras. Ainda assim, encosta-o no rosto como em uma prece. Olha ao redor, reitera a si mesma que todo esse memorial terá de ser desmontado, ao mudarem de casa.

De novo — pouco importa ser racional ou não tal mensuração —, parece-lhe que desmanchar esse quarto será um desafio superior a qualquer outro.

Ela se inclina devagar, senta-se no antigo colchão de Felipe. Tomba no colo o pijama dele, estende-o com calma sobre os joelhos para, afinal, dobrá-lo. Demora o olhar no tecido cinza sobre as pernas, antes de conseguir se levantar e seguir ao guarda-roupa. Abre as portas do móvel e se depara com o leve oscilar das roupas do garoto nos cabides. Os contornos do corpo dele como se ainda desenhados ali, sombras de algodão em pernas e mangas estiradas. A mãe já viu essa cena milhares de vezes, mas o nó ainda se ata ao peito. Ela abre a gaveta onde sempre ficaram os pijamas, deposita ali a pequena peça de veludo. O silêncio na casa é fúnebre. Após fechar a gaveta e as portas do armário, Ângela, como faz todas as manhãs, abre as cortinas e as janelas para entrar sol no quarto do filho. É a primeira vez, no entanto, que a luz incide sobre uma cadeira descoberta.

Para a visita de Isa, Ângela decide preparar o risoto preferido dela. Presume, pelos modos da afilhada, que tem algo especial a contar. Talvez Marcelo venha também, ninguém disse nada a respeito. Enquanto cozinha o arroz, Ângela formula suposições e desejos de que os dois digam que se casarão. Eles moram juntos há tempos, o rapaz é como um membro da família, mas parece faltar algo ainda, justamente para que deixe de apenas *ser como* um membro da família. Ela considera se esse não seria um pensamento excessivamente tradicional, mas dá valor aos ritos. Recorda a própria cerimônia de casamento com muito carinho, gostaria que a sobrinha tivesse celebração semelhante na vida dela.

Quanto à parte que lhe cabe no diálogo, tem menos convicção. Isa deverá ser das primeiras pessoas comunicadas, mas toda véspera daquele assunto suga as forças de Ângela, como o empuxo de uma onda violenta faz as águas recuarem no mar. Só de pensar no enunciado à sobrinha — primeiro passo da renúncia para fora das cercanias da casa — formigamentos a percorrem por baixo da pele. Quanto mais gente souber, mais chances de reprovações, ataques ou mesmo mágoas da parte de quem a ouvir. Além disso, há o receio de que o jantar ganhe tom de comemoração pela novidade de Isa; detestaria oferecer um contraponto melancólico. Em especial à sobrinha, que foi das pessoas mais afetadas pela abdução do primo.

Os dois tinham quase a mesma idade, e representavam a totalidade de crianças na família. Otávio é filho único e Ângela só tem uma irmã, Regina, que se divorciou quando Isa era pequena, não se casou mais e tampouco teve outros filhos. Fê e Isa, como eram chamados, moravam próximos, brincavam juntos quase sempre, contornavam as pernas dos mais velhos em passos ágeis, compartilhavam horas de jogos e conversas sentados no chão; habitavam um pequeno mundo dentro do mundo da família. Carregavam, sem se dar conta, os sonhos e as promessas do futuro não só deles, mas também dos pais, tios e avós. Uma geração da qual metade se perdeu. A outra metade não saiu ilesa.

Isa sempre diz não guardar muitas lembranças daquela época, mas ter gravada a sensação de amparo que o primo, pouco mais velho, proporcionava. A posterior subtração dele, com todo o envolvimento da polícia, das notícias na mídia e dos rumores que circulavam, marcara-a com o exato oposto da sensação de amparo. Ela nunca falou muito a respeito, porque alega ser o mal sofrido pela tia muito mais digno de atenção. Mas abdicar, dessa forma, do que deveria ser cuidado em si, a fim de dar espaço somente ao zelo com a mãe de Felipe, diz mais sobre Isa do que ela possivelmente confessaria.

Das poucas vivências de que se recorda e sobre as quais comenta, destaca-se uma cena específica que, pelo que lhe contam, não aconteceu só uma vez, mas foi repetida em várias ocasiões: o garoto, vestido com a fantasia de Super-Homem, atravessava a casa correndo, enquanto com os braços para trás esticava a capa de tecido e, assoprando com força, imitava o som de vento cinematográfico. Ao chegar no topo da escada, gritava: "Eu vou te salvar, Isa!", e partia ao encontro da prima. Quando a alcançava, ainda com a capa nas mãos, abraçava-a, formava um abrigo de blindagem contra perigos invisíveis. Isa pouco compreendia daquele sentimento de proteção; só o apreciava. Tinha acabado de completar quatro anos quando o primo se foi.

Tanta gente falou sobre Otávio e Ângela terem outros filhos, como se fosse uma maneira de superar a perda de Felipe. No fundo, era uma ideia de substituição, como se alguém pudesse simplesmente assumir o papel da criança, a diferença não seria tão notável. Ângela abominava tal postura; bastava observar de perto Isa e Felipe para entender que cada um era um indivíduo, uma vida singular e íntegra. Uma criança não é um projeto de pessoa, é uma pessoa; todos que tenham amado uma saberiam disso, como a verdade mais óbvia. Felipe era alguém, tinha biografia própria. Isa também. Deveriam ter tido direito a seguir com suas vidas por inteiro. Nenhum dos dois pôde, na verdade.

Ângela acende o fogo em outra panela, pensa que é quase um milagre a sobrinha ter crescido sã à sombra daquela história, ter se tornado uma mulher tão adorável. Só por ter sido obrigada, tantas vezes, a ouvir a ordem: "não saia de perto da gente", com aquele nervosismo de quem teme não o que pode acontecer, mas o que já aconteceu, seria esperado que ela tivesse o desenvolvimento comprometido. Ângela pensa, com certo pesar, que a amabilidade dela, que lhe parecia caber tão bem, fosse também um mecanismo de proteção, o ajuste perfeito, e jamais questionado, para que garantisse o próprio lugar na família. Havia sobrado uma margem estreita entre a atenção disponibilizada pelos adultos — necessária inclusive à sobrevivência da menina — e o buraco aberto pela ausência de Felipe. Sempre foi perceptível em Isa o excesso de condescendência; os problemas dela não apareciam, pois as pessoas próximas já estavam comprometidas com a tragédia maior. O grande pecado de Isa: imacular-se.

A vontade de reparar todas as coisas faz lembrar a impossibilidade de reparar todas as coisas; Ângela quase entorna as panelas, telefona para a afilhada e cancela o combinado. Não quer se deparar com nada mais. Vê que a perda do filho não se tratou somente da perda de um filho, mas de tantas outras coisas. Já se deu conta disso milhares de vezes, mas agora a conta é outra. Respira fundo. É preciso desvencilhar-se do rastro de medo e privação; remover essas sombras que pairam também sobre os outros. Precisa conversar com Isa. Se ela quiser se casar e ter filhos um dia, a próxima geração não pode ter assinalada para si a tragédia que nunca lhe coube. Não deve ser aterrorizada por tempos aos quais nunca pertenceu, aos quais ninguém mais pertence.

Otávio chega do trabalho, encontra Ângela na cozinha e a beija. Pergunta se está bem. Ouve o sim. Logo inspira o vapor caloroso e salgado, vindo das panelas, expressa agrado. Ângela confirma se ele lembra da visita de Isa e Marcelo para o jantar. "A gente vai contar da nossa conversa de ontem?", o esposo pergunta, enquanto distribui os talheres pela mesa. "Não sei ainda. Vai depender do momento. Dos assuntos. Não sei." Otávio pega um copo, enche no filtro à pia. "Você quer que eu conte?" Ângela agradece, mas diz que se for o caso de falar, ela fala.

Os dois saem da cozinha. Ângela ouve os passos do marido escada acima, os toques de leve também no teto sobre sua cabeça. Ela fica na sala, com o pano nas mãos para limpar os móveis. Primeiro, ajeita as almofadas no sofá. Depois, vai ao armário onde ficam a televisão e os objetos decorativos. Resolve encarar a prateleira onde estão os porta-retratos. Exceto pela moldura que contém uma imagem de seu casamento, alojada mais ao fundo, todas as outras guardam fotografias de Felipe. Esse pequeno altar, dedicado a ele, também terá de ser desmanchado. Se fizer isso agora, Isa detectará a retirada e poderia ser uma forma de comunicá-la.

Não, brutal demais um gesto desse. Ângela observa os retratos: instantes pertencentes a um tempo descontinuado. Nenhum dia posterior àqueles primeiros anos do menino tem registro nessa prateleira, essa pequena plataforma onde também se recusa a passagem dos anos. A passagem da vida. Em outros cantos da casa, afastados desse memorial, há, sim, fotografias mais recentes. A maioria recebida de presente: uma imagem do aniversário de oitenta anos da mãe de Otávio, uma da viagem de férias para Fortaleza, uma bastante requintada da formatura de Isa na faculdade. Essa última sempre ficou no aparador próximo à escada. Em todas, Ângela, como se pudesse ver o negativo nas fotos, enxergava a ausência de Felipe, que seria um adolescente de catorze anos na primeira, um jovem de dezoito na segunda e um moço de vinte e cinco na última. Outras crianças, adolescentes e jovens a servirem de medida do quanto Felipe deveria ter mudado. Em especial, Isa, uma espécie de termômetro do crescimento que ninguém viu. Que teria avançado sempre um ano à frente da prima, mas ficou a cada ano um ano mais defasado. Ele deveria estar já formado, a abraçar a formanda naquela fotografia presenteada por ela. A sobrinha provavelmente gostaria que essa lembrança de sua colação de grau recebesse melhor exposição na casa, mas, como era do costume dela, nunca incomodou a tia quanto ao que sentia.

Nos porta-retratos, Ângela observa, comovida, o filho enlaçado a ela e a Otávio, em um parque; o menino ao volante de um carro, imagem que foi a mais replicada nas campanhas de buscas; ele dentro da pequena banheira, com os cabelos nascentes e uma pele brilhante da água, que parece emanar o cheiro de bebê ainda; ao lado de Isa, tão pequena, montado na bicicleta com rodinhas; junto ao avô, a oferecer milho para as galinhas na chácara, com os olhos apertados sob o sol da tarde límpida; na praia, ajoelhado à areia com o baldinho que era um peixe plástico sobre rodas. Felipe, Felipe, Felipe, Felipe, Felipe, Felipe. Por trás dessas fotografias, quase eclipsada pela do casamento, aquela mais tocante a Ângela. A que mais dói. Ela toma nas mãos o porta-retratos; aproxima do rosto a imagem do garoto com os olhos lacrimejantes, voltados à câmera — ou a quem observa a fotografia —, e o lábio de baixo projetado, naquele bico de quando tentava conter a tristeza. O pequeno Super-Homem havia acabado de fazer um rasgo na capa, sem querer. Apertava as mãozinhas contra o tecido vermelho, em um choro eternizado pela câmera de um conhecido à época. Ângela passa os dedos sobre o vidro que cobre a imagem do menino, olha dentro das pupilas dilatadas dele, como se pudesse impedir as lágrimas de continuarem a cair. Não pode. Nunca pôde. O choro eternizado do filho era outro.

Em frente ao espelho, Ângela traça a linha escura sob os olhos, com o lápis de maquiagem. A campainha soa, ela dá alguns retoques no cabelo com as mãos, mira-se pela última vez e sai do quarto. Escuta as vozes de Isa e Otávio, que abriu a porta. Do topo da escada, depara-se com a expressão sorridente da sobrinha. Desce para abraçá-la; sente uma espécie de proteção dos perigos invisíveis, antecipações da conversa planejada. "E o Marcelo? Achei que ele vinha", Ângela indica a mesa da sala, para que tomem lugares. "Era para ter vindo, mas ligaram do hospital, que precisavam dele. Uma paciente entrou em uma cirurgia de emergência."

Eles se sentam à mesa, começam com assuntos corriqueiros. Isa sente o cheiro do risoto, demonstra contentamento. Ao se servirem, Ângela pergunta: "E então, qual é a grande notícia? Quero saber." Isa sorri, pede que a tia conte a dela primeiro. "De jeito nenhum. Quero ouvir a sua logo, passei o dia curiosa." Isa tomba o rosto, no qual se formam as covinhas típicas. Os tios a olham atentos, em expectativa. Quando a jovem ergue de novo a cabeça, volta-se para Ângela e, com uma voz suave, entrega-lhe a anunciação: "Eu estou grávida."

Há um pequeno lapso de silêncio, a frase a abrir asas em meio aos três. Ângela, boquiaberta, fica sem fôlego durante esse momento no qual o tempo levita. Isa, sua pequena afilhada? A menina que viu crescer, que tantas vezes correu por essa casa, que passava por baixo e pelo meio das pernas dos adultos, que se sentava tão pequena e rente ao chão, ela será mãe? São altos os voos do tempo. Ângela levanta da cadeira em um rompante, quase derruba tudo em volta. Envolve a sobrinha em um abraço comovido. Talvez não perceba com clareza, mas o entusiasmo que demonstra não se revelava há tantos anos, que Isa e Otávio se mostram perplexos por tal estado de graça. Acontece outro nascimento ali, dentro de Ângela.

Ela se afasta um pouco, abre espaço para a afilhada receber o abraço do tio. Felipe também poderia estar nesses abraços. É só o vulto dele, a perambular de novo no pensamento. Ângela tenta dissipar o reflexo mental, concentrar-se no instante presente, antes que se apossem dela as tantas conjecturas possíveis. Ou justamente as conjecturas do impossível: Felipe seria pai também, a essa altura? O filho, ou filha, dele brincaria com o bebê de Isa? Não se entregará a tais questionamentos, muito menos tentará forjar respostas imaginárias, tão vãs quanto as perguntas. Todos os pensamentos sobre Felipe desaguam no mesmo mar: o da tristeza pela perda. Esse momento é de Isa, da maternidade dela, da criança por vir; isso é o que importa agora. O tempo se desdobra no sentido oposto às assombrações do passado, afinal. Pouco a pouco, eles retomam os lugares à mesa.

Ângela pergunta como Marcelo tem lidado com a notícia. Isa conta que ele também está muito feliz, que gostaria de estar junto, mas ela não quis desmarcar o jantar. Estava louca de vontade de contar da gravidez. "E como vocês ficaram sabendo?", a tia pergunta. "Ai, foi engraçado" — Isa começa a narrar. "A gente vinha tentando faz um tempo. E eu tinha planejado fazer uma surpresa, quando fosse para ele saber. Pensei em embalar uma caixinha, como se fosse um presente, e colocar alguma coisa de bebê dentro, um sapatinho ou uma chupeta, coisa assim, junto com um cartão. Ou até o resultado do exame de gravidez. Porque ele sempre falou que só queria que avisasse quando fosse certeza." Os tios riem, Otávio comenta: "É bem a cara do Marcelo, isso." Isa continua: "Pois é, só que quando atrasou para mim, eu fiz o exame no laboratório. Daí, eles me mandaram um e-mail e o Marcelo estava em casa. Eu até cogitei ver só depois, mas não aguentei de curiosidade. Pensei: vou ler e, mesmo que veja o resultado, vou me segurar quietinha. Achei que ia aparecer só no arquivo que veio anexado, então fui rolando a página do e-mail para baixo. Aquele monte de nomes e números que eu não entendia e de repente, aquelas letronas, todas maiúsculas: POSITIVO. Tomei um susto, até dei um grito." Os três riem. "O Marcelo veio correndo. Daí, tive que contar, né? Daquele jeito mesmo, sem embrulho nem nada."

A conversa se estende ao longo do jantar, Ângela pergunta para quando está previsto o nascimento do bebê. Isa diz que deve ser em maio do ano seguinte. Ainda não sabem o sexo, nem qual será o nome. Ninguém menciona tampouco aquele outro nome, mas a projeção da sombra dele é sensível; difícil passar ao largo da memória do garoto, quando se sabe que tudo que Ângela tem a descrever sobre gestação ou maternidade carrega Felipe consigo. Mesmo ao tentar estancar a melancolia, ela não detém por completo o abatimento que mina das camadas mais fundas do passado. Isa desvia o assunto, mas talvez não seja de fato um desvio: "E o que você tinha para me contar, tia?" Os tios trocam olhares, buscam cumplicidade. A mulher volta-se para a afilhada: por tantos anos, um de seus vínculos afetivos mais próximos e seguros. Aquela que tanto a ajudou, seja em questões pragmáticas ou emocionais, e agora terá o próprio filho, ou filha, para cuidar. Uma criança a crescer futuro afora, não voltada a um passado tenebroso nem a um presente sempre possível de acontecer, mas nunca realizado. Isa deveria mesmo ser das primeiras a saber da escolha de Ângela. Talvez lide bem com a ideia, compreenda que é o melhor para todos. A tia diz: "Nada muito importante. A gente pensou em fazer umas mudanças na página do Felipe na internet. Até queria falar com seu amigo, para ele ver isso. Ainda é o mesmo telefone, o dele?" Isa passa o contato de Tiago outra vez para Ângela, confirmam ser o mesmo número. "É só isso mesmo?", busca confirmação, desconfiada. "Sim. E a gente quer que você aproveite muito bem essa nova fase", a tia responde, enquanto se levanta e começa a recolher os pratos.

Detesta mentir a Isa. Tão logo dá as costas à mesa, e entra na cozinha, o rosto é perpassado por uma corrente fria sob a pele. Ela serve a sobremesa tão desgostosa, que se imagina incapaz de saboreá-la. Pergunta do trabalho de Isa, ouve as queixas sobre os setores internos do banco. A certa altura, o clima de despedida se instaura, os três vão para a porta de saída. Ângela percebe o olhar da sobrinha deter-se na estante dos porta-retratos, enquanto passam ao lado do móvel da sala. Sempre esse gesto sutil.

Os adeuses se iniciam entre Isa e Otávio. Antes que a moça dê um beijo na tia, ela diz que vai acompanhá-la até o carro. As duas saem à rua, após Ângela ter acionado o portão automático. "Se você se sentir mal ou precisar de alguma coisa, pode me ligar a qualquer hora, viu? Que a gravidez é linda, mas às vezes não dá moleza." Isa ri. "Pode deixar, tia. Mas ter um médico em casa precisa servir para alguma coisa, né?", devolve o gracejo. "É que tem coisas que nem sendo médico, eles conhecem. Só as mães sabem." Isa agradece. No sorriso dela, algo de pesaroso se sobressai e logo se dissipa.

"Sabe, tia? Você sempre foi meu grande exemplo. Quero ser como você: uma mãe que, não importa o que aconteça, nunca abandona seu filho." Ângela recebe em silêncio a tentativa de elogio; *não importa o que aconteça, nunca abandona seu filho.* Disfarça a perturbação em uma carícia à barriga da jovem. Diz ser melhor ela ir, não é seguro ficar na rua a essa hora. Nem mesmo sabe que horas são, *não importa o que aconteça, nunca abandona seu filho.* Isa entra no carro e parte; *não importa o que aconteça, nunca abandona seu filho.* Ângela volta para dentro de casa, aciona o fechamento do portão, *não importa o que aconteça, nunca abandona seu filho,* sobe as escadas rapidamente e se tranca no banheiro do corredor. Otávio conhece a cena. Pega uma cadeira e senta-se do lado de fora da porta, em vigília. Só sairão dali às duas da manhã.

# Outubro

O mar cobre todo o horizonte. Quando sair de vista, Ângela saberá que está perto de alcançar o destino. Sairá da rodovia e, parada no acostamento, telefonará para Suzana, com o aviso da proximidade. A viagem até a capital leva, ao todo, por volta de uma hora e meia, com trânsito regular. Por enquanto, a situação parece tranquila, mas as nuvens de tempestade, que se adensam cada vez mais, podem mudar o cenário.

Esse tipo de encontro não acontecia há algum tempo, mas costumava ser frequente. Logo que Suzana começou a trabalhar na associação Mães em Busca, as duas travaram contato e não tardou para a relação extrapolar a de terapeuta e cliente; tornar-se, também, laço de amizade. Uma via na outra algo diferencial, em meio às demais pessoas do grupo. Ângela muitas vezes se cansava das reiterações e lugares-comuns que outros ofereciam; Suzana se frustrava por, tantas vezes, observar, impotente, famílias repetirem ciclos de violência, formas de desprezo pelos filhos e outros problemas, que levavam crianças e adolescentes a fugirem de casa vez após vez, atrás de qualquer vida diferente daquela que seus lares guardavam por trás das paredes. Que as consultas conduzissem a transformações reais era, para os dois lados, muito significativo.

Ângela vê o céu adquirir tons mais intimidadores. Pensa em outras participantes do Mães em Busca, como vão receber a notícia de sua saída? É das integrantes mais notórias, pela repercussão do "caso Felipe", expressão que, aliás, sempre detestou. E faz parte do grupo desde os primórdios, quando

Dora, fundadora e presidenta da associação, viu a história dela na TV e lhe telefonou. Contou que também procurava pelo filho, Matheus, um menino de doze anos que voltava com o amigo da escola, como sempre faziam, até os caminhos deles se separarem a três quarteirões de onde cada um morava. Matheus nunca chegou em casa. Sem ajuda da polícia, de políticas públicas que lidassem com os desaparecimentos, ou qualquer outro recurso, as mães tentavam se unir, a fim de criar modos de procurar pelos filhos. Ou, ao menos, de não deixar as histórias deles serem esquecidas. Uma pessoa continuar a ser lembrada é fundamental para não se perder.

Algum dia terá de conversar com Dora. Não será fácil. Ângela foi das únicas convidadas para o grupo; o mais comum seria que os pais e as mães procurassem a entidade. Com a entrada dela, e o destaque que sua história recebia, o Mães em Busca se tornou conhecido do público geral. Foi uma pequena revolução, já que à época não se falava praticamente nada sobre o desaparecimento de crianças.

Para Ângela, foi uma forma de se sentir menos sozinha. Ela, que havia passado a se acreditar uma pária; uma mulher que já não pertencia à mesma espécie de seus antigos semelhantes, com famílias estruturadas e filhos a crescerem de uma etapa à outra. Os amigos e colegas de Felipe completavam aniversários, com festas infantis às quais os pais eram convidados, e Ângela não via sentido em aceitar mais os convites. Talvez fosse menos desagradável para todos, ainda que não dissessem, que ela não comparecesse. Deixou de fazer parte do comum.

Por outro lado, mesmo no grupo de famílias de desaparecidos, as histórias das mulheres ainda reservavam muitas diferenças. Dora, por exemplo, nunca havia aparecido nos noticiários antes de fundar a organização. Ou mesmo algum tempo depois. Ninguém deu grande importância à história dela, de início. Mesmo no bairro onde moravam, na periferia da cidade, Matheus não era um caso único. A polícia tratou o desaparecimento dele com desprezo típico: nenhuma busca foi realizada, sequer uma ronda; os oficiais se recusaram a lavrar boletim de ocorrência de imediato, com a alegação de que seria necessário aguardar vinte e quatro horas de ausência.

Falavam com impostação de lei, apesar de não existir essa lei das vinte e quatro, quarenta e oito, ou quantas horas inventavam a cada vez. E, mesmo decorridos tais prazos, a denúncia demorou a ser registrada. A oficialização da queixa não alterou nada de substancial; Dora ia com frequência a delegacias, e a única coisa que conseguia obter a mais da polícia era antagonismo. A repulsa começou a se tornar explícita: falaram-lhe que Matheus era "mais um vagabundinho que deve ter perdido o caminho de casa, com o tanto de droga que enfiou na cara" ou que "devia estar em dívida com o comando, teve que tomar chá de sumiço". Não tinham relevância as defesas da mãe, sobre o rapaz nunca ter se envolvido com o tráfico. E Dora não foi um caso excepcional; ela viu, no grupo, a história se repetir muitas vezes, sob pequenas variações, com associadas negras e de baixa renda. Meninos classificados como viciados, malandros, foragidos no crime; meninas, em especial se maiores de doze anos de idade, classificadas de vagabundas, putinhas, fugitivas com um namorado para a casa dele, um motel ou algo do tipo. Se rechaçavam esse tratamento, pais e mães ouviam ameaças de prisão por desacato à autoridade. Dora quase foi encarcerada mais de uma vez. Seu outro filho, Paulo, é quem pedia desculpas e a arrastava para fora das delegacias. Ela sempre conta do horror de ouvir as risadas dos guardas, deixados para trás, enquanto afundava em choro e desolação.

Embora não houvesse passado por nada parecido, Ângela se sentia irmanada no desamparo. Na constatação de que ninguém a ajudaria de verdade. Nenhum recurso foi eficiente, mesmo os mais sofisticados ou custosos não trouxeram qualquer avanço. Restou apenas reiterar os apelos, gritos, as passeatas, o aumento estatístico dos chamados. Os esforços pela recuperação dos filhos, no fim, recaindo sobre pais e mães, que eram os mais devastados; os que mais gostariam de ser conduzidos, em vez de conduzir, por aquele caminho.

Ao longo da história do Mães em Busca, houve conquistas, como a criação de medidas de proteção infantil, de bancos de informações sobre desaparecidos e, entre outros, a recuperação de algumas crianças e alguns adolescentes. Mas Ângela, Dora e tantas mais continuaram de mãos vazias quanto aos próprios filhos. Para a presidenta da associação, a possibilidade de ajudar outras famílias parecia servir como conforto, mas para Ângela, no fundo, o número cada vez maior de iniciativas a aprimorarem as buscas — divulgações de fotos na internet, cruzamento de dados em delegacias e hospitais, matérias na imprensa etc. —, tudo isso produzia, como efeito colateral, um fracasso também aumentado. Cada nova tecnologia que não trazia Felipe de volta funcionava no sentido oposto: o de demarcar com mais precisão o quão perdido ele estava. Até mesmo ver outras crianças recuperadas trazia amargor a Ângela. Ela nunca admitiu a ninguém, era uma sensação detestável e irracional, mas se fazia presente: não ter sido a contemplada da vez representava uma chance a menos, como se algum deus ou ordem cósmica regulasse a quantidade limitada de filhos restituídos às famílias. Como se houvesse uma cota metafísica, mais próxima de se esgotar a cada criança que não era Felipe.

A soma de frustrações, as dificuldades práticas de viajar à capital, a falta de identificação de Ângela com parte do grupo, bem como outras razões, causaram o afastamento gradual dela. Deixou de ir às reuniões e outras atividades pouco a pouco, até que se absteve de vez, apesar dos convites insistentes. Em breve, formalizará o desligamento completo do grupo. A conversa com Suzana será, também, para preparar essa cisão.

A tempestade começa a cair. Da constância de pingos a ricochetearem contra o para-brisa do automóvel, passa-se a uma forte torrente, que parece fundir a água e o vidro em uma única substância, de vincos transparentes. Ângela teme o branco que ocupa o campo de visão, junto ao rumor grave da água a bater na lataria do carro. Apenas quando entra no túnel os receios se amenizam, mas outro desconforto toma lugar: a fila de carros sem movimento a deixa apreensiva. A soma de pisca-alertas ligados na escuridão em plena tarde é como um alarme a disparar. Ela cogita a hipótese de ter ocorrido algum acidente, ou uma inundação. Viria uma enxurrada dentro do túnel, inescapável? Ângela realiza os exercícios de respiração. Usa as luzes dos pisca-alertas como foco ao qual se atentar, em uma investida meditativa.

Precisa esquecer os significados atribuídos, que apontam a perigos; enxergar apenas luzes e suas oscilações. Somente o que elas são em si mesmas.

Então, o calafrio repentino. As luzes fulguram outras: as daqueles vaga--lumes. Felipe corria atrás deles, as mãos no ar, para tentar reter os brilhos fugazes, em meio à escuridão da noite. Ângela perde o fôlego por um segundo; até o instante anterior, essa memória estava perdida. Conforme a cena se remonta, a mulher chega a se perguntar se não é perda de sanidade, se a história é apenas fruto da imaginação que se extravia à área das lembranças. Mas fica cada vez mais claro: esse dia existiu, sim; ela passou por aquela experiência com o filho e a havia esquecido. Como pôde?

Foi no sítio do Sérgio, amigo de Otávio que faleceu muito depois. Passaram um fim de semana lá, e Felipe se deslumbrava com as pequenas descobertas da natureza. Sérgio e a esposa, divertidos com o garoto, prometeram levá-lo para ver algo especial ao fim do dia. O maravilhamento dele com os vaga-lumes deveria ter sido inesquecível. Não havia internet nem aparelhos celulares à época, nada que pudesse tê-lo preparado para a visão do que pareciam lamparinas aladas. Felipe corria atrás dos insetos, absolutamente encantado. O som do riso dele era o perfeito espelhamento daquelas cintilações no ar. Na volta, o menino não parava de falar sobre aqueles seres, que lhe pareciam mágicos; retomou várias vezes a cena para o pai, que havia abdicado do passeio para descansar. "Os vaga-lumes furam o escuro com a luz deles", dizia com voz graciosa. Como você pôde se esquecer disso, Ângela?

Em vez da culpa, ou da gravidade, que costumavam acometê-la em tudo que se relaciona com Felipe, toma espaço na mãe uma alegria encabulada. É incrível que ainda surja uma lembrança assim, intacta, depois de tantos anos. Ângela chega a rir, sozinha. Pensa que os vaga-lumes furam o escuro do esquecimento também, com as luzes deles. Felipe estava certo. E ela quer ser capaz de preservar o alumbramento dessa memória; a primeira renovada em meio a tantas outras, sempre cravadas de dor pela perda que só viria posteriormente. É incrível.

O trânsito aos poucos volta a fluir. Quando Ângela sai do túnel, a chuva está mais branda. Não há sinal de acidentes, inundações ou de qualquer outra desgraça; o congestionamento deve ter se resultado da grande quantidade de automóveis, da desaceleração por conta do clima. Nada mais do que isso. Pouco à frente, encosta o carro e liga para Suzana. O mar já não cobre sua visão.

Ângela chega ao café antes de Suzana. Sobe até o segundo andar, espaço com mais privacidade. Dentre as três mesas vazias, escolhe a mais próxima à janela. Observa pelo vidro a capital: sob os emaranhados de fios nos postes, um turbilhão de gente se cruza às pressas; carrinhos lançam fumaça e vendem comida na calçada; vendedores estendem mesas e tapetes com relógios, acessórios para celulares, brinquedos, ervas medicinais e receptores de TV com todos os canais. A ameaça de tempestade, que agora sobrevoa a cidade, faz surgir como num passe de mágica os ambulantes que anunciam capas e guarda-chuvas. Nas ruas, automóveis ficam parados no sinal vermelho, continuam parados no verde. Prédios e mais prédios se multiplicam em muradas e janelas, deixam entrever apenas fatias do céu. Tantos apartamentos e salas, cada uma a conter mais e mais gente. E esse é só um pequeno pedaço do mundo; parte minúscula, inclusive, da cidade. Às vezes parece ser tudo grande demais, pesado demais para uma pessoa.

Não demora para a voz de Suzana ser ouvida, sua saudação à dona do café que alcança também o pavimento onde Ângela espera. Ela se levanta, como se ouvisse um chamado; a psicóloga surge ao fim dos degraus e as duas se abraçam, trocam demonstrações de saudades. Uma garçonete vem tomar os pedidos. Quando a moça se vai, Suzana passa a mão pelos cabelos, ajeita-os por trás das orelhas em um gesto que marca sua jovialidade ainda outonal.

"Eu vim te contar uma coisa, mas aconteceu outra também, agora no caminho." Ângela narra o congestionamento, os pisca-alertas no túnel, a lembrança recuperada dos vaga-lumes. "Olha, que interessante. E que bom você ter ficado contente com isso, em vez de chateada. Teve alguma mudança, ultimamente?" A garçonete traz os pedidos; Ângela espera que ela vá embora antes de retomar a conversa. "Na verdade, sim. E é sobre isso que eu queria falar com você. Tomei uma decisão. Acho que não vai te agradar." Suzana solta a alça da xícara, cruza os braços em cima da mesa. "Mas você sabe que não sou eu quem tem que gostar das suas decisões. É você. E sou sua amiga, não só terapeuta; você tem meu apoio. Além do mais, com tudo que já vi e ouvi na clínica, é difícil me surpreender."

Aparentemente, há novidades ditas com serenidade que podem causar mais perplexidade do que horrores já conhecidos. Quando Ângela conta da decisão de encerrar a busca e a espera por Felipe, Suzana leva a xícara à boca e, assim, cobre o rosto. "Mais para a frente, eu vou retirar, inclusive, os registros dele da associação." A mãe que sempre foi tida como símbolo de resistência, a mãe cuja história é das mais reputadas, declara: é o fim. Sem ter havido final. Por mais explicações que Ângela dê, vai sempre soar como se faltasse alguma peça no quebra-cabeça. Porque se trata mesmo de um quebra-cabeça cuja peça central falta.

"Tem algum motivo específico, alguma coisa mudou, para você desistir assim?" Ângela rebate a pergunta: "Não, isso eu quero que fique muito claro: não é uma desistência. Seria, se eu ainda quisesse continuar na batalha, mas me retirasse porque deixei de acreditar que poderia vencer. A batalha em si não é mais minha; eu quero escolher outras. Ninguém vai ter o direito de falar que eu desisti dele; passei trinta anos da minha vida tentando ter o Felipe de volta, sem dar importância a nada além disso." Suzana escuta com atenção, enquanto Ângela reitera muito do que já foi dito em antigas sessões de terapia. Falas que servem mais ao expurgo do que à informação. Inevitável notar que, diferentemente dos encontros naquele contexto, ela agora conjuga mais verbos no pretérito do que no futuro. "Eu sempre quis um fechamento para nossa história. Não sei julgar se seria pior ter um filho morto ou desaparecido, mas ao menos a morte define, não sei, os limites do que é para ser sofrido. Os limites do que ainda existe ou do que se foi de vez. O desaparecimento, não; sempre foi como estar em um velório de onde não dava para sair. Como se da minha persistência dependesse se o caixão seria ocupado, a lápide preenchida com o nome de Felipe." Suzana ainda tenta refreá-la, mas Ângela prossegue: "E o que todo mundo espera é que a gente fique ali, naquele velório infinito. Tem essa diferença também: parece que se há uma morte, o esperado é a superação; mas se o filho está desaparecido, as mães têm o dever de nunca seguirem adiante. Eu sei que você me vê assim, o pessoal da associação também, mas não quero ser esse símbolo de resistência. Quero ser uma pessoa, Suzana, não um símbolo."

A psicóloga deixa pairar um lapso de silêncio após a frase; parece lançar mão de um procedimento clínico, mais do que se permitir a hesitação de uma informalidade fraternal. Questiona, em seguida: "Você se lembra que, há muito tempo, eu te fiz aquela pergunta: Quem é Ângela?" A mãe que só quer Felipe de volta. Foi essa a frase que usou naquela sessão e a repete agora, como se imitasse uma versão de si mesma, já não correspondente. "Você deveria mesmo buscar outra resposta, diferente daquela. Eu sempre esperei por isso; foi uma provocação, de certa forma. Imagino que você tenha entendido também." Ângela aquiesce. Então, não será uma conversa tão difícil quanto esperava. "Mas você não acha que pode haver um equilíbrio melhor? Você pode ser quem você é, sem ter de eliminar tudo que ainda se relaciona com Felipe. É possível conciliar. Só seria preciso decidir no que investir sua energia, o que realocar na sua vida. Me preocupa esse radicalismo. Eu temo que seja, no fundo, uma manifestação do quão forte ainda é o impulso que tenta negar. E isso só vai te levar ao mesmo ponto, talvez pior."

Ângela não responde, de início. Olha pela janela, vê a cidade tão alheia. "Não é radicalismo. Só precisa ser de verdade, sabe? Para eu *sentir* que acabou mesmo. E isso nunca vai acontecer se eu souber que ainda circulam pedidos de informações, caso o vejam. Se continuarem a me mandar alertas, cartas, informações de que podem ter encontrado o Felipe. Se me chamarem pra checar se é mesmo ele. Colocarem mais câmeras, microfones, na minha frente e esperarem que eu repita os apelos, as lágrimas, na TV ou onde for. Isso tudo tem que acabar. O meu Felipe chegou ao fim, Suzana. Por isso não se trata de desistência." A psicóloga ainda insiste; e se iniciassem um processo gradual? Sempre houve o estímulo para que as mães da associação encontrassem outros reforços positivos. Ângela responde: "Eu sei que parece um excesso. Um excesso para compensar outro, de uma vida toda. Talvez seja mesmo. Mas você sabe que eu nunca consegui fazer as coisas se não for por inteiro. Lembro de você recomendar até que a gente adotasse um cachorro. Era inconcebível, para mim, mudar a configuração da família, mesmo num detalhe como esse. Tudo eu via dessa forma: Felipe vai voltar e vai estranhar se tiver um cachorro." Suzana interfere: "Então, você deixou de fazer muita coisa, por fantasiar o que aconteceria. Como se qualquer iniciativa fosse decisiva. Eu acredito que agora é o oposto: em vez de não mudar nada, você idealiza mudar tudo. Mas continua com o pensamento de que a ação é decisiva, em absoluto. No fundo, é o mesmo padrão. O que proponho é vivenciar as coisas, ir de pouco a pouco. Inclusive, para sentir o que te faz bem ou não. Adote um cachorro, por exemplo. Por outro lado, recuse entrevistas. Os registros do Felipe podem ser deixados ali, quietos. Conciliar melhor, sabe?" A terapeuta e amiga lhe quer o bem, ela percebe; no entanto, terá de se proteger também de quem lhe quer o bem. "Eu não quero me referir à ideia de morte, nem com o Felipe, nem com mais ninguém, porque nunca passei pela morte dele. Mas quero passar pelo fim. E não tem como conciliar o fim e a continuidade. Me desculpe, vou ser indelicada, mas imagine que alguém te falasse para manter, ainda hoje, pedidos de que caso vissem seu pai por aí, te telefonarem. A única diferença comigo é que não tive o óbito, o corpo para enterrar, o cemitério e tudo mais. Mas me parece igualmente absurdo."

Suzana fica quieta. Só depois de um tempo pergunta, séria, o que Ângela planeja, de forma objetiva, em relação a cada elemento: os registros de Felipe na associação, as fotografias dele em casa, o quarto ainda montado e tudo mais. Irá rasgar as fotos do menino? "Não! Não vou apagar nada do que ele foi. Só o que ele nunca chega a ser, o que é somente busca e espera pelo Felipe, não o Felipe. Eu preciso dar um contorno definido à presença e à ausência dele. E poder me alegrar e me entristecer conforme essas medidas."

A chuva começa a cair e, como se houvesse chegado no encalço de Ângela, ricocheteia o vidro ao lado dela. Suzana diz que entende. Pergunta se ela já comentou com alguém sobre a decisão. "Falei com Otávio, claro. Queria até uma opinião sua, porque o plano era contar logo para Isa também. Mas ela me deu a notícia de que está grávida. Não sei se teria algum problema, nesse começo de gestação, com as emoções que podem vir." A terapeuta modula o tom, para o da alegria: "Uma criança nova na família? Será que não é isso que mexeu com você?" Ângela nega, conta que estava determinada desde antes. Escuta da psicóloga a orientação para que espere um pouco, ao menos passar a fase inicial da gravidez. A conversa perde impulso. Pratos e xícaras também esvaziados. Elas fazem menção de pagar a conta, descem ao caixa.

Depois, perto da saída, comentam sobre há quanto tempo não se viam. "A última vez foi ano passado, no evento do Dia da Criança Desaparecida", Ângela responde, com precisão. Suzana se espanta, não imaginava que já fazia um ano e meio. "Eu me lembro bem desse dia", diz em seguida, com expressão de quem, ao expor a evocação em si mesma, interroga o que seria evocado na outra pessoa. Ângela só pede que a psicóloga não comente com ninguém, por enquanto. "Claro, vou tratar como assunto de sigilo terapêutico. Mas vamos conversar mais sobre isso? Acho que o que aconteceu naquele evento, aquilo precisa ser olhado com mais carinho também." A anuência de Ângela não demonstra grande adesão. As duas se despedem, prometem se falar. "Você não precisa fazer isso de forma tão drástica, sabe?", a psicóloga diz e dá a mão a ela, que logo se desvencilha. "Acho que preciso, sim."

A menção na conversa com Suzana, ao evento do Dia da Criança Desaparecida do ano anterior, continua a reverberar em Ângela, conforme volta para casa. Na verdade, aquele dia nunca deixou de impactá-la. O sentimento que irrompeu na ocasião pode ter se originado e crescido desde antes, porém a erupção o revelou de vez e, portanto, o catalisou. Não parecia, até agora, ter sido determinante à renúncia, mas talvez tenha surtido um efeito maior do que ela mesma havia percebido em si.

Ao refletir hoje, a recusa prévia a produzir aquela imagem simulada, anos antes, teve um sentido de proteção própria. Talvez pressentisse o dano de quando a visse materializada. Depois de ter aceitado, entregou cópias das fotografias de Felipe aos especialistas, que fariam análises das mudanças do menino ano a ano, para, de alguma maneira, montar o cálculo de deduções quanto às continuidades das mudanças, multiplicadas por outros trinta anos, incógnitos. Ângela também cedeu retratos de outros membros da família, em diferentes idades. A árvore genealógica podada a somar-se aos indícios. Ela ainda prestou depoimentos à equipe, com temor do que cada palavra sua poderia desenhar no retrato falado do filho. Quanto mais se especulava para a representação imaginária, mais a nova figura do filho parecia impossibilizar-se. Era essa palavra, inexistente, que lhe vinha à cabeça: porque só palavras inexistentes chegavam perto da verdade de então.

A partir da base de dados constituída, somada a um conjunto de suposições, os especialistas produziriam no computador o retrato do filho com envelhecimento digital. Simulação de uma fotografia do homem que Felipe poderia ter se tornado, passadas as três décadas de desaparecimento. Rosto em cujas feições estariam talhadas as confluências do tempo, da progressão etária, da genética, das estatísticas sociais, do acaso, das inclinações de humores e crenças dos retratistas, das variantes entre tudo o que pode acontecer na vida de um homem. Uma ferramenta útil, sem dúvidas. Mais eficiente do que carregar a foto de uma criança aos cinco anos, enquanto se procura um adulto com trinta a mais. Quem reconheceria aquele garoto mostrado, quando não era mais conhecido de ninguém? Uma ferramenta útil, por isso Ângela se deixou convencer.

Na ocasião, tudo se organizou de maneira que a revelação do retrato simulado de Felipe tivesse algo de especial. O evento organizado pelo Mães em Busca, por conta do Dia da Criança Desaparecida, colocou como convidados a equipe que trabalhou no projeto, muitas autoridades e parte significativa da imprensa. Foi instalado no auditório um telão, coberto por um pano negro. A certa altura, Ângela e Otávio foram chamados à frente; o chefe da equipe do projeto explicou os procedimentos, fez questão de frisar que o rosto com o qual iriam travar contato seria uma, apenas uma, entre muitas possibilidades do que Felipe poderia ter se tornado. Por fim, prestou condolências ao casal, disse que esperava ajudar. Aproximou-se do pano e o removeu.

A tela ainda estava em branco, algo de errado na apresentação. Mas logo surgiu uma das fotos mais conhecidas de Felipe, o rosto dele tal como replicado em milhares de cartazes, anúncios, páginas de internet e camisetas. A criança linda, sempre a comover a mãe. Então, a imagem se desintegrou e foi substituída por aquele outro rosto, o do estranho. Um homem barbado, áspero. Uma rocha impenetrável. "Esse poderia ser o Felipe hoje", o especialista disse ao microfone. Flashes disparavam das câmeras, lentes se aproximavam, microfones apontavam, pessoas falavam e falavam e falavam.

Esse poderia ser o Felipe hoje.

Ângela desabou de joelhos no chão, mais uma vez. Sempre a se repetir essa implosão afetiva, de perceber que não foi um simples engano a perda do filho. Ele não poderia reaparecer. Claro, ela *sabia* que testemunharia uma versão adulta de Felipe; forneceu grande parte dos matizes que compuseram aquele quadro. Mas nunca *sentiu* que seria assim, o rapto também da imagem carregada do filho. E a imagem do filho, àquela altura, era tudo que tinha dele. O retrato no envelhecimento digital se tornou o ultimato da representação, um totem granítico que se sobrepunha a todas as outras fantasias, como se despedaçasse quaisquer espelhos nos quais Felipe poderia se mostrar de outras formas.

O impacto se repetiria ainda em ondas de choque, com a replicação desse novo retrato nos cartazes, calendários, páginas de internet e todos os outros anúncios do Mães em Busca. Quando inseridos lado a lado, como costumavam ser nas peças de divulgação, os retratos da realidade infantil e o da simulação adulta davam a Ângela a impressão de ver pareados a pequena vítima e o raptor dela.

Uma ferramenta tão útil.

Ao chegar em casa, naquele dia, a mãe enterrou no fundo da gaveta o envelope que lhe deram, com a impressão do retrato envelhecido. Nunca mais olhou para ele. Tampouco voltou a participar de qualquer atividade da associação. Afundou-se no quarto escuro por dias. Perdia-se, naquela incubação íntima, o sentido de ainda participar das iniciativas do Mães em Busca, o sentido de continuar a procura por Felipe, o sentido de quase tudo. Para onde poderia ir se levantasse da cama, se saísse daquela escuridão? A depressão a tomou em grau comparável apenas àquela dos primórdios. Época na qual, em contrapartida, ainda a convocava o dever de procurar o filho. Havia algo pelo qual se erguer, era diferente.

De volta da conversa com Suzana no café, ela procura, pela primeira vez, o envelope na gaveta da cômoda. Encontra o invólucro de papel, soterrado sob dezenas de outras folhas, de um livro que abandonou no meio, antigos remédios para dormir e um relógio parado. Pinça a borda do volume com os dedos, feito uma página a ser virada, e o retira da submersão de tanto tempo. Ou tão pouco. Abre-o e puxa para fora o conteúdo: o cartaz diminuto, com rostos emoldurados de meninos e meninas, os quais formam uma rede de contrapontos entre sorrisos inocentes e datas de perdição, inscritas logo abaixo. Números por entre barras, semelhantes a inscrições de lápides. No topo, em fotografias maiores, Felipe e Matheus, o filho de Dora, duplicados naquele espelhamento do tempo: contemplados com o envelhecimento digital, cada um com seu par de imagens. Em letras brancas pequenas, um texto explica a tecnologia e sua possível imprecisão ao desenhar os adultos. Ao comparar os dois retratos de Matheus, Ângela tem a impressão de que ele poderia mesmo ter se tornado o rapaz previsto. Talvez fosse por ter desaparecido em idade superior à de Felipe, com definições dos traços mais encaminhadas; talvez só porque a visão se turve menos quando se põe sobre os filhos de outras pessoas. Quem sabe, para os demais, o envelhecimento de Felipe também parecesse coerente. Para os integrantes da equipe que o produziu, com certeza isso se deu; não mostrariam algo que lhes aparentasse tanto descabimento. Ela não conseguia de maneira nenhuma absorver o rosto desse homem sombrio, a fim de ser possível dizer: esse é o meu filho.

Porém, também impossível o pequeno Felipe, na fotografia ao volante do carro, com os dentes da frente faltantes, que ela havia carregado sempre consigo, aonde quer que fosse pedir ajuda. De repente, nítida a insustentabilidade do menino antes tão próximo. O absurdo de passar três décadas à espera de um garoto para sempre aos cinco anos de idade, quase seis. Ele mesmo descrevia assim a idade: "Tenho cinco anos, quase seis." E as pessoas riam, ao ouvirem a explicação de que completaria a próxima idade dali a meses. E nunca a completou. Se houve aniversário, aconteceu ao modo de um evento em outra dimensão, um universo paralelo, inacessível à mãe. A mãe que reconhece o menino de sorriso banguela e lindo; de cabelos loiros que chegam a brilhar em branco, sob o sol; de olhos castanhos muito abertos à vida; de pele lisa feito a de uma escultura, manchada apenas pela marca de nascença, que aparece bem na foto. As três estrelas, como a chamavam entre os dois. Um sinal exclusivo, que ajudaria a identificá-lo, como uma impressão digital fora do lugar. Mas que também poderia ter se pigmentado ou se modificado, conforme alguns diziam. Tudo passível de ser ou não ser, ao mesmo tempo. De qualquer maneira, por esse Felipe, ou similar, Ângela buscara. Sem *sentir* que o tempo de fato havia passado.

O desaparecimento lançou a mãe a um mundo irracional. E nenhuma outra evidência, antes do retrato com o envelhecimento, foi tão incisiva ao expor o avanço cronológico das fantasmagorias. Ângela agiu como se o tempo que envolvia o filho girasse em falso. Quando refletia sobre o amadurecimento dele, caso estivesse vivo, ela nunca definia com contornos sensatos a imagem do adulto que ele teria se tornado. Mesmo ao contar cada ano da idade dele — nas datas comemorativas ou em certos dias comuns, a constatação de que ele estaria então com seis, sete, oito, nove, dez, onze, doze, treze, catorze, quinze, dezesseis, dezessete, dezoito, dezenove, vinte, vinte e um, vinte e dois, vinte e três, vinte e quatro, vinte e cinco, vinte e seis, vinte e sete, vinte e oito, vinte e nove, trinta, trinta e um, trinta e dois, trinta e três, trinta e quatro, trinta e cinco —, Ângela via o menino dela, apenas um pouco alterado. Como se fosse um daqueles reflexos distorcidos entre os espelhos do labirinto no parque de diversões: um Felipe alongado. Braços e pernas compridos, o tronco maior, mas ainda aquele rosto absolutamente familiar. Aquele mesmo jeito de olhar para ela. O sorriso de inocência, os cabelos loiros a caírem pela testa e pela nuca, os olhos de novidade. Felipe.

Todo esse descabimento foi demolido. O rosto do homem assumiu o posto, com suas maçãs do rosto ressecadas, seu maxilar poligonal e bruto. Nenhuma pureza mantida no sorriso, nenhum sorriso. A pele riscada de aridez, dos estragos causados por anos e anos de sol a queimá-la, ou de agruras a deixarem marcas. Os cabelos endurecidos, distantes dos olhos, sem recaírem com leveza sobre a testa. Os lábios secos, retesados, à penumbra da barba que cobre as faces como uma praga invasora. No olhar gélido, a impressão de uma mensagem silente, direcionada à mãe: "Foi isso que me tornei por você ter me perdido." Ela não queria esse Felipe que, além de tudo, ainda a culpava pela vida que lhes foi arrancada.

Sim, fazia parte das probabilidades que ele houvesse crescido nas ruas, em meio à miséria e às dificuldades, ao inferno que Ângela testemunhou muitas vezes. Que houvesse passado por vícios, encarceramentos, violências e todo tipo de flagelo. Os técnicos, ao desenharem o envelhecimento digital, talvez houvessem sido moderados, entre todo o campo de mazelas com as quais poderiam ter acometido o garoto. Na tentativa de encontrar um denominador comum entre o que de mais grave poderia ter acontecido e as possibilidades mais otimistas, aquele era um ponto de equilíbrio. Um ponto de equilíbrio sobre o qual tudo viria a desmoronar. O rosto no qual se refletia toda a dor do mundo. E o especialista disse: esse poderia ser Felipe hoje.

Não, não poderia. Jamais.

O lugar da criança deveria ficar vazio, em vez de ocupado por um intruso. A lacuna deixada por Felipe havia guardado sonhos, dado espaço a eles; com a ocupação pétrea pela imagem da versão envelhecida, nem mesmo isso teria continuidade. Ângela, tomada por uma espécie de ressaca, viu-se diante de um horror reverso: a repulsa à ideia de que alguém daquele tipo fosse encontrado e dissessem "aqui está o Felipe". A possibilidade se tornou demasiado real e monstruosa na mesma medida. Já havia visto, em especial na televisão, outras mulheres passarem por aquilo: encontrarem um adulto depois de muitos anos, desconhecido, e se alegrarem por conseguirem se reunir com o filho ou a filha. Ela imaginou essa cena consigo própria, muitas vezes, e não era de todo feliz.

Perceber a concretização do estranhamento absoluto quanto ao possível filho foi, para Ângela, o momento no qual finalmente *soube* e *sentiu* que não podia mais ter o que tanto havia sonhado. Seu menino não tinha qualquer invulnerabilidade ao tempo, nada de especial que o diferenciaria de outras pessoas. Tudo isso estava apenas na cabeça dela e, como costuma acontecer, é muito duro o instante no qual se percebe que algo fundamental estava apenas na própria cabeça, em nenhum outro lugar. Quando isso se mostra tão óbvio que a própria crença anterior se assemelha a um delírio.

Suas esperanças já haviam perdido o brilho, as sombras do luto, se desbotado, mas a imagem de Felipe crescido e disforme foi a concretude em meio a tanta nebulosidade. Não precisava buscar aquele homem alheio, ele não lhe faltava. Seu filho estava perdido de qualquer maneira, ainda que pudesse ser encontrado.

Demorou até que se sentisse disposta a buscar qualquer caminho por onde seguir. Tardou mesmo para saber qual trajetória seria; sua bússola mais uma vez desnorteada dentro do labirinto, então adulterado. Retomou partes da rotina anterior, voltou a frequentar o antigo cais e a passar pela rua da galeria, porém nada mais era como antes. A procura perdeu muito de seu sentido, mesmo nos lugares que percorria em nome do filho, dos hábitos maternais. Que mundo ela passaria a navegar, se não esse que conhecia tão intimamente, há décadas? Esse, que, ainda vazio, era o habitado por ela?

Passado aproximadamente um ano e meio daquele dia, Ângela percebe algum avanço. Na cama em que passou dias a fio deitada à escuridão, e onde agora está sentada, ela observa o rosto hostil do cartaz. Esse homem não *é* seu filho e nunca *será*. O único que importa está ao lado: o garotinho retratado com as mãos ao volante, os dentes faltantes no sorriso e o cabelinho loiro a cair pela testa. Esse, sim, *foi* Felipe. Ângela pinça as bordas do cartaz com as mãos, como uma página a ser virada. E o rasga em pedaços.

Não foi só como telespectadora que Ângela viu na TV outras famílias se reunirem com os filhos — ou supostos filhos — desaparecidos. Em um programa, ela estava no palco da gravação, como uma das convidadas. A ideia era abordarem aquele tipo específico de perda, mas com um tom de esperança, conforme a proposta enviada anteriormente pelos produtores. Então, o foco seria no reencontro de uma família em especial, anos depois de o filho, bebê, ter sido levado, para outra cidade, pelo pai de quem a mãe havia se separado. Outros pais e mães à procura de suas crianças seriam chamados e apresentados, com a chance de mostrarem cartazes e informações de contato, de falarem sobre as próprias histórias. Ângela presumiu que seria algo detestável, sensacionalista; mas, ao modo de pactos diabólicos, essas exposições midiáticas ofereciam a recompensa que ela mais queria: a de propagar os chamados por Felipe, de renovar a memória dele, e a integridade moral própria importava menos.

Ela e Otávio foram ao estúdio da emissora vestidos com a camiseta que tinha estampada a foto de Felipe. Mantiveram erguidas, nas mãos, cópias de cartazes com outros retratos e contatos. Cumpriram a promessa feita a famílias do Mães em Busca, de que levariam também imagens das crianças delas, as quais Otávio exibia. A junção dos casos sempre causava mal-estar em Ângela; via os cartazes e era como se quanto mais pessoas desaparecidas houvesse, mais cada uma delas sumisse na vastidão do desconhecido.

Quando o apresentador, Marlon Silvestre, passou com o microfone pelo grupo de convidados, foi tudo muito rápido. Fez só uma pergunta a cada pessoa, como se entrevistasse uma entidade única, formada pelo amálgama das perdas. As respostas enquanto soma, não singularidades. Na vez de Ângela, o questionamento dele foi: "Dizem que as mães podem sentir a presença do filho, mesmo distantes. A mãe de um filho desaparecido há tanto tempo... Você sente a presença do seu filho ainda?" Só depois de o microfone ter se afastado, ela percebeu que não havia dito nenhuma palavra. Balançou a cabeça de forma afirmativa, começou a chorar e foi tudo.

Esse gesto, ou falta de gesto, assombrou-a dali em diante. Pelo resto da vida, quis puxar de volta para si o microfone. Porque, cada vez mais, compreendia que pouco importava se "sentia" o filho ou não. Que muitos nomes poderiam ser dados àquela emoção permanente — ansiedade, angústia, ilusão, engano, fé, intuição etc. —, mas o que se dirige à pessoa não é a pessoa, é o sentimento próprio e nada mais. E ela queria a pessoa: Felipe. Um menino único, um menino que deveria existir, primeiro, por ele mesmo. Ou não existir de todo.

A resposta dada à pergunta, anuência irrefletida, foi tão somente uma forma de obedecer, de se submeter ao esperado. Uma negativa àquela indagação seria quase uma afronta moral, uma deturpação das normas sociais. Então, ela se sujeitou ao sim, sem questionar. Parece parte fundamental do DNA humano, a obediência; tão entranhada na organização coletiva para a sobrevivência, que é acionada como um instinto primitivo. E esse traço doía a cada vez que Ângela ouvia, como tantas vezes ouviu, que muitos aliciadores de crianças conseguem levá-las embora porque elas não ousam se recusar. Ela também falhou em dizer não. Mas passou a questionar a si mesma, e a negativa ganhou primazia: ela não sentia a presença de Felipe. O que tampouco tinha qualquer significado quanto à existência dele.

"São histórias muito tristes, mas uma delas hoje terá um final feliz. Nossa equipe localizou o filho da dona Arminda, e ele está aqui. A senhora está preparada para reencontrá-lo, dona Arminda?", o apresentador abraçou aquela outra mãe. Então, mal Ângela enxugou os olhos, as luzes estavam diferentes no palco. A cortina se abriu, todos retiveram a respiração, mas não estava ali o filho, Tomás. Apenas um telão, no qual começaram a aparecer fotografias da infância dele, acompanhadas da narração que explicava a história. O expediente que Ângela descobriria se repetir em ocasiões similares; como se tentassem, através de retratos, fabricar a continuidade da trama do tempo rompida.

Pouco depois de aparecer uma das fotografias mais tardias do menino, a mesma que Arminda carregava consigo, a tela ficou branca por um momento. Iniciou-se uma música orquestral, intencionada a comover. Marlon Silvestre, o apresentador, anunciou: "Venha, Tomás, venha encontrar sua mãe!" O homem de bigode ruivo e barriga proeminente saiu de trás das cortinas. Ângela teve um choque, embora, supostamente, não devesse. Olhou para a foto do menino de cinco anos nos próprios braços, imaginou-o transfigurado de súbito em um homem como aquele, feito o passe de mágica que parecia ter acabado de testemunhar. O homem, de camisa polo e calça social, abraçou as mulheres que ansiavam por ele. As emoções planejadas foram obtidas. Todas as câmeras se moveram; a plateia aplaudiu, estimulada por um assistente que agitava os braços. Ângela estava bem ao lado da cena, mas a enxergava como se recebesse a transmissão via satélite; tudo lhe aparecia alheio e, ao mesmo tempo, em close-up. Marlon se aproximou deles, começou a falar sobre os sentimentos suscitados, na tentativa de potencializá-los. Depois, pediu licença e se colocou entre os três reunidos. "Sabe, dona Arminda, tem uma coisa que a gente precisa falar, não é? A senhora sabe que o filho da senhora cresceu em outro lar. E ele recebeu outro batismo também. Todo mundo o conhece como Sebastião." Arminda só balançava a cabeça e dizia baixinho: "Tudo bem, tudo bem." A obediência.

Então, Marlon colocou o microfone diante de Tomás/Sebastião e falou: "Conta para ela como você vive. Conta tudo. Você quer saber, não quer, dona Arminda? Onde ele trabalha, onde ele mora, se casou ou não, se a senhora já tem netos. Imagina?" E a mãe continuava a balançar a cabeça. Tão estranho, perturbador, ver um filho se apresentar à mãe. Ter de explicar absolutamente tudo, porque ela não sabe nada dele. E até o instante imediatamente anterior a uma resposta, todas as respostas serem igualmente possíveis. Antes de ele esclarecer que era casado, poderia ser solteiro, divorciado, viúvo; só após falar a cidade onde mora, definia-se a distância que poderia variar de poucos quilômetros até a de outro continente; ao dizer que tem dois filhos, a mãe se torna avó súbita de outros desconhecidos. E se Felipe dissesse algo dessa natureza? "Você tem netos." A ignorância de outra geração ainda.

O tempo na TV é curto, os produtores já haviam avisado de antemão; portanto, logo Marlon dispensou a todos, com a desculpa de que o filho e a família precisavam de tempo para se conhecerem. Sim, precisavam. E esse tempo nunca seria restituído. Ângela se sentiu nauseada, fechou-se no banheiro da emissora e vomitou no vaso. Quando saiu, teve um relance da outra mãe de partida, ao lado do homem que lhe dava o braço, como a uma velha senhora que se ajuda a atravessar a rua.

Como seria se acontecesse dessa forma com Felipe? Ângela só conseguia imaginar aquele grupo em um restaurante, ou algo do tipo, em tentativas de entabular uma conversa que apenas circulava ao redor do constrangimento. Haveria amor ali, ou vontade de se afastarem um pouco, até se acostumarem uns com os outros, mais devagar? Porque seria inviável, até por questões práticas, levar um homem como aquele para casa, como se recuperassem uma fração do menino que se foi. Se imaginasse que aquele era Felipe... Em um instante, o golpe: ele poderia mesmo ser oferecido, em um programa similar, como Felipe. Era um homem tão díspar do próprio filho quanto do filho da dona Arminda.

Depois de algum tempo, Ângela viria a descobrir: Sebastião não era Tomás. Exames de DNA negaram a correspondência. Dona Arminda teve que se despedir daquele estranho que voltaria ao papel de estranho.

Por que ninguém teve a decência de fazer a verificação completa antes daquele show? Ângela se enojava mais e mais. Inclusive de si mesma, por ter participado do horror. E, em especial, por perceber em si mesma outra inclinação aberrante: talvez preferisse não viver experiência semelhante. Queria Felipe de volta, claro, era o que mais desejava; só lhe pareceu que aquilo não era tê-lo de volta. Quando se pode selecionar um homem qualquer e dizer: "Esse é Felipe", sem que se tenha alternativa além de aceitá-lo como tal, então nenhuma pessoa é diferente do filho. Ele, que deveria ser tão único. Ângela não se conformava à incapacidade própria de distingui-lo entre outros, de confirmar ou negar que um sujeito seria Felipe, sem o auxílio de testes sanguíneos ou algo que os valha. E que ela teria de levar esse estranho para casa, a casa onde estava tudo quanto formara o universo do filho dela, para acolhê-lo ali. Mostrar o portão adaptado, atravessar esse portão; apontar as restaurações para que a fachada se mantivesse a mesma; entrar na sala e explicar cada fotografia ao suposto fotografado; subir as escadas e levá-lo ao quarto, onde se deitaria na cama de coberta azul e estrelada. Poucas coisas lhe soariam como perversões mais abomináveis. Uma delas, a ideia de que teria que tecer de novo, agora em relação a esse homem, o amor que sempre foi de Felipe. Daquele menino tido consigo até os cinco anos de idade, quase seis. Entregar esse afeto único, resguardado, a um estranho — de barba e bigode ou rosto liso; magro ou gordo; de cabeleira vasta ou calvo; de voz grossa ou vacilante — que se infiltrou na casa e de nada sabe. Porque ela e Otávio também seriam os estranhos para ele. Soava até perigoso. Ainda que testes de DNA, análises de todo tipo e evidências policiais atestassem a identidade de um recém-chegado, era algo além de tudo isso que poderia atestar: esse é o filho. A formação do vínculo que, lamentável ou não, estava atado somente a Felipe, àquele Felipe, como se fosse esse amor que lhe concedesse o nome único. Esse amor, o componente definitivo do sangue.

Ainda levaria alguns anos para tais constatações passarem do estupor à aceitação. O dia do envelhecimento digital catalisou o processo. No intervalo entre uma data e outra, Ângela ainda reconheceu dona Arminda em outra matéria de TV. Colocaram-na ao lado de um senhor diferente, comentaram sobre o incidente de anos antes. "Mas e dessa vez, dona Arminda, a senhora sente que pode ser ele? É o Tomás?" Ela balançava a cabeça, como se nunca houvesse parado de acatar tudo que lhe diziam. "Sim, eu sinto. Dessa vez é ele." A jornalista disse que ainda seriam realizados testes, para confirmar, mas que havia uma grande esperança. A matéria terminou e Ângela continuou obcecada por aquela história. Conversou com quem conhecia no meio das mães de desaparecidos, na associação e em outros lugares, até descobrir o desfecho. Os exames comprovaram: não era o filho de Arminda.

Demorou até que Suzana contatasse Ângela de novo. Na contagem longitudinal do calendário, o intervalo não foi muito maior do que em outras ocasiões, mas a percepção de afastamento sim, como se os dias também ganhassem amplitude em outro eixo. Quando viu o nome da psicóloga no identificador de chamadas do celular, Ângela hesitou em atender. Elas trocaram cumprimentos com certa reserva, conversaram sobre trivialidades, até que Suzana disse o motivo principal da ligação: "Eu esperei para ver se você me ligava. Mas imagino que esteja convicta. E tudo bem, se acha que o melhor para você é terminar toda a busca por Felipe, é isso o que deve fazer. Pensei muito sobre isso e quero dizer que te apoio, estou aqui para o que precisar. Não vai ser fácil."

As duas prosseguem, esmiuçam detalhes do que é esperado dali em diante. A terapeuta fala sobre ser de novo um processo de luto, com todas as oscilações e dificuldades, mas se prontifica a estar ao lado de Ângela, sempre que ela quiser, ainda que se desligue do Mães em Busca. É sua amiga. "E você acha que eu já posso, ou devo, contar para Isa?", Ângela pergunta, e ouve o sim como resposta. "E me desculpe por não ter aceitado bem desde o começo", Suzana diz, como preparação à despedida. "Tudo bem. Eu mesma resisti muito, antes de aceitar essa decisão."

Ao chegar em casa, Otávio provavelmente nota a mudança no humor da esposa. À hora do jantar, ele retoma o assunto da mudança de casa, que não havia mais sido tratado. À menção de saírem dali, Ângela deixa transparecer retraimento. "Achei que seria melhor a gente falar sobre isso. Porque talvez demore também, não é que a gente vá se mudar da noite para o dia. Depende de muitos fatores além da nossa vontade, mas, enfim, precisamos nos organizar em algum momento." A mulher concorda. Mais do que por mera obediência, porém não de todo determinada. Os dois mastigam quietos o jantar, a conversa quase fica para trás. Até que Otávio questiona: "Devo procurar imobiliárias? Mostrar a casa? Ou quer esperar um pouco mais?" Ela pensa que, uma vez iniciado esse ciclo, serão colocadas placas na frente da casa, para anunciar a venda. E todos que conhecem o casal sabem o que essa casa, e a disponibilização dela, representam. Um mero anúncio de "Vende-se" seria como uma carta aberta.

"Espera eu conversar com a Isa primeiro." Otávio assente; reitera o que a mulher pensou pouco antes: seria muito estranho as pessoas mais próximas tomarem conhecimento só pelo anúncio. Ângela presume que ele conversará com os vizinhos, para poupá-la. "E sua irmã?", pergunta à esposa. Tudo que envolve Regina soa como uma espécie de provocação. "Vou pedir para Isa contar. Elas se entendem melhor. O Marcelo também pode ficar sabendo por ela. Não é fácil para mim, falar com cada pessoa." O marido se oferece para contar aos demais, como se já não houvesse começado a fazê-lo.

Os dois se aproximam do fim do jantar, de novo mais quietos. Até que Ângela faz novo furo na escuridão: "No fim, voltei tão chateada daquele encontro com a Suzana que nem te falei: tive uma lembrança nova com o Felipe." Otávio demonstra surpresa; então ela narra a viagem na estrada, a chuva e o congestionamento, os vaga-lumes. Ele tampouco se lembrava. Mas, ao ouvi-la, remonta-se a cena pouco a pouco, como se reconstruíssem juntos a memória do pai. Ele segura o garfo e a faca como se tivesse nas mãos os talheres daquela outra noite; a voz de Felipe quase a soar de novo, ao redor da mesa. A voz iluminada de vaga-lumes. Otávio tira os óculos, esfrega os olhos. Imita o menino perguntar: "Será que as estrelas também não são vaga-lumes, lá no alto?" Restitui a Ângela mais uma fala dele. Os dois sorriem. "Nossa, quanto mais ainda pode estar assim, oculto da gente mesmo?"

Qualquer contratempo ou demanda serve como justificativa para adiar a conversa com Isa, até que Ângela a convide de vez para vir à sua casa. A reação inicial de Suzana havia acionado um alerta, de que mesmo da parte de quem seria esperado compreensão poderia vir algum antagonismo. A terapeuta, o marido e a sobrinha formavam uma espécie de tripé, uma base de segurança, para o caminho por onde Ângela ainda tateia. Ao tentar prever as possíveis reações da sobrinha, ela oscilava do entendimento mais pacífico à indignação mais magoada. Chegou a sonhar que contava para Isa e ela se enfurecia por completo, tornava-se irreconhecível. Como se fosse ela, a sobrinha, um elo entre mãe e filho que se feria de morte e, feito um animal abatido, lutava para resistir.

Isa chega à casa dela e de Otávio sozinha, como a tia havia pedido. Seria importante a afilhada ter esse momento a sós, para lidar com as novidades. Marcelo viria a saber de tudo depois, transmitido pela companheira, mas Ângela sabe que mesmo dentro das relações próximas — familiares, matrimoniais ou de outros vínculos —, há sempre uma parte da história e dos sentimentos de uma pessoa que pertence apenas a ela, inalcançável inclusive para aqueles a quem se gostaria de conceder acesso. Falar a sós com Isa seria o melhor em respeito a essa divisão íntima; o que as palavras germinariam dentro da sobrinha, a forma como as ramificações cresceriam nela, seria de seu conhecimento, nem mesmo de quem semeou o que foi dito. Grande porção de cada pessoa é um lugar onde se está só, completamente só.

Enquanto as duas não se acomodam no sofá, um nervosismo dissimulado as perpassa, nas entrelinhas das falas, às beiradas dos gestos. A tia tenta amenizar o clima tenso, graceja sobre a gestação que entra no terceiro mês; os sintomas e as alegrias. Confirma que a jovem está bem e, em seguida, pede que ela se sente; há um lugar preparado no qual se posicionam a mesa de centro e as xícaras. Isa se encaixa à indicação assertiva dos móveis e porcelanas. Dali, o olhar dela mira de imediato a estante dos porta-retratos. E ela se retesa diante do que vê. Ergue a mão para apontar, mas na boca aberta o ar apenas circula, sem formar palavra. Talvez fossem perguntas demasiadas, porém, pouca serventia em pronunciá-las.

O gesto da tia não poderia ser algo leviano, mera mudança na decoração. Depois de tantos anos, finalmente ali, instalado no solo sagrado da estante dedicada a Felipe, o porta-retratos dado de presente aos tios, com a foto da formatura dela na faculdade. A moldura prateada parece maior naquele canto, quase incabível; até eclipsa algumas das imagens do menino, reposicionadas para trás dela. "É sobre isso que eu quero falar com você", a madrinha diz, como se perguntasse se a afilhada gostou da alteração. A jovem não tira os olhos daquele pequeno horizonte de madeira, que parece exercer sobre ela uma forma de magnetismo. A ponto de, no fim, levantar-se e ir até ele. Com os porta-retratos bem diante do rosto, lança a pergunta: "Isso tem algum significado a mais, não?"

Ângela tomba a cabeça, o olhar no fundo da xícara ainda vazia em suas mãos. Sempre mais difícil se expor do que imaginava até pouco antes. Por um momento, fabula como seria bom se pudesse apenas dizer: "Decidi não mais buscar pelo Felipe, nem esperar por um reencontro", com a mesma simplicidade que outra pessoa anunciaria: "Decidi trocar os porta-retratos da prateleira." Mas não pode negar aos entes queridos um diálogo, pelo menos um, similar aos tantos que teve consigo própria. Ao erguer o rosto, ela se depara com os olhos da sobrinha fixados nos seus. Isa: em um dos porta-retratos antigos ainda expostos, uma menina de três anos ao lado de

Felipe na bicicletinha; na fotografia maior, graduada na faculdade com o abraço dos tios; agora, postada ali de pé, com o ventre a anunciar uma nova vida. Outra criança por vir, a iniciar de novo a trajetória de bicicletinhas, formaturas e tanto mais que não caberia em retratos. O caminho sempre renovado dos filhos a terem filhos, em um ciclo infindo.

"Eu tomei uma decisão. Venha aqui perto, a gente precisa conversar." Ângela conta sobre a renúncia e grande parte do que a antecedeu, também sobre a mudança de casa, enquanto percebe que Isa é para quem mais dá abertura aos temas que envolvem sua escolha. "Uma hora teria que acabar. Poderia durar até que Otávio e eu morrêssemos, para ser esse o término, mas prefiro que ainda haja vida para nós, sabe?" Mesmo com a docilidade típica de Isa, os questionamentos quanto à ruptura total se mostram. Ângela não capitula: "Eu preciso que seja assim. Se tudo tivesse acontecido de forma diferente, talvez pudesse ser de outro jeito. Olhe essa foto sua; eu devia ter colocado ela aí bem antes, foi um momento tão importante. Mas ficava com aquela interdição a mim mesma, de que nada podia fazer sombra no Felipe. No fim, a sombra dele é que encobriu tudo. E eu fiquei preservando a integridade da ausência dele." A pergunta simplória de Isa — "Você vai tirar todas as fotos dali?" — soa a uma tentativa de apreender a dimensão da renúncia de Ângela através de seus efeitos, da simbologia pela qual se manifesta. A madrinha responde que não, deixará como está, por enquanto; ademais, terão a mudança de casa mais à frente. E só quer assumir que teve o filho consigo por aqueles anos, depois acabou. Não existe mais Felipe; aceitar isso não diminui, sequer arranha, a importância dele na vida da mãe. Ou a dignidade dela no cumprimento desse papel. "Mas ninguém te questiona como mãe. Você é um exemplo, outro dia mesmo te falei isso." Ângela solta um suspiro agridoce. "Ninguém questiona enquanto me mantenho naquela posição santificada, de mãe sofrida. Sei que muita gente não vai me aceitar, por achar que, em vez de me sentir bem, me cabe mais cumprir o papel de mártir."

Isa fica quieta. Depois, modula a voz para perguntar: "E você se sente bem?" Ângela diz que há oscilações. Não menciona a visita anterior, quando se trancou no banheiro, porém, narra alguns dos sentimentos, alguns dos outros dias. "Mas, me sinto mais próxima das coisas boas, sabe? De separar o que foi vivido da perda. Quer dizer, como a dor contaminava tudo, eu perdia até o agrado das lembranças anteriores. Pensava nele e nem conseguia me alegrar direito. E quero me alegrar com ele." Isa conta que o mesmo acontece com ela. Apesar de muito pequena à época, tem lembranças do primo e são sempre tomadas pela tristeza. Ou pela demanda intrínseca a se entristecer por aquilo. O que só aconteceria posteriormente vazou sobre todo o passado. Isa volta os olhos à prateleira dos porta-retratos. Observa a si mesma com três anos, ao lado de Felipe na bicicletinha; tempos depois, na formatura da faculdade, abraçada aos tios. Pousa a mão sobre a barriga, talvez pense em bicicletinhas e formaturas nas quais seu bebê será fotografado, o ciclo a se reiniciar. Tomba o rosto, o olhar sobre o ventre. É provável que não haverá ao rebento dela, então, tantos territórios interditos quanto ela mesma teve de contornar. Olha para a tia e tenta algo como um sorriso. "Não deve ser fácil para você, falar isso para os outros." Ângela balança a cabeça. Pede que a sobrinha conte ao companheiro e à mãe dela. "Pelo menos, o primeiro choque da Regina vai acontecer longe de mim."

Enquanto se serve de café, Ângela pergunta se Isa quer mais. Ela recusa, diz que precisa ir embora. Antes de encerrar a despedida, pergunta: "Naquele dia que eu vim jantar com vocês, era isso que você tinha para contar na verdade, não é?" A madrinha responde que sim, mas, dada a notícia da gravidez, não quis estragar o momento. A sobrinha agradece, a mão pousada ao peito. "Imagina. Eu estou tão feliz com esse bebê. Quero que ele cresça, em meio à família, sem nenhum peso que não seja dele." Ângela respira fundo, prepara-se para uma espécie de pedido por perdão. "Eu nunca vou poder te compensar, mas saiba que eu queria ter feito diferente. Você sempre foi adorável, não merecia ter crescido com um fardo que não era seu. Ter sido tão afetada pela tragédia de outras pessoas."

Elas se abraçam, em seguida Isa volta à estante dos retratos. Passa os dedos sobre o vidro de uma das fotos de Felipe. A outra mão pousada ao ventre. "Quero que meu bebê saiba muito bem quem Felipe foi." Ângela assente; acrescenta que deve ser uma lembrança pacificada. "Vai ser como se ele tivesse morrido?", a jovem indaga, com ar de desgosto. Ângela pensa um pouco, depois responde: "Vai ser como se ele houvesse desaparecido. E isso é tudo."

O acordo era de que a casa poderia ser colocada à venda depois da conversa com Isa, então Otávio passou a tratar com agências imobiliárias. Certo dia, ele chega do trabalho um pouco mais cedo e Ângela, do andar de cima do sobrado, escuta a voz dele em conversa com outra pessoa. Ela desce à sala, depara-se com o rapaz de terno azul-marinho, que equilibra no rosto um sorriso largo. Apresentado pelo marido como corretor em visita à casa, ele cumprimenta a mulher com uma gentileza ensaiada. As palavras dele são constantemente agradáveis e os elogios, dedicados ao imóvel, projetam também reverências aos donos: "Bem-cuidado", "Ideal para quem busca tranquilidade" etc. Otávio convida o moço a acompanhá-lo escada acima, onde poderão ver os quartos e o banheiro social. Ele aquiesce e pede licença à dona da casa.

Ângela vai para a cozinha, ciente do que se passará: os dois se demorarão um pouco nas avaliações do imóvel, na discussão de valores e nas condições da venda, mas, diferente de outras situações do tipo, também será necessária a explicação acessória de Otávio, quanto à existência de um quarto infantil em uma casa sem crianças. A fala dele provavelmente acrescentaria orientações a respeito do tratamento adequado ao assunto tão sensível, em especial, no que concerne à mãe. O que também poderia configurar-se como uma forma de isolá-la. Melhor assim, Ângela pensa de imediato; não gostaria de lidar com aquela falsa intimidade do corretor, quando ele se prestasse a dizer que teve os mesmos brinquedos que Felipe, ou algo do tipo. A postura coreografada até para dizer frases como "Claro, eu compreendo", "Meus sentimentos", "Vamos tratar tudo com o devido respeito", ou qualquer besteira genérica que resolvesse buscar no repertório de gentilezas dele. Ela nem o conhece, mas o odeia de súbito. Só por entrar na casa e inspecioná-la, como em uma exumação?

Ângela urge sair; pegar o carro e se afastar de tudo. Talvez rumo ao antigo cais. Não, precisa ser mais forte do que esse impulso à recaída. O rebentar das ondas, que presenciava no porto abandonado, pode ter servido como modelo de constância, mas é preciso, agora, reverter as marés e mirar em tal exemplo de força como se através de um espelho: a resistência no sentido oposto, o de não mais se abrigar no luto ou no alheamento das contingências que a cercam.

Com os cotovelos apoiados à mesa e as mãos a cobrirem os olhos fechados, ela se imagina no antigo cais. A meditação escapista poderia trazer algum alívio intermediário, sem que fosse comprometido seu processo de desapego. Tenta projetar a imagem de si mesma naquela plataforma de cimento, envolta pelo mar, mas as águas da memória se misturam. O azul que vislumbra, sem o ruído branco das ondas de verdade a acompanhá-lo, torna-se mais silente e distanciado. Ângela, por que tão triste assim, agora? O mar que tenta erguer dentro de si parece demasiado alheio, igual ao mar visto da janela daquele avião. Sim, o fio de seu pensamento se perdeu em lembranças muito mais afastadas, que agora emergem em uma ressaca incontrolável. A viagem de décadas antes, quando foi chamada porque encontraram um corpo, sem identificação, no norte do país. Características muito similares às descrições registradas de Felipe. Seria necessário o reconhecimento de alguém próximo à vítima, Ângela decidiu ir. Não era recomendável os pais realizarem tal tarefa, mas ela não deixava escapar nada que se relacionava com o filho. Depois dessa ocasião, houve muitas outras jornadas para identificação de cadáveres, ao longo dos anos. Nenhuma como aquela primeira.

Durante o trajeto, ela observou muitas vezes, do voo, o azul sem fim: céu e mar em um espelhamento perfeito, cuja divisa não podia ser percebida entre as nuvens brancas. Tudo aglutinado em um único vazio perturbador.

Lembra-se das vozes das pessoas nas poltronas atrás da sua, que comentavam sobre receios quanto à aeronave cair naquele mar imenso. Ela, em devaneios ilógicos, pensava que seria um acidente impossível, como se naquele vazio azulado não existisse nenhum limite contra o qual pudessem colidir. Uma queda eterna. O mundo havia se tornado esse mar sem fundo; nenhuma margem, tampouco, à vista. O que seria da vida, dali a pouco, se encontrasse o filho morto em um lugar tão longe? A perda dentro da perdição maior. E caso não fosse Felipe, para o que retornaria? Aquele céu que cruzava não a conduzia a lugar algum; o mar só espelhava o imenso desamparo.

O avião pousou na cidade de destino, chão firme a receber o peso da aeronave e das pessoas receosas que a ocupavam. A queda seria mesmo outra. Ângela atravessou os corredores vastos do aeroporto e depois os corredores claustrofóbicos do necrotério, até chegar ao possível fim do labirinto: o leito de metal onde jazia o corpo de um menino. O pequeno volume encoberto pelo lençol branco parecia mesmo desenhar os contornos de Felipe. O legista responsável se aproximou da curva onde se entrevia a cabeça, pinçou o lençol com os dedos, feito uma página a ser virada. Perguntou a Ângela se estava pronta e, após a confirmação, descobriu pouco a pouco a criança morta. Não era Felipe. A mãe nem precisou observar com muita atenção, ou averiguar se no pescoço se confirmava algum vestígio da pequena constelação de manchas; o garoto estirado à frente dela era muito diferente daquele buscado. O impacto da imagem, no entanto, foi enorme de qualquer maneira. Ela nunca tinha visto, ou imaginado, tamanha violência. O menino assassinado devia ter a mesma idade de Felipe (poderia ter sido ele) e seu frágil corpo estava devastado: a sombra quase negra de duas mãos, em hematomas, mantinham dedos à volta do fino pescoço; os mamilos e parte dos lábios foram arrancados por dentes cujas ranhuras estavam desenhadas nos rasgos; incontáveis feridas e lesões tingiam o rosto, e o minúsculo dorso nu, atacados pelas garras de um homem bestial. Um ser demoníaco. Ângela desabou diante do horror, perdeu o fôlego. De joelhos no chão asséptico, tremia emudecida, às lágrimas. Queria avisar que aquela criança não era Felipe, mas nem isso conseguia (poderia ter sido ele).

Até então, ela não lidava de forma direta com a existência de tanta crueldade: uma violência tão diabólica quanto real. A queda maior não foi a de seu corpo ao chão, mas sim a do espírito quebrado. Esgarçou-se de vez a ferida aberta na pele do mundo, que revelava seu avesso. E no avesso da pele do mundo é onde fica o inferno. A mulher não chegou a ver o cadáver inteiro do menino, pois o legista o descobriu só até o dorso, mas alguns funcionários do necrotério, que passaram por ela mais tarde, não agiram com a mesma discrição. Enquanto tomava água com açúcar para acalmar os nervos, de volta ao corredor, Ângela ouviu os comentários de que a violência sexual havia sido tão grave, que quase toda a região entre as pernas daquele pequeno garoto se abriu em um rasgo.

Como alguém era capaz de algo dessa natureza? A partir daquele momento, a questão deixou de ser mera conjectura; tornou-se uma das probabilidades reais para Felipe. Aquele menino violentado não era filho dela, mas era o filho de alguém. Provavelmente, subtraído de uma mãe tão desolada quanto ela se encontrava naqueles primeiros meses. Essa mãe poderia estar em qualquer lugar do país àquela altura, também desesperada, à procura desse garoto que só se revelava a Ângela, como em uma roleta-russa às avessas. Talvez por ela ser a conhecida mãe do "caso Felipe", pelas oportunidades a mais que recebia e com as quais nada tinha a fazer. A primeira a ser chamada para quase tudo.

Se as mobilizações certas não se encadeassem a seguir, se a mãe correspondente ou alguma outra pessoa não reclamassem o corpo, o pequeno morto poderia ser enterrado na vala comum, em um intervalo de tão poucos dias, que eram contados em horas. Então, seu destino de desaparecido sem explicação estaria selado, dificilmente reversível. Quem remontaria ossos incógnitos em meio a tantas pilhas? A triste reflexão era de que em outros necrotérios, entre os milhares do país, alguém poderia ter tido essa mesma experiência de Ângela, diante do cadáver de Felipe, sem identificá-lo.

Ela não era dada a misticismos, mas nesse dia não pôde evitar o pensamento: aquilo só podia ser o Mal. E agora estava acometida de uma nova forma de clarividência. Nenhuma dose de ingenuidade restou, nem mesmo a que costuma perdurar nos adultos. A essa alteração na sensibilidade se somou outra: conforme se passaram os anos, e a mulher se habituou aos reconhecimentos de cadáveres, tornou-se cada vez mais difícil saber se a não correspondência de Felipe com os mortos se tratava de uma notícia boa ou ruim. Por um lado, preservava-se a esperança de que ele ainda estivesse vivo, mas, por outro, crescia o temor de que se prolongasse uma daquelas formas de tortura ao garoto ou que, em meio a tanta violência e indiferença, a morte dele tivesse ficado para trás. Um corpo já decomposto em alguma vala, entre as incontáveis do país, sem ninguém que o velasse. Ângela detestava tal pressentimento, mas, no fundo, encontrar o filho em uma mesa de autópsia traria alguma estranha forma de alívio. Ao menos, a história deles teria uma conclusão; uma resposta a tanta procura. Acabaria.

As convocações para reconhecimento de cadáveres se escassearam depois de alguns anos. Perdeu o sentido chamarem a mãe para ver um corpo de adolescente ou adulto. Reconhecer alguém que desconhece. Ao pensar nesse afastamento, hoje, Ângela se convence de que deveria tê-lo entendido já como sinal do que viria a escolher tardiamente. Talvez tenha funcionado dessa maneira a lenta progressão da renúncia, apenas não teve plena consciência enquanto ela se dava.

No fim, o envelhecimento digital só deu forma à ideia que a cercava desde muito antes, conferiu-lhe um rosto definido. Uma das muitas coisas que a machucaram naquele retrato foi, também, a indicação de que Felipe poderia ser um homem marcado, até no olhar, por aquela travessia do inferno, que Ângela só testemunhou de fora. E qualquer pessoa que houvesse adentrado esse inferno, ela sabia, jamais poderia sair dele por completo. Carregaria parte do inferno consigo.

Ela tira as mãos do rosto, descobre os próprios olhos. Precisa sair desse estado mal-assombrado. Felipe nunca morreu. E a ausência de um motivo específico, de um impulso que force a ruptura, pode ser justamente a dificuldade central de um ato de separação. Se tivessem encontrado um corpo no passado, não estariam nessa casa hoje. Teria sido lógico mudar, teria sido estimulado e facilitado; um fechamento.

Otávio e o corretor surgem na porta da cozinha. Ângela se volta a eles, os olhos ainda afetados pela pressão. O rapaz no terno azul perdeu muito do entusiasmo, após a visita aos quartos. Soa mais contido ao desfiar a ladainha sobre a disposição em trabalhar junto a eles, sobre a intuição boa quanto à venda do imóvel. Ele se oferece, caso haja o consentimento do casal, a prender no portão uma placa com o anúncio da venda. Tem algumas no carro, pode pegar já. Ângela o interrompe; a voz dela como se falasse apenas consigo mesma, porém, a mensagem não deixa dúvidas quanto ao destinatário: "Olhe, nós agradecemos, mas você pode ir embora. Pensei melhor e não vamos vender a casa no momento."

# Novembro

Há quase dois meses não volta ao cais abandonado — Ângela se dá conta, com certo espanto, ao pensar qual é a data de hoje, depois de ter lido o prazo de validade na caixa de leite, para calcular o tempo. Pega duas mais na gôndola e as coloca no carrinho do mercado. Segue adiante, tocada por certa admiração a si própria, enquanto reflete sobre ter conseguido se manter abstinente. E o tempo parece ter passado mais rápido, de certa forma, nesse período. O distanciamento dos antigos hábitos afetou a medida dos dias, como se ela não mais virasse as páginas de um calendário atado, guiado por ritos maternais.

Ela não costuma fazer compras nesse hipermercado, sente-se pouco familiarizada com as dimensões tão amplas. No entanto, precisa de um liquidificador novo — o seu, de tantos anos, quebrou; não compensa pagar pelo conserto — e aqui poderia encontrá-lo, junto às outras compras necessárias para a casa. Quase dois meses que não volta ao cais abandonado. O pensamento invasivo se repete na cabeça dela, feito um *ostinato* dissonante a acompanhar a música tranquilizadora que se propaga do sistema de som. E por tanto se reiterar, a ideia ganha consistência de desejo: ela se inclina a deixar o carrinho ali, afastar-se de todo esse ambiente onde não se sente à vontade, e seguir para o antigo cais. Estranho como a lembrança de algo a ser evitado tem o poder, justamente, de evocar o impulso de atração.

Com a lista de compras retomada, ela tenta se concentrar de novo na tarefa. Quase dois meses que não volta ao cais abandonado. A folha de papel treme de leve na mão dela. Margarina. Precisa comprar margarina, o item seguinte da lista. Está na seção de laticínios, deve ficar perto. Quase sessenta dias sem o rito diário de antes. Deve manter foco no cumprimento dos afazeres presentes: buscar, um a um, os itens da lista. Simplesmente faça isso e tudo vai ficar bem, Ângela. Um passo de cada vez. Margarina.

Enquanto percorre os corredores simétricos, ela observa as prateleiras nas transversais: alinhamentos perfeitos de frascos e embalagens, divisados em blocos uniformes de cores e formas. Uma lógica sem defeitos. Essas pequenas edificações, somadas à música pacata e à geometria ponderada do prédio, inspiram um senso de ordem estabelecida, alheio a Ângela. Dentro do hipermercado, o mundo sob controle, como se cada coisa tivesse o lugar ao qual pertencesse e essa organização nunca falhasse. As pessoas que circulam por ali aparentam a mesma estabilidade: os gestos são contidos, os passos, equilibrados e as mãos não tremem. Elas se adequam sem perturbação ao quadro geral de calmaria. Veja, Ângela, ninguém está com vontade de sair às pressas, em direção a um cais abandonado.

Ela se esforça para conseguir concluir as compras. Não encontra um liquidificador bom, motivo da vinda em primeiro lugar. Ao seguir para os caixas, procura o de menor fila. Coloca-se nas pontas dos pés e estica o pescoço, para enxergar mais ao longe, entre os tantos balcões. Vê, então, o movimento atípico de alguns funcionários. Uma agitação que se transmite rapidamente de pessoa a pessoa, feito impulsos de um mesmo estímulo nervoso. De repente, abre-se a pequena fissura naquele mundo de serenidade, esvazia-se a atmosfera: a música no sistema de som se interrompe.

O breve lapso de silêncio não chama atenção de mais ninguém, a não ser dela. O mais provável seria que, a seguir, soasse outra propaganda com ofertas a serem ignoradas, ou o chamado para que o proprietário de algum automóvel comparecesse ao local estacionado. Ângela ainda duvida, em parte, que algo anormal tome lugar nesse hipermercado, mas o fato é que aqueles outros anúncios banais se davam com uma simples redução no volume da música, enquanto ela prosseguia de fundo, não com esse silêncio branco que caiu como um manto fino sobre o estabelecimento. A voz que se propaga dos alto-falantes pede atenção a todos os funcionários. Em seguida, faz menção a terem um "Código Adam" em andamento. Ângela volta os olhos sobressaltados à porta principal, enquanto o enunciado se repete uma última vez. Várias pessoas continuam a entrar e sair, na marcha que atravessa com tranquilidade a abertura automática. Também avança normal a cacofonia entre o burburinho das pessoas nas filas, os bipes das máquinas registradoras e os carros em movimento lá fora. O silêncio que toma conta dos alto-falantes passa despercebido. Ninguém sabe o significado de tal código, ninguém sequer questiona do que se trata. A normalidade do mercado não apresenta nenhum sinal de abalo, a não ser no olhar e nos gestos um pouco desnorteados do jovem funcionário ao lado da entrada. De lábios entreabertos e olhar perdido, o rapaz parece apenas esperar por uma chamada que nunca chega no rádio dele.

Código Adam: o sinal de que foi reportado o sumiço de alguma criança dentro do estabelecimento. Batizado em homenagem a Adam Walsh, o garoto estadunidense cujo célebre caso de subtração — aos seis anos de idade, em uma loja de departamentos — levou os pais a se tornarem ativistas da causa, a lutarem por políticas e medidas de proteção para crianças desaparecidas. A instauração desse alarme foi uma das bandeiras, e conquistas, do casal. Quando soado, tal qual agora, o procedimento deveria ser: trancar todas as portas e impedir qualquer pessoa de entrar ou sair do estabelecimento, anunciar o nome e a descrição da criança desaparecida no sistema de som e, por fim, chamar a polícia caso ela não reapareça dentro de dez minutos. Ângela sabe tudo isso de cor. Parece ser a única do lugar com essas informações: do que se trata o alarme, qual a origem dele e, principalmente, o que deveria ser feito e ela vê descumprir-se. Nem descreveram a criança, ela não saberia distingui-la ainda que a visse. Talvez só para ela o código em curso tenha efeito real; não consegue ignorá-lo, prosseguir embalada pela brandura como todos ao redor. Acontece bem ali, de novo, aquele momento: o filho de alguém se perde, começa a desaparecer. E o começo pode ser definitivo, como ela bem sabe.

Deveria tomar alguma iniciativa, deveria ajudar de alguma forma, nem que fosse para, ao menos, alertar as pessoas. Mas seu corpo é tomado por um fogo gélido, que a petrifica. E todas as crianças que ela vê podem ser o alvo da procura: aquele menino sozinho, aquela menina a correr porta afora, aquele outro já lá fora, a que anda ao lado de um homem que talvez não seja pai dela. Enquanto o novo labirinto ergue paredes, nas quais se encarcerará outra família, Ângela não consegue tomar nenhuma iniciativa. O plasma da perda de Felipe endurece nas veias dela, retém qualquer ação. Sob a pele, os formigamentos em pânico; nos joelhos, a dor de uma queda parada. E a triste constatação: mantém-se tão omissa quanto todos ao redor. O hipermercado se converte em um pesadelo de alheamento, no qual Ângela incorpora, contra a vontade, o papel de mais uma presença indiferente. Parece assistir à própria tragédia, mas pelo outro lado do espelho.

Uma funcionária de uniforme atravessa o campo de visão dela, com passos atribulados; puxa uma garotinha pela mão. O olhar da menina, que deve estar por volta dos nove anos, vaga a esmo em várias direções, tão alarmado quanto o de uma criança dessa idade pode ser. A jovem sinaliza ao auxiliar à porta, que finalmente tem algum alívio. Um moço corre até eles, a menina o abraça. Ângela lê a cena sem dificuldade e, após a conclusão de que aquela é a criança do alarme, fecha os olhos e respira fundo, como se emergisse de um afogamento. Seu corpo recupera aos poucos a sensação calorosa de estar vivo, de ser feito de carne e osso. Não seria outra história igual à dela; a menina apenas havia se desencontrado do pai, um sumiço que se converteria em mera anedota da família, nos anos vindouros. Família não interrompida.

Apesar de ter ouvido falar do Código Adam muitas vezes, assim como de outras medidas de proteção, foi a primeira vez que o viu se realizar. Talvez não seja esse o verbo correto, diante de tantos descumprimentos do protocolo. Por sorte, tratou-se de um simples desencontro, que se resolveria de qualquer maneira. Se fosse o caso de um rapto verdadeiro, o alarme precário teria sido inútil. Ângela, que sempre se condoeu por essas medidas terem surgido somente após o desaparecimento de Felipe, agora se pergunta se realmente teria feito diferença. Os procedimentos teriam se cumprido, de forma correta, na galeria aquele dia? O nome e a descrição de Felipe ao menos teriam sido anunciados no sistema de som? Isso poderia ter evitado o pior? Seu filho poderia também ter retornado assim, tomado pelas mãos de alguém da equipe, em vez de sair por uma daquelas portas em direção ao nunca mais?

Pare de pensar nisso, Ângela, não passa daquele tipo de especulação sem serventia. De nada adianta imaginar como as coisas poderiam ter sido diferentes; como elas seriam se não fossem o que são. Nem havia um sistema de som naquela galeria, à época. As portas de lá nunca levariam a outras saídas, a outras vidas. E seu filho poderia ter sido levado igualmente, em meio a todas as pessoas, indiferentes; a funcionários sem orientação, a um alarme que não chama por nome nenhum, mal é escutado. Teria acontecido há mais de três décadas como foi agora, há menos de três minutos. Felipe, Adam, a menina de hoje, cada uma das crianças desaparecidas: ninguém olha para elas enquanto se vão. Só depois.

E tudo segue normal. Parece tão reconfortante, por um momento, poder ser esse tipo de pessoa: alguém que nunca teve relação com desaparecimentos, que não faz ideia do que seja um Código Adam, nem se altera quando o apresentam. A vida apenas avança. Plácida. Ângela inveja ser só mais uma ali, às compras para a casa. Tranquila, em meio a corredores perfeitamente geométricos, à crença em alguma espécie de ordem no mundo. Ela e Felipe ainda juntos, como essas tantas mães acompanhadas dos filhos, que passam ao redor. Os dois também a empurrarem o carrinho, em brandura. Também a assoviarem o restante da música interrompida.

Enquanto coloca as compras no porta-malas do carro, persiste a intoxicação da angústia anterior. No estacionamento, não há sinais da família com a menina recuperada; Ângela tem dúvidas se preferia vê-los outra vez. O pai talvez a repreender ou atacar a filha, em uma brutalidade tardia e vulgar, talvez a renovar abraços com carinho e aflição. De resto, tudo segue o itinerário regular: carros vão de um lado a outro, pessoas falam e riem alto, comércios tentam atrair clientela. Nesse aspecto, sim, a tarde de hoje se assemelha àquela em que Felipe desapareceu: sempre um dia como outro qualquer.

Em casa, Ângela tenta pensar em algo que lhe restaure o ânimo. Seu celular toca na penteadeira; as contas do colar ao lado vibram em ressonância, tornam o barulho mais estridente. Ela pega o aparelho, vê o nome de Regina na tela. "Mais essa, agora." Atende, com certa dose de arrependimento, e ouve a irmã mal cumprimentá-la, antes de perguntar se está em casa. "Estou a caminho daí, pode me receber?" Faria diferença dizer que não?

A campainha não tarda em tocar. Ângela abre a porta, vê Regina ao portão, por trás das grades brancas descascadas. A encenação de um diálogo rotineiro não dura quase nada. "A Isa contou para você?", melhor passarem logo à etapa principal. "Que ideia é essa?" A conversa deveria ser parecida com as anteriores sobre a renúncia, mas Regina recebe as falas e tenta derrubá-las, como se estivessem na infância e os argumentos da mais nova fossem castelos de areia que ela constrói na praia.

"Você não pode deixar tudo para trás assim, Ângela." A resposta também é dada de forma incisiva: "A impressão que tenho é, justamente, de ter deixado tudo para trás, por conta da falta de Felipe ou da crença na volta dele. Agora, não quero mais isso. Não quero deixar de trabalhar, de me mudar para outra casa, de ter outros planos." Regina ergue a voz, diz que ela nunca se dispôs a nada disso; apesar de sua insistência, inclusive. Ângela pensa que a irmã sempre tenta dobrar as pessoas ao senso dela; lança mão de tal recurso até para insistir no contrário do que havia dito antes. "Você pode muito bem trabalhar e cuidar do que for preciso fazer, para continuar procurando pelo Felipe. Pode mudar de casa e deixar todo mundo avisado, se alguém encontrá-lo. Eu não entendo essa sua atitude. E não concordo." Ângela tem vontade de mandar a irmã ao inferno. "Sinto muito, mas concordância ou discordância não definem o rumo das coisas. Eu nunca concordei com o desaparecimento do Felipe."

Até onde irão com a esgrima de argumentos, sem que nenhum dos lados se preste a baixar as defesas? Quanto mais Regina fala, mais a paciência de Ângela se esgota. "Olha, se fosse a Isa que tivesse desaparecido" — a frase da irmã mais velha é interrompida pela mais nova, que a proíbe de tal hipótese. Pouco adianta. "Eu também odeio pensar nisso, mas quero te mostrar como é absurdo o que você quer fazer agora. Acho que só assim, para você enxergar." Ângela repete o comando para que não seja cogitada uma tragédia similar com Isa. Aguarda pela investida seguinte. Porém, a irmã tomba o rosto e assume um silêncio compenetrado. Os ponteiros do relógio na parede percutem o ar, pontiagudos. Quando Regina volta o olhar para Ângela, tem a expressão transfigurada e a fala adquire um estranho tom de súplica: "E se ele reaparece, volta para a família e vê que a própria mãe saiu por aí anunciando que preferiu esquecê-lo?"

Chega. Passou dos limites.

"Vai embora daqui, Regina. Vai embora agora, antes que eu dê na sua cara. Não acredito que você falou isso." A irmã balança os braços, apresenta sinais de perplexidade. "O quê? Estou tentando te trazer de volta à razão. Imagina, só imagina, o que ele ia pensar?" Ângela agarra a irmã mais velha pelo braço, força a saída dela até o portão. Corre de volta para dentro da casa, bate a porta e aciona o mecanismo. Escuta o barulho incômodo do gradeado a se arrastar para o lado da rua. "Pense no seu filho, Ângela!", a outra grita, do lado de fora. "É o que eu mais faço, Regina."

É o que mais faz. Isso talvez nunca mude. Não prefere esquecê-lo, não é disso que se trata a renúncia. E ainda que Felipe reaparecesse, se fosse uma pessoa decente, preferiria vê-la bem a vê-la arrasada. "Diferente de você, que enxerga qualquer dignidade intocável no meu sofrimento, Regina." Ângela se percebe sozinha na sala, ainda a dar respostas para a irmã que se foi. "Sofrimento é só sofrimento. Não tem nada de edificante", murmura por fim.

Demora até que se retire da discussão já terminada. Joga os sapatos longe, deita no sofá e olha para o teto. Quando Otávio chegar, vai dizer que podem voltar a falar com corretores. Que vendam a casa, sigam em frente, deem corda às engrenagens do tempo. Ângela respira fundo. Fará algo além de conversar com ele sobre a casa. Pega o celular, envia uma mensagem: "Vamos jantar fora hoje? Preciso espairecer." Ele responde de acordo, propõe um restaurante do qual ela gosta muito. Ângela pensa no prato, no vinho que deseja beber, ainda que pouco. Esse dia precisa terminar melhor.

Ela se arruma para o jantar no restaurante como se para uma celebração especial. Escolheu o melhor vestido, pensa que poderia ter saído para comprar um novo. A ocasião, por outro lado, tem algo de proveitoso no fato de não haver data comemorativa, nenhuma solenidade. Otávio chega em casa, reflete-se dentro da moldura do espelho no qual a mulher se vê. Ela tem o rosto quase ao modo de uma careta, para acertar a posição do lápis, o marido diz que está linda. Não soa de todo verdadeiro, mas ela agradece.

A caminho do restaurante, conversam sobre a discussão com Regina. Otávio diz ser inacreditável a postura dela, o jeito de falar. Ângela responde: "Mas me fez ver também o oposto: como é bom ter apoio. O seu, por exemplo, sempre." À conclusão, ela se dá conta do próprio automatismo no uso das expressões; não foi sempre. Porém, prefere atentar-se ao fato de estarem aqui, hoje. Estarem bem.

Escolhem uma mesa ao canto, menos iluminada. O garçom traz o cardápio, mas eles conhecem bem o restaurante, sabem o que pedir. O atendente se retira. Otávio olha para a esposa, a curva nos lábios parece perguntar: Aqui estamos, e agora? É como se tivessem que descobrir um novo papel para cada um. Ângela sorri de volta; queria apenas ser capaz de criar uma atmosfera de normalidade, sem necessidade de medir as palavras e os gestos que a comporiam de maneira calculada. Não seria essa a única maneira de se alcançar a normalidade? Perguntarem um ao outro sobre como passaram o dia; Otávio contar trivialidades do trabalho, ela... Prefere não falar sobre o incidente no mercado. Já basta o entrave tido com Regina. Além do mais, esses assuntos trariam à mesa aquela angústia específica, que ela gostaria de aquietar por um momento.

O garçom chega com o vinho e as taças. Abre a garrafa, envolve a rolha em um guardanapo de pano e a oferece para que Otávio sinta o aroma. Ele sinaliza não ser necessário. O desconcerto do rapaz é tão grande diante da quebra do protocolo, que Otávio decide cumprir a parte esperada dele no rito, ao menos para confortar o novato. Pede que lhe dê a rolha e a balança próxima ao nariz, com uma teatralidade exagerada de agrado. Ângela ri, embora tenha um pouco de dó do rapaz. Ele, no entanto, ri também. Talvez achasse pedante o procedimento. Inclina a garrafa sobre a taça de Ângela. "Só um pouco, por favor. Não posso com muito vinho."

Os dois brindam. Ângela diz: "A uma noite normal." Depois do gole, e de deixarem as taças na mesa, ela estende os braços até alcançar as mãos do companheiro. Ele envolve os dedos dela e os acaricia com leveza. Traz uma das mãos ao rosto dele e a beija. Ela se crê tão enrugada onde ele a beija; fecha os olhos, tenta deixar a ternura encontrar de novo lugar na vida dela. "Eu sou muito grata a você." Mesmo a tentativa de dizer algo agradável, de reverenciar a união do casal, acaba por projetar uma sombra. Talvez não seja mais possível serem apenas um par. Otávio também se diz grato, por tudo. "Eu também tive o seu apoio, você sabe muito bem."

A comida chega. O marido introduz o assunto sobre a venda da casa. Ângela diz que podem voltar a procurar corretores. Pede desculpas pelo ocorrido na visita daquele jovem. "Se dependesse só de você, acha que já teria se mudado?" Otávio põe o guardanapo de pano à frente do rosto. Diz que não tem certeza, mas é possível que sim. "Pensei muito sobre isso, depois daquela primeira conversa. Eu não conseguiria fazer o que você fez, ter essa determinação. Sinto que, para mim, as coisas foram acontecendo. Eu nunca *decidi* como lidar. E é meio triste isso, também. Como se nós dois estivéssemos, não sei, em um barco; só que você tomou os remos e mudou a direção para onde iria. Porque quis. Eu só fui carregado, de certa maneira. E, pior, a hora que olho, parece que, por ir à deriva, me afastei mais. Bem mais do que alguém como você, que decide para onde rema. Você vai contra a corrente, eu tenho impressão de que sou levado por ela." Ângela não acusa na fala do marido, ou em si mesma, a assunção de que, não fosse a renúncia dela, continuariam, então, a esperar pelo Felipe. De certa forma, continua a ser ela quem define o curso da história da família.

"Digamos que a gente tivesse se separado, por exemplo", Otávio prossegue. "É bem provável que eu me mudasse, que tudo mudasse. Não sei. Mas olha só, acho que todo mundo ia achar normal, até saudável, que eu tocasse a vida. Bom, tivemos amostras disso. Mas com você é o oposto." Ângela pergunta se ele diz isso por conta das falas de Regina. "Também. Mas isso só acontece com você. Todo mundo quer te ver nesse papel, quer confirmar aquela imagem da mãe como uma santa padecida. Sabe que, quando eu voltei a trabalhar, eu recebia até parabéns? Diziam que me admiravam por seguir em frente, como se o indicado fosse eu deixar tudo para trás. E nada ficava para trás. Eu detestava que me congratulassem. Lembro de você ir naquelas identificações de corpos, sozinha, e eu ficar no escritório. Mas eu me convencia de que era minha parte a ser cumprida. Quer dizer, deixei me convencerem disso, em parte." Ângela diz que ele não deveria se culpar. "Não sei se me culpo. Às vezes, é isso o que incomoda: parece que falta alguma coisa em mim. Como se eu devesse me culpar, soubesse dessa informação, mas não ativasse de verdade um sentimento de culpa. Parece até que meu corpo desliga algumas partes, sabe? Para eu continuar ali, eficiente. Nenhuma santidade, nem padecimento, só a eficiência. Acho que queriam que você chorasse sempre e que eu não chorasse nunca. Esse seria o ideal, para muita gente." É estranho para Ângela ouvir que o marido, o parceiro fundamental na história dela, nunca se decidiu pelo afastamento, mas tampouco o refutou em definitivo. "E você já comentou com alguém? Sobre a nossa decisão?", ela coloca a renúncia como algo dos dois, para dissipar o pensamento ruim. Otávio diz que sim, a mulher pergunta como foi. "As pessoas aceitam. Se colocam algum questionamento, é sobre você, a mãe. Por isso é que digo." Ela faz expressões de perplexidade. Por pouco, não exagera na pantomima, como ele fez com a rolha de vinho. De súbito, modula o gestual, porque deseja cuidar que o encontro não se converta em drama. “E você me defende?”, ela pergunta em um tom de flerte. Mal se lembrava dessa nuance em si. “Sempre”, Otávio devolve o termo a ela.

Eles vão para casa não muito depois. Há certo estranhamento, algo que falta ou deixa de faltar enquanto sobem as escadas para o quarto. Ângela tira o colar e deixa sobre a penteadeira. Otávio a envolve por trás, beija a nuca descoberta. Abre os primeiros botões do vestido, alinhados às costas da mulher. “Apague a luz”, ela pede. Conforme ele se aproxima do interruptor, Ângela lembra de falar que acenda o abajur. O abajur é então aceso, antes de ela pronunciar o pedido.

É até estranho que a semana chegue ao fim com tranquilidade, depois de ter começado com aquele susto no hipermercado e, em seguida, a confrontação de Regina. Naquela noite mesmo teve início uma reviravolta, mas Ângela não apostaria que a calma prevaleceria pelo restante dos dias. Não estava habituada.

Quando acorda no sábado, mais tarde do que costuma, sente-se descansada. Otávio não está na cama. Ela se levanta e, pelo silêncio repousado na casa, presume que o marido saiu. Sim, agora se lembra de tê-lo visto calçar os sapatos no escuro, dizer-lhe que continuasse a dormir. Ou havia falado algo diferente? Ela ainda no torpor de antes do despertar completo.

Não há nenhum bilhete dele na mesa da sala, tampouco na cozinha. Ângela prepara o café, pensa em lhe telefonar, mas imagina que ele deve ter precisado fazer alguma coisa na rua, como ela também pretende. Termina de comer, arruma-se e escreve um bilhete para avisar ao marido aonde vai. "Ele deveria ter feito o mesmo", fala sozinha, como se o repreendesse de longe.

Sai da garagem com o carro, agora o barulho do portão a incomoda toda vez. Passa em uma loja para comprar esmaltes novos, em outras duas para encontrar, afinal, o liquidificador. Telefona para Isa, pergunta se pode visitá-la. Recebe a confirmação e vai ao prédio dela, depois de pegar alguns aperitivos na padaria.

Isa e Marcelo tentam dissimular o ar de cansaço, mas é perceptível nos dois. É como se houvessem envelhecido, saltado de uma fase da vida a outra. Ainda conseguem transformar em piada as oscilações de humor, os enjoos e outras dificuldades da nova mãe, o despreparo do pai em formação. Ângela também converte em deboche o entrave com Regina, de dias antes. Logo se aproxima o meio-dia e Isa pergunta se a tia fica para o almoço. "Nossa, eu preciso ir", ela responde em recusa. O que deveria ser convite tornado uma deixa para que vá embora.

Nas ruas de paralelepípedos, já perto de chegar em casa, Ângela desacelera o carro. Os esmaltes em muitos choques de vidro, conforme o carro trepida. Finalmente, vê o sobrado diante do qual apontará o carro. E no automatismo do gesto, prévio ao automatismo do portão, ela demora um lapso para se dar conta, para enxergar: a placa presa ao gradeado. Deveria apertar o botão do controle remoto e acionar a abertura, mas não o faz. Deveria saber que aquele anúncio seria instalado ali, mais cedo ou mais tarde, conforme os planos e conversas com Otávio.

À VENDA, as letras, todas em maiúsculas, tão grandes, à frente dos olhos dela. À frente da casa. Outras palavras menores, outras imagens circulam a sentença, mas nem tenta apreendê-las. Só olha vidrada para a expressão de entrega. À venda.

Otávio foi a alguma imobiliária. Era esse o aviso que havia dado de manhã. Ou não, apenas se forma um sonho agora, extraviado do sono? Algum corretor veio à casa, na oportuna ausência dela. Deixou essa marca de deserção. Talvez tenha sido aquele mesmo rapaz, sempre a carregar no carro dele placas como essa. O casal concordou com a iniciativa, mas ainda assim é igual, exatamente igual, a deparar-se com uma traição do marido. Odeia-o por um segundo. Não, você deu aval para isso, Ângela; sabia que seria feito.

Por mais que tente se convencer, não consegue. Continua petrificada ali, o carro atravessado no meio da rua. Qual o problema real, se estava nos planos? O mais provável é que a dor seja composta também por essa dicotomia: até então, o desprendimento quanto a Felipe estava mais no campo das ideias, dos planos, do que da realização. Mesmo as conversas foram partilhas de ideias, não de concretizações. Essa placa de madeira, presa por fios de arame ao gradeado de metal, é a primeira manifestação material, e exposta, de que o processo começou. Para agravar a ojeriza de Ângela, é também o primeiro gesto que não parte de si mesma, da própria escolha, mas toma lugar enquanto se ausenta, longe dos seus olhos cuidadosos. Parece ter perdido o passo da própria trajetória; nem mesmo sobre sua renúncia tem controle total. E, por mais opaco que seja o retângulo imposto ali, ela o vê como uma espécie de superfície refletora, um falso espelho, no qual aparece como uma mãe de face dura, prestes ao abandono do lar. O que deveria ser propaganda tornado uma deixa para que vá embora.

Ângela deseja que Otávio apareça, retire-a dali como fazem os salva--vidas na praia, ao verem se afundar nas águas pessoas que deveriam se movimentar, deveriam nadar normalmente, mas se paralisam. Que Otávio dê alguma explicação, algum alento. Mas que alento haveria? Ela nem percebe quanto tempo passa ali, sem apertar o botão de acionamento que deveria apertar, sem mover o carro que deveria guardar, sem aceitar a placa que estava planejada. As pequenas normalidades da vida de repente se tornam impossíveis. Nas suas retinas, as letras continuam a bater brancas. Para onde terá ido Otávio? O carro dele está aqui, ele voltou para casa. Ou saiu de novo, por conta própria? Sairão mesmo da casa.

Do portão ao lado surge o vizinho, seu Flávio. Acena de forma cordial, como se Ângela houvesse acabado de chegar. O espanto deve estar nítido no rosto dela, porque, ao mirá-la, ele se volta logo em seguida ao ponto onde o olhar dela se fixa. Seu Flávio, depois de todos esses anos, depois de ter acompanhado Felipe crescer nessa rua e deixar de ser visto, também lê a sentença de entrega da casa. Pela forma como inclina a cabeça para trás, percebe-se a surpresa dele. Ou seria contrariedade? Repulsa por tamanha negligência?

Quase todos que moram aqui perto sabem da história, viveram parte dela. É um bairro de velhos moradores, no geral. Pessoas que participaram de vigílias, cuidaram de observar se alguém chegava quando os dois viajavam, ajudaram como podiam. Sabem da relação da família com a casa. E, por isso, entenderão o que se inscreve nas entrelinhas do anúncio de venda. Seu Flávio carregou Felipe no colo; Ângela gostaria de dar explicações, talvez o faça de alguma maneira, mas não agora. A única coisa que gostaria de imediato é esvanecer no ar, feito o branco das ondas marítimas. O vizinho, de repente, parece expressar uma espécie de comiseração. Essa forma de silêncio compartilhada é mais aversiva do que qualquer palavra trocada. Deveria acionar a abertura do portão, acenar para o vizinho, entrar em casa e conversar com o marido. Só isso. Mas, afoga-se, seus pés deixam de tocar o fundo. O carro, deixado sem controle, começa a voltar para trás. O susto quebra o transe de Ângela, ao menos parte dele. Ela retoma o volante, gira-o e pisa no acelerador. Parte rua afora, como se não estivesse, há pouco, prestes a chegar em casa, mas sim a deixá-la.

Ela ruma para o cais abandonado.

O carro avança no descampado que sempre serviu de estacionamento a Ângela. Quando para o veículo e o desliga, cessados os barulhos do motor e dos pneus no terreno pedregoso, o som do rebentar das ondas a alcança, derrama-se através dos vidros abertos. A distância até a orla e o cais é curta; o ruído branco que vem de lá está próximo e parece tentar atraí-la. O mar não precisa de sereias. Ela abaixa a cabeça, cobre o rosto com as mãos. Nenhuma ação tomada além dessa, como se relegasse o tempo a uma espera por ela. Conhece bem o caminho que a aguarda do lado de fora: algumas de suas pegadas ainda devem estar marcadas na areia.

Vai descer do automóvel e seguir até o píer, como fez incontáveis vezes, e como havia prometido deixar de fazer? Sob alguma espécie abstrata de mensuração, parece-lhe que isso representaria o desperdício dos meses recentes, como alguém que tenta evitar um vício e reincide, que volta à estaca zero da contagem de dias de abstenção. Ângela permanece no banco do carro, evita decidir-se por tomar aquele descaminho. Por outro lado, sente-se absolutamente indisposta a voltar para casa. Enquanto se questiona, como se houvesse qualquer balança além de si mesma para medir suas decisões, o dilema se desdobra e outra interrogação se sobrepõe: qualquer que seja a alternativa escolhida, tem alguma importância? Ela pressupõe que ter vindo aqui já pode ter configurado a recaída, vá até o fim ou não. Um alcoólatra que não se embriaga, mas dá o primeiro gole, talvez esteja derrotado já a partir desse ponto.

Mas, talvez não.

A espera em silêncio, à meia distância, traz algum esclarecimento. Aos poucos, Ângela começa a discernir com mais precisão o que representa essa vinda ao cais. E é diferente das outras vezes. Sim, ter rumado para cá teve algo de fuga e refúgio, porém o fato de se colocar uma escolha, de se deter sobre a possibilidade tanto do sim quanto do não, é um passo a mais. Se a contagem dos dias de abstinência perde importância diante da recaída, então a recaída também pode não ser determinante, conforme os dias de abstinência se renovam.

Ou apenas indulta a si mesma, como qualquer pessoa viciada faria?

De qualquer maneira, não é uma decisão simples. Sua personalidade tem sido moldada há décadas para o apego resistente, seja ele direcionado aos ritos maternos de antes ou à renúncia atual. Em qualquer opção que eleja agora — seguir de vez para o cais abandonado ou não — será leal a uma parte de si enquanto renega outra. E, no fundo, ela sabe a qual lado já decidiu dar as costas. Se descesse até a plataforma de cimento, diante do mar, só passaria algum tempo lá, para depois dar meia-volta e retornar para casa, onde a placa ainda está e permanecerá. Por que certas coisas, ainda que tão óbvias, recusam-se à adesão?

Não há nenhum pensamento a ser formulado no cais que se revelaria diferente destes, aqui, no carro. E o problema, então, estaria justamente em lidar com o encerramento sempre no campo das ideias, das reflexões que não levam a nada. A placa está posta, isso é tudo. A casa está ao dispor, isso é tudo. Embora o amadurecimento da renúncia tenha dependido de um longo processo de elaboração mental, agora é evidente que a concretização do desapego terá um impacto maior, bem maior, do que qualquer preparação psicológica teria sido capaz de resolver. Ela havia imaginado milhares de vezes a instalação dessa placa, enquanto meditava naquele píer; para que repetiria mais uma vez tal exercício, quando o encontro com uma placa de verdade a golpeia desse jeito, como se nunca houvesse dedicado a menor reflexão ao andamento do processo de renúncia?

Ela tenta detalhar melhor o que imagina. Aquele corretor da imobiliária a dizer: "A casa foi vendida, parabéns." A necessidade de retirar tudo dali. As caixas fechadas com fita adesiva, antes comprar a fita adesiva. Os cortes de tesoura. Até o quarto de Felipe. Desmontar o quarto do filho. Tudo que precisa ser feito, ou desfeito, soma-se em uma onda esmagadora, na direção dela. O formigamento se espalha, nervos em uma ressaca. De repente, as etapas do encerramento parecem tão próximas, feito o mar que a alcança, de alguma forma, pelas aberturas das janelas. Ela liga o motor do carro. Pisa no acelerador para aumentar o ronco, ainda que não saia do lugar. Fecha os vidros, liga o ar-condicionado, com o sopro grave e constante. As vibrações das ondas de fora já não a alcançam, como se o mar ali perto não existisse. Por fim, liga o rádio e fecha os olhos. O procedimento em momentos de crise, como esse, deveria ser o contrário: abrir o máximo de espaço possível à oxigenação. Porém, se fechar-se em isolamento funciona melhor agora, por que não? Ela vira o rosto para o lado oposto, olha para a via que leva à estrada de volta: o caminho para a cidade. Para casa.

Sente-se um pouco melhor, conforme o tempo passa. A respiração normaliza o ritmo, o coração bate mais afastado da margem de cá do peito. Seria esse, então, o jeito mais eficiente de lidar com a angústia e todos os elementos do desapego que ainda lhe assombram? Não tão simples quanto fechar as janelas do carro, a fim de se isolar do som das ondas, mas a simbologia pode ser modelar. Um aprendizado reverso do movimento infindo das ondas. Evitar certas reflexões, certas demandas, tal como se tratasse de fechar vidros ao redor dela. Esquivar-se não é o mesmo que fugir.

Tentará essa abordagem. Não pensar na venda da casa, como se a placa instalada e as visitas dos corretores fossem uma encenação alheia. Um teatro sem implicações para além do próprio espetáculo. E se alguém da vizinhança reagisse, também seria uma espécie de ficção, à qual ela assistiria como se em uma plateia. Veria de longe o desfecho da própria história enquanto passa ao largo. Quem sabe, parar de pensar em Felipe, até que o pensamento também se desvanecesse. Seria o caminho a tomar, de agora em diante, no encerramento pessoal? Esquecer o filho? Fechar-se para ele?

O mar entra por alguma fresta do carro ainda, ela sente.

A esquiva, colocada em prática, funciona bem a princípio. Ângela abre mão de ter envolvimento direto, ou controle, sobre tudo que se relaciona a Felipe. Acaba por pedir a Otávio que escreva uma carta aos vizinhos, para explicar sobre a mudança. Só pede que ele inclua um pedido ao final: respeitem o momento difícil, em especial para a mãe; o silêncio, sem comentários ou interferências, será a mais valiosa demonstração de apoio que a família pode receber agora. Fica também a cargo do marido o depósito dos envelopes nas caixas de correspondências das casas ao redor. A medida, por fim, funciona: nenhum vizinho os aborda, questiona sobre a venda da casa, a mudança iminente ou o encerramento da história de Felipe. Ângela se sente em dívida com alguns, acredita que merecem mais provas de gratidão, porém o cenário de pacificação, como se nada de anormal estivesse em curso, lhe convém.

Começam também as visitas de corretores à casa, acompanhados de clientes. Ângela trata essas circunstâncias como uma encenação teatral: abre o portão e convida as pessoas a entrarem; diz que podem ver a casa à vontade, o corretor conhece bem o imóvel e será o guia. Então, ela se retira de imediato, com a alegação de ter muito serviço nos fundos. Age como se não fosse a dona da casa, mas alguém que apenas tem a chave para abri-la e as tarefas dali para cuidar.

Enquanto os clientes e corretores perambulam pelos corredores e cômodos, esmiuçam quartos e histórias da família, Ângela se debruça sobre o tanque na área de serviço, enche baldes vazios, com a torneira aberta à força máxima. O barulho da corrente de água — primeiro a bater no fundo de plástico do balde, depois a ser absorvido pelo próprio acúmulo da água — é um recurso, ainda que precário, para encobrir os ruídos intrusos. Encobrir a disponibilização da casa. Depois de enchê-los, Ângela vira toda a água dos baldes no tanque, para esvaziá-los. Então, repete o processo, até que as pessoas se retirem. Na maioria das vezes, os corretores a chamam apenas para avisar quando saem. Ela deixa de lado o balde, enxuga as mãos no pano e acompanha os visitantes até o portão. Se alguém tem alguma pergunta, pede que o corretor escreva para o marido. Ninguém dá mostras de estranhar o posicionamento dela.

Conforme se somam os dias e as vindas de potenciais compradores à casa, algo começa a se revelar. Nada é dito para ela, mas também isso é uma forma de sinal; se o imóvel agradasse, Ângela veria mais empolgação e interesse nas pessoas que o conferem. Por fim, Otávio diz que precisam conversar, tem um parecer das imobiliárias. Algo reiterado de forma unânime: será muito difícil, quase impossível, vender a casa do jeito que está. "Todos os compradores disseram o mesmo: a casa está com um aspecto muito antiquado. Teria que ser feita uma reforma imensa, se quisessem morar nela." A mulher pergunta mais, quer saber se mencionaram elementos específicos. Otávio se alonga, enumera tantos comentários que é como se descrevessem a construção inteira. "E não dá para dizer que estão errados. É tudo bem conservado, mas antigo mesmo."

Sim, ela sabe. E, mais do que isso, tem plena consciência de que foi uma escolha manterem dessa forma, chegarem a esse ponto. Seria improvável que, a essa altura, encontrassem alguém disposto a viver em uma casa onde se optou por não acompanhar o tempo. Ou, por outro lado, a remontarem-na quase por completo. Há uma história nessas paredes, nesse chão, nessas tintas, e não é uma história bonita. Os outros têm razão de não quererem tomar parte nela. "A reforma vai ter de ser feita, de um jeito ou de outro. A questão é: nós é que vamos fazê-la?", Otávio interrompe a perturbação da mulher.

Já tem sido duro o preparo para sair do lar; pior ainda a perspectiva de presenciar o desmonte dele enquanto ainda estão em seu interior. Ela tenta formular maneiras de lidar com tal ideia, mas como se esquivar do que tomaria lugar dentro da própria casa? Ainda que feche os vidros das janelas, o barulho virá de dentro, não de fora. Marretas, furadeiras e demais ferramentas a despedaçarem tudo. Otávio sugere trocarem o piso da sala, do corredor e dos quartos, bem como pintarem a paredes; substituírem de vez o portão da garagem, os ladrilhos na entrada e nos fundos; talvez tirar alguns móveis. E repensar a fachada.

Muita coisa. Muitas das coisas pelas quais haviam batalhado para manter como se intactas. Toda proteção em frente às investidas do tempo teria de ser destruída, em golpes vulgares de ferramentas. Ela perde o fôlego por um instante. Não haveria baldes suficientes no mundo para encher e esvaziar à esquiva; nem mesmo água para tanto. Ainda que conseguisse encobrir os sons, a mão de obra da reforma não seria como os corretores e clientes, que, ao irem embora, deixam a casa do jeito que estava antes. Mesmo depois de conduzir os trabalhadores para fora, ela teria de continuar com o ruído deixado por eles: um ruído estanque, ruído de pedra e de pó, que alterará as coisas em definitivo. Ela vislumbra os pisos arrancados, o portão removido, a casa inteira com feridas abertas. Terá de viver cercada por essas feridas, viver dentro delas. A fachada, o que será feito dela? De imediato, ela se lembra de seu Miguel, terá de falar com ele. Corta o coração, pensar no quanto o desapontará. E o quarto de Felipe? Como farão com o quarto do filho? Meu Deus, o quarto dele, antes mesmo de saírem. Ela tem vontade de perguntar ao marido, quase desesperada, como farão. Mas se cala. Tenta manter a postura de esquiva, ao menos por ora. Ao menos, enquanto não começa a depredação.

Toda consideração sobre a reforma atrai o pensamento de Ângela à lembrança de seu Miguel. Não se trata de esquiva, essa manobra mental; ao contrário de uma espécie de distanciamento do processo, é uma forma de aproximar também o outro. O restaurador, e proprietário da loja de antiguidades, que sempre os ajudou a preservar a imagem da fachada da casa. Por conta dos cuidados dele, manteve-se inalterada, reconhecível em absoluto, a aparência do lar ao qual Felipe poderia ter voltado.

Recomendado por um amigo comum, quando Ângela comentou sobre os estragos na alvenaria após consertos no encanamento, seu Miguel se voluntariou para o trabalho, que ela desejava sem saber que poderia existir. Ela recusava a ideia de passar outra tinta por cima, adulterar a face à mostra da casa; queria que voltasse a ser exatamente como antes. Hoje, recordar-se dessa fala lhe dá a impressão de ouvir uma pessoa neurótica. Alguém delirante, mas que foi ela mesma. Seu Miguel, no entanto, não a culpou ou repreendeu; pelo contrário, ofereceu-se a pintar toda a fachada e fazer outros reparos necessários, para que a casa tivesse renovado o aspecto antigo. Daria à construção o tratamento de quando se restaura um quadro ou uma relíquia. Conhecia o "caso Felipe", como a maioria das pessoas. E sempre disse que o trabalho dele era, infelizmente, a melhor contribuição que tinha a oferecer. Voltaria sempre que ela o chamasse, ou a cada intervalo de cinco anos. Sem querer, provavelmente, tornou-se ele mesmo outro marco do tempo, a fixar quantas multiplicações da vida de Felipe ele passava ausente.

Não fosse pelo trabalho de seu Miguel, a casa se transformaria muito mais. Diante do tempo, para uma edificação ou para muitas outras coisas, deixar de fazer alterações não significa permanecer o mesmo, é justamente o oposto. E o restaurador sempre foi tão bom no que faz, a ponto de ser difícil para um leigo perceber qualquer melhoria a olho nu. Quem via a casa antes e depois das restaurações, sem saber do feitio delas, nunca mencionava que algo estava diferente. Ângela percebia, porém ninguém mais. Essa, a grande arte de seu Miguel: ao fim de um processo de muito trabalho e dedicação, parecia que nada havia sido feito. A casa não aparentava ter ficado mais nova, tampouco ter envelhecido. O restaurador agia como se realizasse uma imunização da fachada; com mãos habilidosas, removia da pele da construção as infiltrações do tempo.

E em todas as vezes que foi ao sobrado, com os assistentes, Ângela o observou trabalhar. Ele mantinha fotografias das paredes, do piso, do portão e de todos os outros detalhes, armava paletas de cores que reconstituíam o desgaste controlado, para evitar o acréscimo de mais claridade ou brilho. Nas grades do portão, por exemplo, redesenhava a forma exata dos pedaços descascados, feridas metálicas que evitava fechar ou deixar se abrirem ainda mais. O perfeccionismo dele, as escolhas criteriosas quanto ao alcance das intervenções, como se zelasse por uma obra de arte que não podia ser descaracterizada, sempre causou fascínio em Ângela. Era uma parte da espera por Felipe que tinha algo de belo, de escape da tristeza.

Mas, dado o rumo das coisas, essa forma de perenidade deixou de ser uma virtude, para ser tornar um entrave à venda da casa. Ângela teme pela reação de seu Miguel, quando souber do descarte do trabalho dele. Ela mesma sofre de remorso, enquanto deseja também dar mostras de gratidão, o quanto puder. Partilhar com o restaurador o processo de despedida, contar-lhe sobre a renúncia e a saída da casa, são uma parte do que pretende; a outra é convidá-lo para pintar algo na fachada nova. O que ele quiser. Oferecerá uma boa compensação em dinheiro, depois de ele ter sempre trabalhado na casa de forma voluntária. Quando os visitava, só pedia duas coisas a

Ângela e Otávio: que pagassem pelo material necessário e que o avisassem de imediato quando Felipe fosse encontrado.

Depois de estacionar o carro bem perto, Ângela entra na loja de antiguidades de seu Miguel. A fachada do local também tem certo descompasso com o tempo: nas paredes antigas que emolduram a entrada, estão pintadas as figuras de dois papiros, nos quais se inscrevem, em caligrafia gótica, não só o nome do estabelecimento e os tipos de serviços prestados, mas também os contatos de telefone e e-mail. Ângela entra na loja, olha ao redor os móveis de madeira maciça empilhados, o peso que tanto acúmulo impõe ao ar fechado do lugar. Ela atravessa os corredores formados por faixas de intervalo entre mobília e quadros; entrevê, por uma das frestas, o próprio reflexo riscar um espelho ao fundo. Ao longo das paredes, Cristos são crucificados nas mais diferentes formas.

Quando chega ao balcão de atendimento, um jovem a recebe; deve ser o novo auxiliar de seu Miguel. Ângela pergunta por ele e o rapaz responde que irá chamá-lo. Nesse ínterim, sozinha, a mulher repensa como explicará ao restaurador os temas tão delicados que a trouxeram à loja dele. Não se veem há alguns anos e, de repente, parece ser muito maior a parte de seu Miguel na história; como se, antes de qualquer decisão do tipo, ele tivesse o direito de ser consultado. Ela, a obrigação de consultá-lo. Que ideia, Ângela, não é para tanto.

O devaneio da mulher é interrompido pelo ruído dos passos de seu Miguel, o arrastar de sandálias que quase não se desprendem do chão. Quando ele se revela da penumbra, detrás das pilhas de cadeiras desfiadas, a mulher toma um susto: na última vez que se encontraram ele talvez estivesse perto dos oitenta anos de idade, mas conservava um aspecto bastante saudável; agora o envelhecimento parece ter quitado o débito em atraso de uma vez. O homem caminha com muita dificuldade e, quanto mais se aproxima, mais Ângela percebe sinais de debilidade: as mãos dele tremem bastante, seus olhos se desbotaram e os lábios pendem entreabertos, quase sem força para se sustentarem. Após ter remediado tantos objetos das incisões do tempo, o próprio homem não consegue mais se proteger delas.

Ele cumprimenta Ângela com voz quase inaudível, a garganta áspera do pó das reformas. Depois pede que o assistente traga uma cadeira para a senhora. Sem ter sido chamada pelo nome, ela tem dúvida se seu Miguel a reconhece. Os dois se encaminham para um canto da loja, perpassam o labirinto de objetos arcaicos. Seu Miguel se senta com a ajuda de Ângela, em uma cadeira de balanço que não se move. O atendente chega até eles pouco depois, posiciona outra cadeira, regular, para a mulher. Ela olha em volta: armários, candelabros, quadros e penteadeiras formam um enorme mosaico de cacos do tempo. Lustres se aglomeram no teto, um gramofone próximo parece esticar-se para ouvir a conversa. Dentro de uma cristaleira jazem frutas de cera, com suas formas e cores de amadurecimento ideal; cascas impermeáveis à passagem dos anos. O silêncio permanece por alguns instantes, enquanto Ângela perscruta os entornos. Quando se volta a seu Miguel, ele ainda está calado; o olhar à deriva no ar vazio diante de si. Uma peça a mais no grande mosaico, o homem.

Ela tenta animá-lo com um tom de voz mais alto, não funciona bem. As falas de seu Miguel são de um conformismo resignado, em especial quanto ao declínio de saúde. É quase como uma apresentação de si mesmo, de quem ele é hoje, sua narração sobre a cirurgia cardíaca e as internações recentes. A infecção hospitalar. Por entre as falas, lapsos de silêncio duradouros. Ângela questiona se seria viável convidá-lo para trabalhar na fachada nova da casa, nesse estado. Tem dúvidas, inclusive, quanto à capacidade de entendimento dele sobre o que ela tem a dizer. "Seu Miguel, o motivo da minha visita é um pouco delicado. Antes de mais nada, eu queria dizer que não tenho como expressar o quanto sou grata por tudo o que o senhor fez por nós." O velho à frente dela murmura sílabas, balança um pouco as mãos, como sinais de abnegação. Logo depois, cai em silêncio de novo. Ângela percebe que talvez seja melhor abreviar o discurso, devolver logo o senhor à paz solitária dele.

"Nós tomamos uma decisão, Otávio e eu, que foi muito difícil. Mas decidimos mudar de casa." Ela faz uma pausa, aguarda pela reação, porém ele não esboça nenhum abalo. Não expressa nada. "O senhor fez um trabalho maravilhoso com a fachada, nossa gratidão é imensa. E a aparência da casa é de que não envelheceu um dia sequer." Sem retornos discerníveis da parte do velho, ela não consegue identificar que caráter a conversa tem tomado. Será que não faria diferença nenhuma o que veio dizer? Ou ainda poderia causar um choque? "O problema é que... o encanamento, a fiação elétrica, toda essa parte de dentro tem ficado ruim."

Seu Miguel continua inalterado, Ângela prossegue, um pouco perdida por entre os atalhos pelos quais o discurso dela envereda. "Enfim, antes de vender, a gente quer fazer uma reforma geral. Inclusive na frente da casa. E não é uma desconsideração ao seu trabalho, pelo amor de Deus. É justamente o contrário." O senhor diz que fique tranquila, acena como se a detivesse com gentileza. "Nós gostaríamos de fazer um convite, em consideração pela sua enorme ajuda todos esses anos. Que o senhor participasse da reforma, como for de sua preferência, para deixar seu toque de novo. Na nossa visão, o senhor é parte dessa casa. Ela não pode ser transformada sem o seu trabalho estar presente. E, claro, pagaremos pelo serviço dessa vez. Um valor que represente nossa gratidão."

A cadeira de madeira range, enquanto ele se arruma no assento. "Sabe. Eu estava mesmo. Estava mesmo querendo falar com. Com a senhora, não é?" Ângela se curva e se alonga, para ouvir a voz fragilizada e intermitente do homem. Assemelha-se ao gramofone perto dos dois. "Eu pensei que. Se a senhora. Quando a senhora. Quando viesse aqui de novo. Para fazer a pintura lá, de novo, não é? Porque, um dia. Teria que fazer de novo." Ângela dá sinais de sim, balança a cabeça como se impulsionasse as falas do outro. "Olha. Eu estava. Eu estava muito triste, sabe? Porque eu pensava. Eu pensava que a senhora ia pedir. Porque, um dia, teria que fazer de novo, não é? A pintura." Ela se recosta mais à cadeira. O gramofone continua tensionado à frente. "E é difícil. Porque, olha. Eu não posso mais. As minhas mãos. Eu não estou mais em condições, sabe?" Talvez fosse apenas uma forma de alergia o brilho súbito nos olhos dele, enquanto ergue as mãos para mostrar como estão prejudicadas. "Eu vi a senhora aqui. Me deu uma tristeza, sabe? De não poder mais. De ter que dizer não. Para a senhora. Só que eu não posso.

Não posso mais." Ao terminar, ele solta um suspiro. Tomba as mãos ao colo, o olhar de novo ao chão. Há um ladrilho rachado.

O silêncio a seguir é ainda mais denso, como se sustentasse o peso dos armários maciços. Ângela observa o senhor à frente, um homem cuja renúncia, de alguma forma, espelha a dela. Inevitável imaginar o que teria acontecido, caso não houvesse tomado tal decisão; caso viesse a essa loja de antiguidades, daqui a um ou dois anos, pedir a seu Miguel que reconstituísse de novo a casa, para que Felipe a reconhecesse. E o velho a dizer: não posso mais. Como ela reagiria? Provavelmente em desespero, ao encarar mais um indício de que não pode vencer o tempo; ainda que a pintura pudesse encobri-lo, o pintor não lhe escapa. Ao redor de seu Miguel a bússola da cronologia aparenta possuir muitos ponteiros, mas o norte definitivo não se perde.

"Dessa vez o senhor não precisa restaurar a fachada. Seria só uma parte, um detalhe. O que o senhor preferir, na verdade. Se quiser só fazer um traço de pincel, pode ser. Algo simbólico", ela ainda tenta. Sabe que ele sempre enxergou a si mesmo como um artista. Mesmo um toque simples poderia ser valioso. "Obrigado. Obrigado. Mas é que. Olha. É difícil até sair. Eu moro aqui. Nos fundos. A senhora sabe, não é? E estou com muita dificuldade. Por causa também do. Do problema que contei para a senhora. Mesmo para sair é difícil. Mesmo para sair. E pintar. Pintar, eu não consigo mais." Ela se divide entre insistir — como uma demonstração da importância dele, que não poderia ser deixada de lado — ou simplesmente conceder paz ao senhor.

"Eu entendo. Bom, nós adoraríamos, eu adoraria, ter sua participação na pintura, mas, claro, como o senhor achar melhor. De qualquer forma, aquela casa é um pouco sua também. E eu gostaria de poder recompensá-lo de alguma maneira." Ele diz que não precisa, está contente por ter ajudado. E lamenta não poder fazer mais. Ela ainda tenta pensar em qualquer iniciativa, da própria parte, que possa oferecer ao restaurador. Repassa a conversa na cabeça, lembra que ele comentou sobre Felipe, sobre a história toda e o trabalho dele na casa. Não se esqueceu. Ainda assim, parece não ter percebido uma relação determinante entre a mudança e o encerramento da espera pelo menino. Teria ignorado esse elo por conta de alguma forma de senilidade?

Ou ela mesma é que vinculou em excesso, e de forma desnecessária, o endereço e o apego pelo filho? Muitas famílias com filhos desaparecidos que ela conheceu, seja no Mães em Busca ou em outras ocasiões, trocaram de casa sem grandes conflitos. Isso costumava escandalizá-la, mas talvez eles tivessem razão, ao alegarem que o reencontro com quem se perdeu não dependia da manutenção de endereços ou fachadas, nem da preservação de cada detalhe de seus pequenos mundos. Ainda que a criança voltasse à antiga casa, alguém na vizinhança poderia cuidar de que fosse direcionada à nova morada da família. Ângela percebe o escândalo nela apontar também a uma nova direção: suas próprias atitudes do passado lhe causam estranhamento agora. Ela, que havia tentado burlar o tempo, mas sem mãos habilidosas o bastante para isso.

Um facho de luz do sol entra pela fresta no vidro, pousa sobre o tampo da mesa ao lado da mulher. No ar iluminado, levitam grãos de poeira dourados, que ela observa em silêncio. Não lhe resta muito, além de ir embora. Ela se levanta e no canto oposto da loja vê um presépio esculpido em madeira. Pede licença a seu Miguel e vai até a miniatura. Observa os bonequinhos talhados à mão: os três reis magos, os animais da estrebaria, a família no centro. A estrela de Belém, cadente mas retida ali, equilibrada sobre uma haste de metal que se finge invisível. A estrela que deveria desvanecer. E as proporções descabidas: o menino Jesus é maior do que todos os adultos curvados em volta dele. "Eu que fiz. Esse presépio. Faz tempo já", o velho diz, de trás dela. Ângela pergunta ao jovem assistente qual o preço. O rapaz diz o valor e ela responde que irá levá-lo. Ele abre um sorriso e recolhe as peças, enquanto recebe a exortação de seu Miguel para que as embrulhe uma a uma, com muito cuidado. Ângela vai ao caixa e paga pela compra. Pede para digitar o valor na máquina de cartão de crédito; coloca zeros a mais. "É uma ajuda a seu Miguel, pode deixar assim."

Com as peças embrulhadas em uma sacola, ela volta ao encontro do restaurador, ainda na cadeira de balanço parada. Prepara-se às despedidas, mas é interrompida pela voz funda do senhor: "Sabe. Eu não queria morrer. Não queria morrer sem ver o seu filho voltar." O silêncio se impõe de novo sobre os dois, carrega o peso dos dias. Ângela se curva, apoia-se dolorida sobre os joelhos e mantém o rosto na altura dos olhos desbotados do velho. Segura as mãos fragilizadas dele, sente naquela pele os entalhes profundos do tempo. Responde, então, com voz velada: "Eu preciso dizer uma coisa, seu Miguel; isso não vai acontecer. O meu filho..." — Dessa vez é ela quem suspende a fala, com uma grande pausa. — "Quando ele voltar, uma das primeiras coisas que vou fazer é trazê-lo aqui, para conhecer o homem que manteve a casa dele preservada. O senhor vai estar vivo, sim, e vai se encontrar com Felipe. Vai receber um abraço de agradecimento dele."

O velho, afinal, ergue os olhos do chão vazio e os volta para Ângela. Nos lábios entreabertos dele se forma um sorriso, ainda que quase sem força para se sustentar.

A sacola com o presépio comprado de seu Miguel foi guardada dentro de um compartimento, com porta de vidro, no armário da sala. Tem ficado muitos dias ali, intocada. Ângela passa de novo por ela, olha sem saber o que fazer daquele objeto. O toque do celular, que a trouxe até perto do armário, ainda soa, com o aparelho sobre o tampo de madeira. Ela toma o telefone e observa o visor, na identificação de chamadas o nome de Dora. Há tanto tempo não se falam, o que poderia ser? Teria Suzana contado sobre a conversa delas? Ângela hesita. Não está disposta, agora, a lidar com uma discussão sobre o assunto, em especial com a líder do Mães em Busca, que provavelmente demonstrará resistência. Ainda pretende se manter um pouco à esquiva. O toque se silencia, o nome de Dora então marcado como chamada não atendida. Ângela vai cuidar de outras tarefas da casa, mas o pensamento continua magnetizado pelo telefone celular. Por fim, decide ligar de volta.

A presidenta do grupo pergunta se está tudo bem. Ângela confirma e devolve a pergunta, no modo comum de etiqueta. "Você anda sumida. Podia fazer uma visitinha aqui. A gente está com uma programação nova", Dora diz, quase como se não se conhecessem e precisasse apresentar o trabalho dela. "Ah, obrigada, eu ando bem ocupada. Estamos com planos para reformas na casa", assim que conclui a frase, e ouve a pergunta sobre o que pretendem fazer, Ângela se arrepende da desculpa dada. Teria deixado transparecer a diferença na postura em relação à casa, ao filho? "Tem muita coisa interna que precisa de reparo. Vamos fazer de uma vez." O diálogo se torna mais desconfortável, por parecer que há mais nas entrelinhas do que nos dizeres. E a insistência de Dora, ao perguntar de novo se está mesmo tudo bem, causa irritação em Ângela. "Bom, liguei para ver como você está. Sabe que pode contar com a gente, né?" Sim, sabe; e agradece. "Pode contar mesmo com a gente."

Despedem-se. Ângela desliga o aparelho, um pouco perturbada pelas reiterações de Dora. Talvez ela saiba mesmo da renúncia, só a tenha instigado para que tomasse a iniciativa de confessá-la. Tenha tentado provocá-la a tal atitude, com aqueles rodeios na conversa. E, ao pensar nessa hipótese, ela sente raiva de Suzana. Que traidora, se comentou a respeito.

Por falar no diabo, pouco depois Ângela recebe ligação da psicóloga. "Tudo bem? Como você está?", de novo a pergunta, supostamente trivial, soa como se enfatizasse algo para além da boa educação, sem especificar o quê. "Você está no Mães em Busca?", Ângela pergunta e ouve a negativa de Suzana. Diz que Dora acabou de telefonar também. A terapeuta pergunta sobre o que conversaram. "Nada de importante. Ela me disse para aparecer, eu falei sobre a reforma, mas bem pouco. Só estranhei o jeito dela. Você contou sobre nossa conversa? Sobre minha decisão?" A psicóloga afirma que não, jamais quebraria o sigilo pedido. "Bom, Ângela, você sabe que a associação mantém algumas práticas, de checagem das mães, de prestar apoio em certos momentos." Sim, mas fazia tanto tempo que ninguém a contatava. "Acho que eu já me vejo fora do grupo. Talvez estranhe por essa razão. Preciso oficializar minha saída, assim acaba esse ruído. Porque percebi que me incomoda mesmo, sabe? Prefiro que não me liguem." Suzana diz entender. "Melhor eu encerrar por aqui, então?" Ângela responde que não tem problema quanto a ela; mas, podem desligar, acaba de ouvir a chegada de um corretor de imóveis, agendado para aquela hora. "Ok. Mas, você sabe que nós duas, independente da sua saída do grupo, continuamos amigas, certo? Você pode contar comigo, se quiser." Ângela diz que sim, estranha de novo o tom enfático da demonstração de disponibilidade. É como se dissessem, de forma obscura: "Sabemos que você vai precisar." Uma espécie de ameaça velada. Estaria neurótica?

Ela vai para a cozinha, a casa silente. Não há corretor nenhum, só queria acabar com aquela chamada. Os ponteiros do relógio na parede chamam a atenção para cada passo do tempo; também soam a um prenúncio em segredo. Ou talvez seja coisa da própria cabeça, o incômodo central com o qual não quer lidar ainda. Falar sobre a reforma a lembra do desmonte do quarto do filho, que não consegue imaginar como será. Parte das demolições, como outro cômodo qualquer? Aquele universo infantil encaixotado por peças, depois as tramas de tijolos e cimento desfeitas, mero entulho? Ângela não se antecipa a nenhuma solução para esses entraves. Ter desligado o telefone antes de chegarem a esse tema, procrastinar o início das reformas, tudo isso se trata de esquiva. De fechar vidros invisíveis ao redor de si, em isolamento.

E como se o mar de fora arrebentasse esses vidros de uma vez, a resposta a atinge. Foi por isso, então, que telefonaram, com aquele tom de voz incomum. Seria mesmo? Já acabou o mês? Mal o viu passar. Sem mais o calendário invisível dos antigos ritos maternais, perdeu a contagem dos dias. Porém, Suzana e Dora, não; continuavam atentas aos procedimentos e cronogramas. Ângela volta para a sala em passos apreensivos, busca novamente o telefone celular. Procura na tela não mais a identificação do nome de alguém a chamá-la, mas sim a demarcação da data. Uma corrente fria se espalha rápido pelo peito quando se depara com os pequenos números marcados entre as barras, o dia de hoje: trinta de novembro. O mês acaba aqui. Pouco adianta desviar o pensamento, quando o tempo continua a correr, sem concessões. E, sim, Suzana e Dora telefonaram por conta da prática da associação de conversar com as mães, ou pais, de filhos desaparecidos nas vésperas de datas mais delicadas. As duas perguntaram tanto a Ângela se está bem, colocaram-se à disposição caso precisasse, porque acreditavam mesmo que ela precisará. Afinal, amanhã, primeiro de dezembro, é dia do aniversário de Felipe.

# Dezembro

Dezembros. Sempre os mais difíceis entre os meses. A soma de datas que deveriam ser festivas: Réveillon ao final, com o sulco mais fundo na contagem do tempo; antes o Natal, quando imagens de famílias reunidas e alegres se espalham por outdoors, filmes e programas na televisão, propagandas de todo tipo. A felicidade compulsória e inalcançável, que a cada ano parece ser divulgada mais cedo. Mas, essas duas datas, apesar de terríveis, nunca foram a pior parte. O caráter de convenção social, de algo coletivo, aumenta o raio de alcance delas, porém também pulveriza seus efeitos. O primeiro dia do mês, limiar de entrada em dezembro, dói bem mais; marco que não pertence a mais ninguém, não impõe imagens e representações das quais escapar. Um dia que carrega somente o nome dele: aniversário de Felipe. Nenhuma outra entidade.

No banheiro da suíte, logo ao despertar do sono de remédios, Ângela tenta descobrir, mais uma vez, como iniciar e chegar ao fim desse dia. Ele faria trinta e seis anos hoje. "Trinta e seis", a mulher soletra devagar. Vê no espelho seu rosto desmoronar um pouco mais a cada sílaba. Contar o avanço da idade dele é um impulso à ideia de que o filho ainda existe, de que ainda é dada corda aos mecanismos do tempo. Toda vez que Felipe faz aniversário, ainda que espectral, a vida dele ganha alguma luminescência, como um vaga-lume que faz um novo furo na escuridão imensurável. Ângela abre o chuveiro e a lembrança do menino se derrama por tudo. Trinta e seis anos é mais do que a idade dela quando o perdeu. Ela, que já tinha dose razoável de maturidade, seria ainda jovem se comparada ao homem que ele pode ter se tornado. De repente, é como se ele tivesse se tornado mais velho do que a própria mãe; um curto-circuito no tempo. Ela fecha os olhos e enfia a cabeça sob a água. Tenta não pensar mais nada.

Como não percebeu a aproximação da data? Se houvesse se antecipado como Suzana e Dora, teria se preparado melhor; planejado estratégias para lidar com mais um aniversário. O primeiro depois da renúncia. Que renúncia?

As pessoas próximas, como as da associação, sabem ser essa a data mais difícil para as mães. Um outono íntimo e violento que as exaspera de súbito. Agarrada de surpresa, Ângela percebe-se tão indefesa quanto sempre esteve, ou ainda mais; como se regredisse a um estágio muito anterior da história dela. Os esforços recentes na tentativa de manter-se alheia à própria tragédia, as resoluções acerca da renúncia, os planos futuros, tudo se dissolve na mesma substância petrificada. Ainda que a água escorra pelo lado de fora do corpo, o corpo é como uma rocha impenetrável. Desliga o chuveiro, sai do box e não estende o braço para alcançar a toalha, como de costume. Exposta em prostração, permanece diante do espelho, mira o reflexo. É ela quem mais envelhece hoje. Dentro da moldura, a imagem da própria nudez é um quadro de flores mortas. Há um esvaziamento, que, mesmo repentino, parece-lhe atávico; o contorno oco do filho se abre de novo no ventre. Ângela põe os joelhos ao chão, dói toda vez, inclina-se sobre o vaso, pronta a vomitar algo que a nauseia mas não tem materialidade. Abre a boca, esganiça a própria saliva e só a vê escapar em um fio. Não há nada a rebentar agora, a não ser o que há de Felipe dentro de si.

Ela se coloca de pé com dificuldade, enxuga-se afinal, veste o roupão. No quarto, desaba sobre a cama sem arrumá-la. O calor de dezembro irrompe pelos cantos da casa, ilumina as paredes silentes. Otávio foi para o trabalho, hoje é apenas um dia como todos. Ângela não encontra forças para se levantar de novo. A falta de Felipe infiltra-se por todas as frestas, como raios de outro sol. A mulher fecha os olhos, desejo inútil de adormecer ou apagar-se de alguma forma. Nenhuma outra vontade pulsa. Trinta e seis anos. O retrato do envelhecimento digital — outro rosto estanque no tempo — retorna à sua mente. É a medida mais próxima de quem seria esse Felipe aniversariante e, ao mesmo tempo, não é medida nenhuma.

Precisa se reerguer, sair desse quarto. Sabe que ficar aqui, imóvel durante todo o dia, não lhe ajudará em nada. Conhece bem este estado: atravessou muitos meses assim, estirada na cama, fechada no quarto escuro, entregue ao sono e ao entorpecimento por remédios. A sensação de que os maiores esforços e a inação completa equivalem nos resultados. Uma escuridão ancestral, que se abate sobre ela ao modo de uma noite que sempre volta a cair. Noite repleta de sonhos — o filho surgido à porta da casa, intocado por quaisquer ameaças do tempo; a vida resolvida e o mundo em ordem outra vez —, porém o despertar contrário e repetido.

Mas hoje nem a esperança resta. Não mesmo? O que é essa sombra no coração, a mudar de contornos? Deve ter sido uma grande mentira a si mesma, a renúncia; tanto quanto os milhares de vezes que se convenceu de que Felipe só podia voltar, nenhuma possibilidade de que isso deixasse de acontecer. Sim, tudo autoengano. E ainda teve o descabimento de tentar esquecê-lo. Como pôde acreditar que seria uma pessoa diferente dessa mãe, que pensa nele sem cessar? Tanta estupidez, Ângela. Das medidas e decisões com as quais se envolveu desde o desaparecimento, essa deve ter sido a mais vã. Nem todos os fracassos somados seriam tão inúteis. Não seria através do esquecimento que chegaria a algum lugar. Ainda quer chegar a algum lugar? Aonde?

Se ao menos morresse. Eis um encerramento. Nenhum esforço, nenhuma culpa, nenhuma dor e nenhum dia a mais. Simplesmente: o fim de tudo.

Não, precisa sair desse afundamento. Ela dá um empurrão no próprio corpo, como se nadasse de volta à superfície, para respirar. Levanta-se da cama e deixa a suíte, em direção ao corredor; os passos descalços tocam o chão com dureza. Ângela sabe o rumo a se evitar e segue reto na direção dele. Pensa na destruição que a reforma causará. É o último aniversário de Felipe nesta casa. Que aniversário? Sob a pele treme intenso o formigamento, como se fosse o próprio corpo a receber britadeiras. Ângela fecha os olhos e tenta respirar. É inútil respirar. Ela se apoia ao batente quando o alcança;

fica parada no limiar da porta. Pergunta a si mesma se o labirinto no qual se perde é circular, se ele direciona todas as espirais ao mesmo ponto sem saída. Ângela dá o passo à frente, sempre o mesmo passo, entra no quarto do filho. Passará quase o dia inteiro ali, como tem feito nos aniversários dele, desde que se foi.

Houve anos em que tentou algo diferente, ao menos em parte do dia ou da noite. No primeiro, não, foi apenas esse afundamento, mas no segundo aniversário perdido, ela comprou um bolo no supermercado, uma vela em formato do número sete, e a acendeu em casa, como se realizasse, sozinha, a festa que ele deveria ter. Afirmava a vida do menino, apesar de nada saber dela. No suposto aniversário de oito anos, mandou que Otávio e outros parentes e amigos fizessem parte da festa, com decoração na sala e tudo mais. Cantaram parabéns como se fosse uma prece. E, então, ela desabou a chorar diante de todos. Com o desastre, não houve nada semelhante no ano seguinte. Depois, seria o aniversário de dez anos de Felipe e, por ser uma data redonda, Ângela quis fazer de novo uma festa. Comprou até presentes e os embrulhou. Novo desastre, sempre um desastre a mais. O costume da festa foi extinto. Até que chegaram os vinte anos e, de novo por ser uma data redonda, ela comprou um bolo, acendeu velas e colocou decoração na casa. Porém, sozinha outra vez. E, depois disso, nunca mais houve tal arremedo de festividade.

Ela abre as janelas do cômodo, para o sol entrar. Senta-se sobre a cama que não comporta mais o corpo de ninguém, a não ser o dela nessas ocasiões. Acaricia com uma das mãos a colcha azul; observa as estrelas desbotadas de amarelo. Outro ano contado em vão, perdido; mais um aniversário ao revés. Foram apenas cinco comemorações ao lado de Felipe, com festas repletas de música, doces, parentes e amigos. Tão pouco. Ela tomba sobre a cama; encosta o rosto à colcha, sente o cheiro insípido do pano gasto. Um aniversário de Felipe a mais, um aniversário de Felipe a menos. Mira a porta de saída e só vislumbra a proximidade das reformas que demolirão todo esse pequeno universo. Da divisa do quarto do filho para fora, o mundo sempre a ponto de desmoronar. E aqui dentro?

As horas passam, lentas; o tempo, empedrado, não se esvai pelo fino vão da ampulheta. Ângela continua aninhada na pequena cama, como se fosse ela a se proteger no ventre do rebento. Sabe que não deveria se entregar dessa maneira. Ela não *pensa* que a queda adentro do quarto do filho, do tempo do filho, seja uma solução; só não consegue *sentir* que colocar-se em outro lugar traria qualquer melhora. Tudo tão inútil: voltar o pensamento a Felipe, desviá-lo dele. Inútil tentar preservar a casa, ou querer entregá-la, quando ninguém mais a quer. Inúteis esses bonecos risonhos nas prateleiras, esses móveis diminutos sem função, essa cama arrumada com estrelas a se apagarem. Deus do céu, ele faria trinta e seis anos hoje, Ângela; lembre-se de você mesma nessa idade. Se não houvesse desaparecido, provavelmente seria pai de família, distante desse quarto. Talvez morasse em outra cidade, até mesmo outro país, e de qualquer maneira não haveria festa hoje, nem aniversariante presente. Conversariam apenas por telefone ou internet, o "parabéns" que cruza fios e satélites, através das solidões de cada um, para logo desligarem. E o dia ainda teria muitas horas a serem perpassadas sozinha, nessa ou em qualquer outra casa.

Não, não é a mesma coisa. Ele poderia mesmo estar distante hoje, mas você, Ângela, seria outra. Esse quarto infantil já teria sido desfeito, ou ao menos transformado, muitos anos antes, para acomodar não mais um menino infante, mas um adolescente cujos gostos teriam mudado, e então um jovem com preferências ainda mais distintas. Um dia, então, ele sairia em definitivo dessa casa, para construir o próprio caminho. Não existiria esse abrigo precário de saudade. O que o mantém não é a esperança de um retorno; para o adulto de trinta e seis anos, essa acomodação de criança seria descabida. O que preserva esse quarto intocado é unicamente o seu luto, Ângela.

Mas como seria possível desmontá-lo? Se nunca lidou de fato com tal ideia, nem mesmo no campo hipotético, agora é duro defini-la como iminência real. A mudança e a reforma, além de a obrigarem ao desmonte, também a submeterão à convivência com o quarto esvaziado, por algum período.

Um intervalo de ar, somente ar, entre as paredes. Que nome dariam a essa assombração arquitetônica? "O antigo quarto de Felipe"?

Os olhos dela se enchem de lágrimas. Pesa no meio da garganta, dos pulmões, o que parece um osso nascido agora dentro dela. Dentro de tal osso, um grito fossilizado. Ela recusa a possibilidade de intervirem nesse quarto. As cores e os acabamentos renovados da sala, da fachada, da suíte e do corredor terão de bastar aos compradores. Este último cômodo pode ficar a cargo dos próximos donos, para quem não se trataria de uma espécie de santuário. Que ela e Otávio inventem uma desculpa, que deixem todo o material de construção comprado, que deem um desconto considerável no preço da casa, não importa; apenas deixem que ela parta sem precisar desfazer esse memorial. Não conseguiria.

Uma nova tontura a abate; ergue-se da cama dele, acaba de despertar de um sono no qual não percebeu cair. Tomou mais comprimidos, à véspera, do que o normal. Ela se retira devagar do pequeno colchão; o mal-estar na barriga adquiriu outra forma, talvez seja fome. Aquela estranha fome quando a ideia de comer é nauseante. À janela, recolheram-se as luzes. Ângela vai até a porta de saída. Olha para baixo. Traça uma linha imaginária, até onde será permitida a reforma. E, de súbito, como se fugisse do chão prestes a se despedaçar à frente, ela recua, cai à cama de Felipe outra vez. Afunda-se um tanto mais no quarto do filho.

Otávio chega um pouco mais cedo do trabalho. Encontra a esposa na sala, sentada com os olhos pousados no jornal estendido sobre a mesa. Enquanto ele conclui o dia, ela parece começá-lo. E se pudesse ver através dos olhos dela, o marido saberia que as palavras naquela página à frente apenas derivam; a atenção de Ângela está imersa em outras águas, que inundam, invisíveis, tudo ao redor. E, se ele tivesse a capacidade de examinar o dia com o coração da mulher, constataria que deveria, sim, ter telefonado mais cedo. Por outro lado, ao observá-la apenas com o próprio olhar, talvez note o que ela mal percebe em si: por forjar essa cena de normalidade, ao ter na mesa só um jornal — nenhum bolo, vela de aniversário ou bandeirinhas —, ela demonstra que algo mudou.

Os dois se cumprimentam com um beijo trivial. Perguntam, um ao outro, se está tudo bem; recebem confirmações lacônicas. Ângela continua voltada ao jornal que não lê. Detecta a falta de jeito do esposo, que nunca passou um aniversário do filho ausente sem o drama que os ocupava. É estranho não ter o incômodo ao qual se moldaram. E ela não quer recolocar o luto, como aconteceu consigo própria até minutos atrás. Foi frustrante o suficiente ter a recaída; partilhá-la seria proporcionar-lhe uma dimensão ainda maior. Preferia que sua melancolia passasse como um deslize a ser esquecido. No fundo, sente vergonha pelas horas entornadas de novo no quarto do filho, assim como um viciado reincidente se penaliza por repetir os velhos hábitos. Não; o casal deveria se dedicar a outros gestos, outros assuntos, que não a revelassem de novo como a mãe perdida de um filho perdido. Qualquer fingimento de normalidade já representaria melhor proveito do restante desse dia.

Ângela dobra o jornal e pergunta a Otávio se quer comer algo. Os dois vão para a cozinha, arrumam a mesa e tomam lugares nas cadeiras. Tentam encontrar uma posição em que possam se acomodar. Mastigam quietos a comida requentada. Os toques dos ponteiros do relógio desestabilizam o silêncio. Ninguém pronuncia uma palavra direta sobre o aniversário de Felipe, mas o vulto dele parece soletrado em cada movimento dos lábios do casal. A campainha soa. Os dois trocam olhares, como se no mesmo instante indagassem e respondessem um ao outro, sem nada falar, se esperavam alguém e não, não esperavam ninguém. Ângela se levanta e caminha à porta da frente. Já imagina que deve ser Isa, antes de vê-la ao portão. Era típico da afilhada visitá-la nesse dia do ano, mas costumava telefonar antes de vir. Talvez, à semelhança de Otávio, ignore como conciliar os novos modos à história pregressa. As duas se abraçam, Ângela tem um pequeno espanto com o volume saliente do ventre da afilhada. Enquanto seguem para a cozinha, ela tece algumas palavras de contentamento sobre o avanço da gravidez, mas percebe no próprio esforço de entusiasmo a debilidade.

À mesa, o diálogo dos três entra em um fluxo ininterrupto. Na verdade, não tem pausa a troca de palavras entre Otávio e Isa; Ângela, na maior parte do tempo, apenas assente com monossílabos ou acrescenta detalhes ao largo dos assuntos. Nenhum tema parte dela, que pouco a pouco se distancia da conversa, cai no silêncio que, aparentemente, tentam evitar. O palavreado a rodeá-la cria mais e mais dissonância, causa-lhe uma espécie de revolta contra as fileiras de banalidades. Os outros dois tentam erguer uma cerca verborrágica, que afaste os pensamentos de todos do aniversariante. Tenha calma, Ângela, eles se empenham por você, para que não caia na escuridão que sempre se abre a essa data, como um buraco negro, o qual, alinhado à órbita da Terra, a espera sempre nesse ponto da volta ao redor do sol.

Nos outros anos, quando a depressão de Ângela se agudizava claramente, a angústia se tornava generalizada, mas conhecida. Todos se revezavam nos cuidados paliativos, até que vencessem o dia. Agora tentam armar outros caminhos, porém, Ângela sabe, é a única a saber, que mudam por ela enquanto ela nada mudou durante a manhã e a tarde. Nos momentos cruciais, sempre se abre uma distância intransponível entre a mãe e os outros, uma solidão que nem sequer se comunica. Para ela, estar nessa conversa é solitário. Falas que tentam dissimular a ausência de Felipe, mas, como véus finos demais, adquirem os exatos contornos do que acobertam. Quando Otávio comenta a respeito das obras vindouras na casa, Ângela pensa no quarto de Felipe; se Isa fala do bebê dela, a silhueta da criança adquire o aspecto da ultrassonografia de Felipe. A sensação está de volta: tudo ao redor aponta para o garoto. Tudo é a falta dele: mesmo as coisas que o negam, tudo é Felipe. A afilhada se diz muito satisfeita, apesar das perturbações da gravidez. "Você não precisa ser tão perfeitinha sempre, Isa", Ângela atravessa o diálogo dos dois, que a olham com expressões de quem a ouviu berrar. Mas teve a impressão de ter falado tão baixo, quase não sentiu a voz sair de si própria. Os olhares deles crescem em perplexidade quando ela se levanta, a seguir. "Preciso ir ao banheiro", esclarece. "Podem ficar tranquilos, é só isso mesmo."

Conforme se afasta da cozinha, ela percebe os sons do diálogo perderem força. Sobe os degraus da escada com vontade de dizer aos dois que nada daquilo é necessário; nada daquilo melhora as coisas. No entanto, tampouco saberia o que colocar no lugar das antigas crises de depressão. Ela atravessa o corredor, resoluta a não voltar ao quarto do outro lado e àquele estado emocional. Segue rumo à suíte e se fecha no banheiro. Observa o próprio rosto no espelho, os olhos fundos, ainda mais afogados do que os sentia. Estranho olhar a própria imagem e não encontrar correspondência.

Ainda de pé, aperta o botão da descarga. Se ficar quieta por tempo demais, logo alguém virá bater à porta, checar se está bem. E lhe parece que a necessidade de confirmarem se está bem já é a comprovação de estar mal. Ela abre a torneira, deixa escorrer água sobre as mãos. Por fim, enxuga-se e encosta o ouvido à porta, para detectar se há sinais próximos. Nada. Está mesmo sozinha. Sai para o quarto, a cama está arrumada, mas puxa as cobertas de um lado e de outro, para ajeitar um pouco mais. Desmanchar os vincos. Sobre a penteadeira, os objetos chamam por interferências. Ela pega o celular para ver as horas, só então percebe que ele ficou desligado desde a véspera, quando foi dormir. Iniciado o aparelho, vê as chamadas perdidas, as mensagens de preocupação. Responde até para Isa, com a explicação de que havia esquecido de ligar o telefone. "Quer que eu suba aí?", a afilhada escreve na mensagem. Ângela avisa que vai descer.

À medida que soam a cada degrau da escada, os sapatos emitem sinais para que o diálogo alheio retome o compasso. Ângela chega à cozinha e encontra Isa e Otávio no ritmo de falas anterior; o mais provável, ela suspeita, é que houvessem aproveitado sua ausência para se perguntarem o que fazer, se aquele era mesmo o melhor jeito de conduzirem a noite. Ângela volta a se sentar na cadeira e, enquanto os dois prosseguem na conversa recreativa, pensa que, como eles, já tentou se valer desse tipo de expediente, o da esquiva. É tão inútil quanto mudar de posição um labirinto circular. E foi o dia de hoje que a lançou de vez para longe da possibilidade de esquecer, distrair-se. Agora há um abismo entre ela e essa postura, um abismo entre ela e quem ainda tenta o mesmo.

Nessas noites de tamanha insônia, Ângela circula pela casa como se assumisse o turno da vez na fantasmagoria doméstica. Resiste a tomar mais comprimidos, sabe que já se medicou demasiado à véspera. Às vezes, é exaustivo ser quem se é. Ela atravessa o dia seguinte ao aniversário de Felipe como se desarrumasse uma festa às avessas.

Ao fim da tarde, Isa a visita de novo. "Você não está bem, né?", a sobrinha pergunta logo ao chegar. Ângela poderia fingir o contrário, não seria a primeira vez. "Ah, Isa, o aniversário dele ontem me derrubou. De novo. Eu tenho tido recaídas, aconteceu quando o primeiro corretor veio aqui, quando colocaram a placa de venda, não sei quando mais. Ontem foi a pior. Passei o dia no quarto dele. Voltei à estaca zero." Isa diz que a tia deveria ter falado; ficaram ela e Otávio perdidos, sem saber como lidar com a situação. Porém, sinaliza que Ângela não retrocedeu como imagina: "Eu te vi de fora, você estava bem diferente. Pior do que nos dias anteriores, mas melhor do que nos outros anos. Essas datas são difíceis mesmo." A tia balança a cabeça, mantém o olhar para além da distância à frente dela. "É como se eu perdesse a bússola. Ou não importasse ter bússola em um labirinto. Talvez seja melhor, nesses momentos, nem tentar ficar bem. Só ir até o fundo mesmo, aceitar a dor que causam. Como tomar uma injeção, sabe? Pode ser o remédio necessário, mas dói para recebê-lo, e é isso."

Conversar sobre a dor pode ser algo tão circular quanto conviver com ela. O assunto só se altera um pouco quando Isa pergunta sobre as reformas da casa. "O plano é começar em janeiro. Agora, no fim do ano, é difícil. A gente tem muitas coisas para arrumar e daqui a pouco começam as festas, os recessos." Ela conta sobre a decisão de não interferirem no quarto de Felipe. "Acho que preciso encontrar esses pontos de equilíbrio. Avançar com o encerramento, mas manter um pouco de chão firme." As duas ficam quietas por um momento. Talvez a menção a avançar seja um incentivo para Isa, talvez o fato de Ângela comentar sobre as festas de fim de ano sem dar mais sinais de fragilidade: "Vou aproveitar para te fazer um convite. Espero que não seja precipitado. Eu e o Marcelo pensamos em fazer uma festa de Natal em nossa casa este ano. Não sei se é muito cedo, mas a gente queria, até por conta de tudo que está acontecendo, reconstruir isso na família. Acabou se perdendo, né?" Ângela demora para responder. Isa pede desculpas por ter falado. "Não, querida, eu acho uma ótima ideia. De verdade. E prometo me comportar dessa vez." A jovem dá sinais de contentamento, pergunta se pode começar a convidar as pessoas. "Você já começou. Eu e Otávio vamos, com certeza."

O diálogo ganha outra tonalidade. Falam sobre os preparativos, os planos e a satisfação de refundar tal costume. Ângela nunca mais celebrou o Natal de forma íntegra. Conforme as duas conversam, é como se percorressem vasta distância no tempo; aproximam-se mais da comemoração de três semanas à frente do que do aniversário de Felipe, há um dia de distância no sentido oposto. Mesmo após se despedirem, Ângela, sozinha, continua tocada pela iminência da celebração. Poderia mesmo ser diferente neste ano? A mulher abre um pequeno sorriso, com a possibilidade de novos planos a surgirem em sua mente reanimada. Ela se volta ao compartimento do armário da sala onde guardou, há tanto tempo, a sacola da loja de seu Miguel. Retira o pacote de trás da pequena porta de vidro, carrega-o à mesa e o abre. O farfalhar do plástico tocado pelas mãos reverbera outras mãos a abrirem outros embrulhos. Ângela olha para o vão sob a escada, como se sonhasse; espaço vazio que nunca mais teve utilidade na casa. No passado, montavam a árvore de Natal ali; começavam os preparativos assim que o aniversário de Felipe ficava para trás.

E, então, ela retira com cuidado as peças de dentro da sacola plástica. Rememora os membros da família, tanto os ainda vivos quanto os que já se foram, quando estavam presentes nas reuniões passadas. Evitava contato com tais lembranças, que passaram a magoá-la, mas agora procura nelas aquela sensação boa de se estar com todos, em vez de focar na falta dos entes queridos. Não se trata de simples aritmética, contas de subtração e adição, mas uma espécie de câmbio entre o que tenta trazer mais à luz e como isso pode alterar os desenhos formados pelas sombras. Eram mesmo bons aqueles encontros.

Os sons das crianças quando atravessavam a casa em disparada, a voz de Felipe, a voz de Isa, os risos que cintilavam como pisca-piscas da decoração. Os dois faziam de todos os espaços a alegria deles, em especial o vão sob a escada, de onde tramavam as mais diversas e ingênuas formas de emboscada, a fim de violar um pouco dos embrulhos e aplacar a ansiedade dos desejos pelos presentes. O tempo da infância, urgente. Engatinhavam por entre as pernas dos adultos, em tentativas canhestras de invisibilidade; ficavam de pé nas proximidades da árvore, a darem passos bem curtos, como se ocultassem a própria movimentação; sentavam-se ou deitavam-se nos degraus da escada, depois esticavam os braços curtos demais em direção à árvore. Se os mais velhos os repreendiam, era como parte da mesma encenação, um jogo de gato e rato. Os adultos eram: Ângela e Otávio, as mães de cada um deles e o pai de Otávio, vivos à época; Regina e Carlos, que ainda eram casados, às vezes os pais de Carlos também, às vezes algum outro conhecido. Mas o Natal parecia feito para as crianças, Isa e Felipe. Uma delas foi subtraída, e parte da vida da outra também desapareceu.

Naqueles tempos, a hora de abrir os presentes era quando tudo parecia se iluminar. Ângela sempre se admirou do quanto as crianças se alegravam, ao se revelarem os brinquedos sob o papel rasgado. Bastava desembrulhar um pacote e o mundo ganhava plenitude; a satisfação de forma tão simples, imediata, porque os sonhos cabiam às mãos e nelas se colocavam. Havia, então, o momento de agradecer a quem tinha dado os presentes. O "obrigado" ensinado pelos pais retornava a eles mesmos, em demonstrações de carinho que ela ainda rememora. Os pequenos braços de Felipe, envolvendo-a em gratidão, por um instante muito breve, pois o garoto queria se liberar logo para brincar com as novidades. Alguns minutos depois, ele vinha na direção da mãe, a equilibrar nos braços um pacote que até então ela não tinha visto. O presente comprado pelo pai chegava pelas mãos do filho; era entregue em nome dos dois. A mãe se sentava na cadeira mais próxima e colocava a caixa no colo. Felipe se agitava, queria que a mãe abrisse o presente tão vorazmente quanto ele próprio havia feito com os dele. "Rasga tudo, mamãe", repetia enquanto ela pedia calma. A exaltação do garoto desaparecia rapidamente, quando via sair do pacote uma peça de roupa que ele nem mesmo entendia, com exatidão, para que serviria. O menino corria de volta, então, para os brinquedos, dedicava-se a eles até se cansar. Pouco a pouco, o Natal minguava: as brincadeiras se aproximavam do fim, o sono se abatia sobre as crianças, elas se apagavam como as luzes de uma festa terminada. Restavam pela sala os pedaços rasgados dos embrulhos.

Como restam agora os pedaços de papel que embalavam as peças dentro da sacola aberta por Ângela. Ela os recolhe e observa a instalação pronta: o presépio comprado de seu Miguel. Primeiro enfeite de Natal que monta em casa desde... Desde aqueles outros tempos.

Lembrar pode ser melhor do que esquecer. Ângela cada vez mais pensa desse modo, em especial depois dos últimos acontecimentos. E se o que a derrubou também a fortaleceu, talvez fosse hora de ir ao encontro dos pontos mais cruciais da dor. Encará-los de vez e permitir ser atingida, antes da melhora; como um tratamento médico, ou algo do tipo, que manuseia uma ferida, a fim de curá-la de dentro para fora.

Mais fácil falar do que fazer, claro, porém valeria a tentativa. Sentimentos não podem ser controlados todo o tempo, mas alguma mediação é possível, para que se agrave ou se atenue o peso deles, em certo grau. Nunca foi uma escolha passar trinta anos em luto, mas ao poder destrutivo da perda somaram-se danos que, talvez, poderiam ter sido menores. Não que se arrependa do tempo e da energia investidos na procura pelo filho, na espera, mas, de alguma forma, perdeu também a medida do quanto anular de si mesma. Agora tem a sensação de ter cumprido uma penitência, como se tivesse direito de sair da prisão na qual se viu encarcerada. E o único caminho para fora da dor parece ser o caminho que passa por dentro dela.

Ela sai de casa com o carro, por um instante dá graças a Deus que esse portão barulhento será trocado. Ao sair do bairro antigo, toma a avenida que contorna as praias. Com a temporada de verão, o número de pessoas na cidade aumenta a cada dia. Calçadas repletas de famílias, que carregam cadeiras e guarda-sóis, enquanto tentam segurar também as crianças pela mão; turmas de jovens e adolescentes que buscam se destacar, uns dos outros, com seus modos e roupas idênticos; artistas de rua e comerciantes ambulantes em busca de ganhar algum dinheiro; ciclistas e corredores que passam velozes pela paisagem no retrovisor. Nos fins de tarde, mostra-se notável o aumento do volume de gente. Logo vai começar a faltar água, a faltar muitas coisas.

Depois de perpassar a orla, Ângela chega à última praia. A que mais a agrada entre as da cidade. Estaciona o carro e caminha devagar até onde começa a faixa de areia. Não quer tirar os sapatos agora. Contempla os arredores. Um pequeno avião corta o céu que começa a escurecer, carrega uma faixa de publicidade, cujas palavras escapam ao alcance da vista. O sol está quase de todo velado, bem abaixo da linha das nuvens. Ela observa a larga faixa de areia que se estende até os morros distantes. Poucas pessoas ainda permanecem ali, cercadas por rastros de pegadas das outras, que se foram. Uma mulher pobre atravessa o caminho, recolhe latas de refrigerante e cerveja descartadas. Guarda todas no grande saco plástico que carrega às costas. Um garoto — deve ser filho dela — busca outros pequenos tesouros, como um rótulo ou tampinha que pudessem estar premiados, mas nunca estão, pelos gestos de frustração e abandono dele. Os dois seguem na empreitada com vagarosidade. Algumas gaivotas revoam sobre o mar, desenham círculos dentro do vento, enquanto caçam peixes ocultos. Meia dúzia de surfistas flutuam às ondas baixas, sentados nas pranchas, no aguardo pela movimentação ideal do mar. Já o mar mantém uma cadência lenta, sem arroubos. Ângela repara no recuo antes de cada onda se erguer de novo.

Pouco a pouco, o dia se aquieta, em um recolhimento geral. Correntes de vento mais frias sopram contra o corpo da mulher. Ela considera voltar para o carro, evitar o incômodo. Antes, abre a bolsa e retira o celular; aciona o visor e confirma que o aparelho ficou ligado o tempo todo. Nenhuma chamada recebida, no entanto, e nenhuma mensagem. Ela mantém o telefone na mão, como se pudesse, assim, atrair a ligação de alguém. Qualquer contato que a demova dali, daquele caminho. Deveria tomar a iniciativa e ligar para alguém? Uma última olhada em volta, quem sabe apareça um conhecido. Poderia entabular uma conversa. No meio desse diálogo, outra pessoa telefonar. Um encadeamento de convocações a outros destinos. Mas ninguém aparece. Os entornos cada vez mais esvaziados. Afinal, ela entra no carro. E assim como nada a impede de seguir adiante com o plano, nada a impede de abortá-lo por escolha própria. Voltar direto para casa. Tomar o caminho que se tornou o mais comum, nos últimos meses: seguir reto pela avenida, em vez de fazer a conversão à rua da galeria onde Felipe desapareceu.

Ela dá ignição ao motor. A bússola da renúncia não é rígida; por vezes aponta o Norte na direção oposta do que era previamente. Depois, indica-o no mesmo caminho de antes, mas já tem outra natureza a destinação. Ângela dirige pela cidade, chega àquele cruzamento onde foi tão duro, meses antes, recusar a curva à direita, onde tomaria a rua da galeria. Daquela dificuldade inicial de seguir em frente, passou à habituação com o novo caminho, reto. O sinal está fechado. O dilema se impõe de novo, porém, dessa vez invertido como em um espelhamento: ir direto para casa representa a manutenção da rotina, enquanto virar à rua da galeria significa o passo adiante no processo de encerramento.

A luz do semáforo na transversal passa ao amarelo. Ângela sente o formigamento tomar os braços, agarrados ao volante. O sinal abre e os outros carros avançam na avenida. Buzinam para ela. Demora até que saia do lugar. Até que vire à direita e entre na rua da galeria. Não investiga os entornos, nem repara neles. O prédio desponta acima dos telhados mais baixos. Sempre viu essa imagem com um certo terror. Ela vai em frente, chega ao fim do quarteirão. É tão óbvia a ausência de sinais de Felipe, que nem pensa sobre isso. Chega ao ponto de manobrar o carro para tomar a entrada do estacionamento da galeria. Há uma cancela automática agora. Agora? Deve ter sido instalada há muitos anos, Ângela. Você é que nunca mais veio aqui.

Nas portas de entrada, o vidro espelhado a mostra mais e mais próxima, a cada passo, na ilusão de um encontro consigo mesma. A abertura automática cinde a imagem do seu caminhar, revela o interior da galeria. Ângela se petrifica por um instante. A visão à frente dissolve não apenas a paisagem de fora, mas também a de dentro, conforme se refletia na memória dela. A galeria está absolutamente diferente.

À medida que avança no corredor desconhecido, perpassa com o olhar tudo em volta; busca algum detalhe que lhe sirva como referência de localização, mas não encontra nada. Entrou por um acesso novo, muitas reformas foram feitas no prédio desde a última vez que veio, e agora se trata de um complexo de compras e entretenimento, bem maior do que aquela simples agregação de lojas que frequentava. O aspecto transformado, não só pelas decorações natalinas que se espalham à superfície, mas na própria estrutura arquitetônica: os contornos das paredes, o revestimento do chão, os detalhes de acabamento e as molduras em torno das lojas não guardam mais relação com o passado. Até o nome fantasia da galeria mudou. E, provavelmente, ninguém mais se refere a ela como galeria.

Há gente demais, por conta da temporada de férias, das compras de Natal e do quanto a população aumentou em todos esses anos. Ângela sente o estranhamento e o incômodo crescentes ao descobrir a magnitude das mudanças. Tem dificuldade até de compreender a geografia dos corredores, os quais se multiplicaram em quadrantes antes inexistentes. O que conhecia de outra época, o pequeno conjunto de retas a se cruzarem, provavelmente agora se trata apenas de um segmento menor dentro de todo o espaço. Se é que ainda existe. Ângela chega a uma espécie de praça circular, anunciada como "Boulevard". Aparentemente, é o novo centro da galeria esse ponto que nem sequer fazia parte dela. Ângela não tem ideia de como se localizar a partir dali, seu senso de direção nunca foi bom. Além do mais, percebe que perde a referência do prédio antigo, conforme o novo se apresenta e se estabelece em sua mente. Demolição e reforma imediatas da memória. Ela fecha os olhos por um instante, tenta se concentrar na imagem do ponto onde Felipe desapareceu, retê-la como se guardasse uma fotografia, antes que seja também substituída. Seria capaz de reconhecer o local preciso, em meio a toda essa diferença?

Decide ir em busca de alguma referência que não tenha mudado, uma localização espacial afora da alvenaria transfigurada. Se quer fazer a travessia de um caminho, precisa ao menos encontrar o começo dele. Pergunta ao atendente de uma loja: "Onde fica a saída para a Rua dos Crisântemos?" O jovem que indica o trajeto não deve ter mais do que dezoito ou dezenove anos de idade, nem havia nascido quando Ângela esteve aqui da última vez. Para ele, a mulher à frente deve ser como qualquer outra, que dentro da galeria perdeu a direção. Só a direção, nenhuma história a mais.

Ao seguir as indicações do moço, ela chega ao setor onde se circunscreve a área mais antiga do complexo. O visual, mesmo ali, está bastante diferente, mas alguma familiaridade pode ser percebida na geometria dos espaços. A mulher vê a certa distância a porta procurada. Confirma, pela placa de sinalização, que se trata da saída buscada e vai até ela. A partir daquele marco, seria mais provável conseguir remontar os caminhos conhecidos, refazer o mapa rasurado dos corredores. As portas se abrem automaticamente com a aproximação dela; no vão revelado, Ângela se depara com a Rua dos Crisântemos, que, emoldurada a partir desse ponto de vista, guarda uma fisionomia bastante similar à de outros tempos. O reconhecimento não traz alívio, mas o contrário. Pode ter sido essa a rua por onde ele saiu.

Sem motivação exata, ela continua a andar para a frente. Atravessa o limiar da porta e chega à calçada do lado de fora, feito hipnotizada. Tantos anos sem voltar a esse lugar e, quando percebe, repete de forma maquinal os passos que em um único dia se demarcaram fundo nela, como uma espécie de destino a ser reiterado. Quase pode ouvir, feito um reflexo, o impacto da porta a bater de volta atrás dela. Mas o fechamento automático das abas atuais se dá com um zunido imperceptível. O barulho alto que reverbera em Ângela é o das antigas portas, pesadas, que voltavam a se fechar às costas dela depois de soltas pelas suas mãos apressadas, quando buscava às ruas. O estardalhaço se repetiu incontáveis vezes no dia do desaparecimento, conforme ela abria e reabria os acessos ao nada; quanto mais saídas atravessava, mais presa ficava ao terror. Em cada calçada que punha os pés, como essa de agora, as imagens antecipadas de recuperação do filho — distraído como se nada tivesse acontecido; aos choros porque também procurava pela mãe; levado pela mão de algum estranho que percebera a perdição; ou mesmo no poder de um sequestrador ainda interceptável — e cada fantasia dessas a se dissipar, a escapar para outro rumo. Restava apenas o pano de fundo da cidade, que continuava a girar suas máquinas, indiferente. E ainda continua.

Se houve mesmo alguém que raptou Felipe — e essa é a única suposição na qual Ângela acredita —, cada erro de quem procurava o menino foi uma chance adicional para o criminoso, ou criminosa, escapar e nunca ter volta. E, sem a volta dele, abriu-se na pele do mundo a ferida. Em cada gesto com o qual não reencontrava o filho, a mãe o perdia um pouco mais. Tão insuficiente o que podia fazer. Perguntava, aos prantos, às dezenas de pessoas por perto, mas ninguém, dentro ou fora da galeria, havia visto passar o garoto que ela descrevia. "Um menino loirinho, de cinco anos, camiseta branca de mangas vermelhas?" A mera pronúncia dessas palavras a fazia perder tempo demasiado, enquanto poderia correr para outro lugar, em vez de esperar por outras negativas inúteis: Não. Nada. Tsc, tsc. Alguns diziam que não se preocupasse, ele iria aparecer. Crianças dão essas dores de cabeça. A mãe se questionava, aflita, a cada lance: deveria continuar a buscar no interior da galeria, ou cobrir cada vez mais espaço nas ruas afora? Escolher um lugar para procurá-lo era sempre a escolha de que em todos os demais lugares ele poderia estar, naquele mesmo instante, a se perder de vez. Felipe teria que atravessar alguma daquelas portas, em algum momento. Ou já teria atravessado e partido há muito? Por qual das mil portas a bater em vão por trás dela ele havia saído? De dentro da ferida aberta, o tempo jorrava. Nada estancava a hemorragia das horas. Três décadas da família ceifadas em um único golpe, ainda incompreendido a tal altura. Ângela não sabia o que fazer naquele dia, não soube mais dali em diante, e a vida passou a essa constante vigília falida, essa crença no vazio, como uma entidade a abrigar o filho até que a mãe o reencontrasse. Em cada pedaço da galeria, por trás de cada porta de saída e, durante os anos seguintes, em cada rua, praça, estrada ou prédio, em todos os lugares aonde ia, enfim, a mulher repetiria as mesmas preces íntimas: "Esteja aqui, Felipe. Apareça de repente. Surja como se eu não estivesse esperando, ainda que eu esteja a todo momento te esperando. Eu vou correr até você e gritar e te abraçar. Hoje vai ser o dia em que tudo isso acaba." Mas ele nunca foi nenhum dos incontáveis garotos que ela viu em um relance e, em meio a calafrios, pensou que poderiam ser finalmente o filho.

Em que momento exato ele terá se perdido? E como? Se alguém o levou, quem é essa pessoa, com que palavras o convenceu a partir, com que gestos? E qual foi o destino, como se deu sua manutenção? Por quanto tempo terá se mantido? Ainda se mantém?

O labirinto erguido em torno de Ângela se tornou impossível de ser trespassado, por ser feito apenas de saídas. Ela presumia, desde aquele início, a iminência de algo mortal, ainda que não houvesse morte declarada. A ampulheta do tempo se despedaçou e os grãos passaram a vibrar sob a pele da mãe, carregados na corrente sanguínea; começou o formigamento que a acometeria sempre em situações de angústia, que lhe roubaria o ar em muitas ocasiões. Sintoma que reaparece agora, no meio da rua, com as lembranças. Respire devagar e fundo, Ângela.

Após o desaparecimento, ela veio poucas vezes à galeria. Em certas ocasiões, caminhou sozinha pelos corredores, como se voltasse para dentro de um pesadelo e tentasse encontrar outra porta de saída, outro mundo para o qual despertar. Nos dias, meses e até anos seguintes, acompanhou policiais e investigadores em novas perícias, inspeções e questionamentos dos funcionários. Tentou as próprias investigações, sozinha. Tudo em vão. Depois, esses trabalhos perderam função e frequência; seu mal-estar nesse lugar também teve primazia sobre as probabilidades de algo novo surgir. Afastou-se. Voltou apenas cinco anos depois do desaparecimento, quando o "caso Felipe" completou tal aniversário e uma equipe de televisão a convidou para uma matéria. O filho com tempo equivalente de vida e de ausência. Ela aceitou voltar à galeria para que a filmassem no local onde tudo começou. Aceitava o que lembrasse ao mundo de que ainda era preciso encontrar Felipe. Colocaram-na onde o viu pela última vez, ligaram as câmeras e as luzes mais fortes. O microfone da repórter ficou parado inutilmente diante da mãe, que não conseguia falar nada sob as lágrimas. Nunca soube se chegaram a passar essa gravação na TV.

Deve ter sido prematura essa volta hoje, Ângela conclui. Sofrimento demais, lembranças demais por dentro das paredes e dos corredores da galeria, ainda que os tenham adulterado por completo. Parece até intencional o desligamento da imagem antiga, uma espécie de vergonha do prédio por não os ter abrigado direito. Abrigado a criança. Ângela tenta mais uma vez ser forte, seguir em frente no centro nevrálgico de seu trauma. Essa era a ideia. Respira fundo, como se tomasse fôlego para afundar em um mergulho além de suas forças, e atravessa de volta a porta, agora no sentido oposto: regressa ao interior da galeria. Reconhece o desenho dos espaços; segue por alguns metros e vira na primeira ramificação à esquerda, embora nada confirme estar no caminho certo. Guia-se apenas pelas medidas das distâncias guardadas na memória, tal qual alguém que atravessa a própria casa no escuro. Se estiver correta, a próxima transversal é onde deve tomar à direita.

Chega à encruzilhada entre os caminhos. Está tudo muito diferente, mas pode *sentir* que sim, é esse o lugar. Ao virar, observa a passagem que se estende diante dela. Todas as superfícies têm outro aspecto, as lojas que cercam o perímetro são desconhecidas, mas as proporções do interior do prédio são as mesmas. E a sensação é a mesma. Está no corredor onde perdeu Felipe. Onde o viu pela última vez, antes de soltar a mão dele e deixá-lo seguir sozinho.

Agora, sua mão vazia se abandona ao ar, dormente e trêmula. As correntes gélidas da angústia se agitam, revoltas, na ressaca do corpo. Ao dar os primeiros passos no corredor, ela tem a impressão de adentrar um de seus pesadelos recorrentes, nos quais experimenta, das mais diversas formas, o instante no qual permitiu que Felipe rumasse à perdição. Em muitas madrugadas, viu o menino ser levado por um homem sem rosto; ou soterrado pelo teto da galeria a desmoronar; ou devorado por cães enormes; ou desfeito em meio ao estilhaçar de todas as vitrines; ou simplesmente a se distanciar infinitamente enquanto ela gritava com a voz que não saía da garganta e corria com as pernas que não a moviam, como se afundada na água. Agora, caminha envolta por lojas estranhas e mal sente o próprio corpo. Em todos esses pesadelos, o mesmo fenômeno: ao reconhecer onde está, a aflição definitiva a acomete e logo vê a imagem que talvez viesse a se formar, nesse instante, como uma miragem onírica. Felipe à frente dela, naquele modo de correr com as perninhas atiradas para trás a cada passo, os pés quase a baterem nas costas; os braços abertos e agitados de forma exagerada, a cabeça balançando para os lados e os cabelinhos loiros agitados como penugem de um frágil filhote. A lembrança do menino enquanto ia embora — e está sempre a ir embora — é a mais sensível.

Mantenha o controle, Ângela, você vai chegar ao fim desse corredor. Aquele lapso, de dez minutos talvez, no qual deixou o filho precipitar-se à loja de brinquedos enquanto deixava o filme fotográfico para revelar na ótica, não perdura até hoje. O que permaneceu é algo distinto. Nada vai mudar, quer evite a galeria quer a percorra de fora a fora. Nunca pegou aquelas fotos, ela se lembra. Nem sabe mais do que se tratavam. Sabe que disse a Felipe para não sair da loja antes de ela ir buscá-lo. "Fica lá até a mamãe chegar, tá bom?" Se ele era obediente, como pode ter se desviado dessa instrução? Ângela o viu entrar na loja, guardou-o até o último momento em que podia vê-lo. A primeira vez que o deixava sozinho. Será que alguém se utilizou da mentira de que a mãe dele teria mandado que fosse para outro lado? Ela conheceu histórias nas quais foi esse o truque do raptor. O menino teria seguido uma ordem, por pensar que vinha da mãe? A obediência pode ter sido o que o condenou, em vez de protegê-lo. Naquela época, não se falava sobre sequestros de crianças, os perigos não rondavam tão perto; "desaparecimento enigmático" era um termo do qual ela nunca tinha ouvido falar. Felipe deve ter chamado por ela, pela mãe. Como não escutou? Como ninguém escutou? Por quanto tempo ele a invocou? Poucos minutos, muitos meses? Se sobreviveu, o esquecimento ocupou a mente dele por fim. Crianças são assim. Talvez ele tenha cambiado a destinatária da palavra: mãe. Só Ângela ficou aqui, com essas mãos esvaziadas, esses chamados inaudíveis ainda a ecoarem.

Ela quase conta os passos que dá, como se soubesse o número necessário para chegar onde ficava a loja de brinquedos. Nos espelhos das colunas, enxerga as tantas inquisições a si mesma, como se os reflexos houvessem se fixado. Espelhos não são filmes fotográficos, Ângela. Finalmente, o ponto onde ficava a loja na qual Felipe entrou. Naqueles tempos, o corredor terminava aqui. Agora se estende em uma diagonal, cuja configuração difere do restante do setor. Essa variação do pesadelo nunca havia aparecido: o corredor a prolongar-se até deixar de ser possível ver o fim.

A loja de brinquedos não existe mais, tampouco a de revelação de fotos. A culpa poderia se extinguir da mesma maneira? Culpa até por voltar a esse lugar. A ânsia revira o estômago. Não devia ter vindo. Não devia ter soltado a mão do filho naquele dia. Ela dá as costas à loja de departamentos, instalada onde ficava a de brinquedos. Senta-se no banco em frente, com o rosto apoiado às mãos, os olhos contraídos pelo choro ao qual resiste. O chão se ergue em ondas debaixo dos pés. Respire fundo e lentamente, Ângela. Demora até que se recupere o suficiente para andar de novo. Então, levanta-se e segue pelo trecho novo do corredor, sem saber que rumo tomar.

Mais adiante, para surpresa dela, depara-se com uma loja conhecida, que fazia parte da galeria já naqueles tempos e foi transferida para esse espaço recente. Gostava dos produtos deles. Decide entrar. Uma senhora a atende, pergunta no que pode ajudá-la. "Estou só olhando, obrigada."

Enquanto observa as peças nas prateleiras, e respira, pensa que aquela senhora talvez estivesse na galeria naquele dia fatal. Chega, Ângela; um disparate achar que ela trabalha há tantos anos no mesmo lugar. Não foi ontem o desaparecimento de Felipe. A menos que fosse a dona. Seria incapaz de reconhecê-la ainda que a houvesse visto; não se lembra de nenhum dos rostos que inquiriu sobre a criança loira, que estava ali pouco antes. Fora de cogitação perguntar, trazer o assunto à tona; de que adiantaria qualquer resposta que fosse? A única resposta de valor nunca veio. A senhora teria sido apenas mais uma que disse não ter visto o garoto; talvez uma das que lhe perguntaram de volta coisas como: Você procurou direito? Tem certeza? Não tinha ninguém cuidando dele? Você não o deixou no carro, não? Tem certeza? Ou daquelas atendentes que falavam, com a simpatia de quem elogia o funcionamento de tudo na galeria: "Ele já vai voltar, espere um pouco que tudo vai se resolver." A inocência ainda como parte do mundo, para aqueles adultos que não concebiam o rapto de uma criança, enquanto a criança tinha a inocência do mundo dela completamente dilacerada.

Ninguém estava preparado para aquilo, essa é a verdade. Uma criança desaparecida? Não era o tipo de história do qual as pessoas tinham muitos registros. Só podia ser um desencontro, uma brincadeira levada longe demais. Pouco importava quantas vezes Ângela repetisse que o filho não era desse tipo. E quanto mais apresentava discordância e desespero, mais gerava uma espécie de constrangimento que repelia os outros. Em um ambiente de tanta serenidade, de gentileza com ela, agia como uma louca. Os olhares sobre a mulher sozinha na galeria, sem o filho sob os devidos cuidados, também apontavam a culpa que ela deveria começar a ter. Ângela se lembra de ver outros pais e mães, que alegavam não acreditarem na possibilidade de uma subtração, tomarem suas crianças no colo ou puxá-las para bem perto de si. As cercas recentes do labirinto a isolavam; segregavam-na em um exílio pessoal e velado, que se manteria dali em diante: o das mães cujos filhos não cresceram ilesos.

Sem telefones celulares à época, demorou até que Otávio fosse contatado e chegasse ao local. A polícia tampouco apareceu logo. Sem nenhum preparo para situações do tipo, nem mesmo grande crença nelas, os guardas circularam pela galeria como monitores de creche, que procuravam o menino atrás de portas, debaixo de prateleiras e outros lugares tolos. Parecia uma brincadeira de esconde-esconde malograda. Ângela sabia: não era aquilo o que acontecia, era algo muito mais grave. Só não tinha recursos práticos ou mentais do que mais fazer. Bebia goles e mais goles da água com açúcar que lhe davam, como se tomasse fôlego. A certa altura, só observava ao largo as reações levianas dos demais, como se enxergasse através dos olhos de alguma outra pessoa, como se vivesse um pesadelo alheio, originado da mente de alguém que não podia ser ela. Pensava nas mil portas da galeria a se abrirem para mil caminhos cada uma, os quais se destinariam a outras mil distâncias irrecuperáveis. O filho a ter mais e mais esconderijos onde se ocultar, não só na galeria, mas em toda a cidade, ou no país, ou ao redor do mundo. O labirinto se proliferava veloz, em um movimento infindo. A recuperação do filho tão essencial quanto impossível.

"A senhora procura algo específico?", a atendente da loja pergunta. Ângela se atrapalha, demora a responder. "Eu queria alguma coisa para minha sobrinha. Ela está grávida", diz, afinal. A vendedora diz que seria uma boa ideia levar um produto para Isa, enfatiza a destinatária. "Porque muita gente, nessa fase, só leva coisas para o bebê, ou que tenham relação com a maternidade. Mas não pode se esquecer da pessoa, ela ainda é uma mulher, não é só mãe." Ângela concorda. Recebe, em seguida, a sugestão da cesta com um hidratante, um sabonete líquido e um creme para as mãos. "É uma delícia, experimenta", a outra senhora insiste. Ângela oferece as mãos, nas quais se estende o fio líquido. Esfrega uma na outra as palmas que mal sente, pela dormência, e depois as aproxima do rosto. É mesmo bom, o perfume. Vai levar, diz à atendente. Pede que ela embrulhe para presente e as duas seguem para o caixa. Antes de encerrar a compra, a senhora pergunta se Ângela não quer mais nada. O plano era adquirir todos os presentes de Natal aqui, na galeria. Uma forma de superação. "É só isso mesmo", diz e estende o cartão de crédito. Enquanto a lojista prepara tudo, Ângela tira da bolsa a chave do carro. Coloca-se um passo à frente no tempo, descompassada. E demora até a máquina de cartões terminar a transação, até o pacote ficar pronto. Respire fundo e devagar, Ângela. Ela volta a aproximar as mãos do rosto. Respire fundo e devagar. É mesmo bom o perfume.

As portas se abrem diante de Ângela, que vê Isa à sua espera. O encontro das duas se dá no corredor entre os apartamentos, com um abraço e a entrega da cesta, antes de Otávio sair do elevador. Marcelo vem à porta, convida todos a entrarem. Eles entregam outro presente ao rapaz e se encaminham à sala do apartamento do casal. Chama atenção o tamanho da árvore montada, a quantidade de enfeites que pousam luzes coloridas nas paredes em volta. Isa desembrulha a cesta com delicadeza; Ângela quase a vê rasgar todo o pacote, como quando era menina. Sugere que a sobrinha experimente o creme e ela o passa em uma das mãos. Demonstra agrado ao cheirá-la.

Sentados à mesa arrumada, estão Regina e os parentes de Marcelo: Elisabete e Cláudio, pais dele; e Roberto, o irmão, com a namorada, Lídia. Ângela cumprimenta a todos. O aroma de uvas e nectarinas tinge o ar de frescor. Uma festa de Natal, como deveria ser. Incrível.

Do pouco de concreto já feito em nome da renúncia, essa festa é a primeira a aparentar uma melhora dos hábitos. E uma nova possibilidade de família. Tudo elaborado por Isa, que, de forma admirável, tornou-se capaz de retribuir aquilo do qual foi privada. Quando criança, ela teve uma fração muito pequena de comemorações, antes de a própria alegria se ver sempre obrigada a prestar contas à tragédia do primo. Foi só muito mais tarde, com os namorados, que vieram as chances de se refugiar nas festas de fim de ano alheias. Conhecer o rito e o próprio gosto, ou falta de gosto, por ele. Pelo visto, Isa pôde conhecer muito melhor sobre tudo isso fora da própria família. E teve a graciosidade de trazer de volta o que foi buscar. Uma dobra no tempo, em que a jovem toma a frente da linha genealógica.

E parece tão simples agora, o que antes era inalcançável. São trivialidades, talvez nem devesse dar tamanha importância a enfeites e tradições, mas algo comove Ângela para além do banal. Ela observa cada detalhe — as frutas servidas em abundância, a porcelana especial, a toalha de mesa gravada de sinos, o contentamento sem perturbação das pessoas — e tudo lhe parece firme no propósito de alguma paz. A melancolia não vai tocá-la aqui e, ainda que o faça, não derramará lágrimas. Seria um sacrilégio. Ela gira o corpo para trás na cadeira, olha mais uma vez a árvore e as luzes que transmitem o colorido para o entorno. "A gente tem que fazer as festas de Natal sempre aqui, desse jeito. Eu adorei."

Marcelo e Isa, para quem Ângela direciona a fala, agradecem enquanto distribuem as travessas de comida. Dizem ser a vontade e o plano deles também. Voltam para a cozinha e trazem vinho espumante para todos. Isa diz: "Não bebam ainda. Vamos brindar e temos um anúncio a fazer." Segura a própria taça como uma maestrina que regesse a conduta dos parentes. É quase óbvio que se trata de algo sobre o bebê, prenunciado na curva acentuada do ventre da jovem, envolta pela blusa branca. Ângela ri sozinha, por recordar a história de quando Isa soube da gravidez e arruinou a surpresa que gostaria de ter feito a Marcelo. Ri sozinha por estar feliz. "Bom, antes de mais nada, a gente quer agradecer a vocês por terem vindo. É muito especial e nos deixa muito felizes, ter essa festa. E também queremos aproveitar para anunciar que o novo membro da família é..." — Isa muda um pouco a entonação e deixa a fala no ar; emula uma pausa dramática, enquanto coloca uma das mãos sobre a barriga — "Um menino. Vai se chamar Gabriel."

A notícia sobre o bebê surpreende e emociona a todos. As felicitações se multiplicam, brinda-se a Gabriel e os familiares tomam da bebida, exceto Isa, que se serviu apenas para a saudação. "Minha taça é cenográfica", brinca, ao pousá-la à mesa.

"Gabriel", Ângela repete para si mesma, em um sussurro. Conforme os lábios perpassam as sílabas do nome, ela forma na mente os contornos da criança que a afilhada carrega no ventre. O menino, ao ser nomeado, ganha nova porção de existência. E o Natal tem novo sentido com a anunciação: o nome de Gabriel torna-se o motivo da festa. É como se uma parte dele fosse dada à luz, para quem está ali. Ângela volta-se mais uma vez à sala. Imagina a criança por vir, o crescimento dela ano após ano, ao redor daquela árvore: suas tentativas de descobrir o conteúdo dos presentes antes da hora, suas brincadeiras com primos ainda por nascerem, assim como aconteceu com a mãe dele antes, em um tempo que parecia tão próximo e tão distante. "E seus filhos, Gabriel, renovarão o mesmo ciclo", ela pensa, sem saber se poderá testemunhar essa repetição, mas certa de que ela se dará. Tantos Natais e alegrias a se somarem para além do que a família pôde oferecer antes, aos pequenos. O tempo a se desdobrar. Ângela tem a impressão de renovar o fôlego só pelo pensamento de novas crianças a iluminarem a casa. Há por onde a vida seguir.

O jantar transcorre em paz, afinal. Nenhuma contenção nos gestos, nenhum pudor temeroso nas palavras. As pessoas sorriem e conversam com tranquilidade, falam bastante sobre Gabriel, o menino já cercado de cuidados. "Ah, gente, eu estou tão feliz de ter um novo membro na família!", Ângela diz com empolgação inédita. Isa sorri e outros na mesa também. Regina se volta para a irmã: "Engraçado, parecia que você tinha parado de se importar com um membro a mais ou a menos na família." As pessoas à mesa em um instante de contração; Ângela tem de se controlar para não reagir ao ataque. A vontade é de berrar todas as ofensas do mundo contra a irmã, agredi-la fisicamente, inclusive: sentir na pele, nos músculos e ossos das próprias mãos as colisões contra essa baixeza, esse desprezo pelo bem-estar dos outros em nome das regras de conduta dela mesma. Não vai fazer nada. Um passo em falso e a possibilidade de reencontros familiares no Natal pode se perder. Recusa-se a ser de novo a protagonista de uma festa arruinada; prefere a alegria à vitória sobre Regina. Então, respira fundo e devagar. Isa se antecipa e repreende a mãe; fez mesmo a dobra do tempo.

A tensão demora a se dissipar, mas em alguns minutos o ambiente se torna suportável. Ângela conversa como se nada houvesse ocorrido. Teve o treinamento recente em permanecer alheia, ganhou proficiência. Terminada a refeição, a anfitriã diz ter algo mais para mostrar. Convoca os familiares a segui-la ao interior do apartamento. Ângela acompanha a pequena comitiva, até que Isa para e, como a apresentadora de um grande evento, estende os braços: "Quero que vocês conheçam o quarto do Gabriel." Os parentes atravessam o batente e demonstram encantamento, embora não haja muito o que ver. O cômodo está quase vazio; há um berço, cujo gradeado branco de madeira não guarda ninguém. As paredes estão pintadas com um tom de amarelo-claro, diferente do resto da casa. Ângela se aproxima do cercadinho. Isa fala bastante, explicações gerais do que será montado ainda; descreve brinquedos, prateleiras, móveis e outros pertences do bebê. Ângela mal a escuta, com a atenção voltada ao berço vazio. A tristeza a acomete. Desperta de uma espécie de transe quando os braços de Isa a envolvem de súbito, reatam-na ao hoje. As duas não trocam nenhuma palavra, mas compreendem. Ela sorri emocionada para a sobrinha. O tempo presente. Nesse quarto vazio, não se abriga a ausência de um filho que se foi, mas o preparo para um filho que ainda virá. Gabriel. Ângela já gosta tanto de falar esse nome.

Por conta do resultado positivo da festa de Natal, Ângela se anima a fazer uma reunião de Ano-Novo na casa dela. Conversa com o restante da família, todos aceitam o convite, exceto o irmão de Marcelo, que já tinha outros planos com a namorada. Fica acertado: o Réveillon marcaria a primeira reunião da família na casa de Ângela e Otávio, depois de tantos anos. Os dois se ocupam com a preparação da ceia e, também, das reformas na casa, a se iniciarem em janeiro. Compras de tintas, revestimentos, carnes, bebidas e outras demandas fazem com que mal percebam a passagem dos dias, até chegar ao último do ano.

A louça e a toalha de mesa para ocasiões especiais, resgatadas do fundo do armário; os móveis e objetos de decoração, limpados com mais esmero. Na sala, mantém-se o presépio esculpido por seu Miguel. Assados no forno aquecem e salgam o ar. As horas avançam, logo Ângela tem de correr para tomar banho e colocar o vestido novo, branco. Ela se maquia, enfeita-se com algumas das joias preferidas. Mira a si própria no espelho, contente com o resultado.

A campainha toca. Regina, Isa, Marcelo e os pais dele aguardam no portão; o mais provável seria terem se reunido em algum lugar antes, a fim de chegarem juntos. Ângela os recebe, com alguma surpresa e alívio; não gostaria de ficar a sós com a irmã ou os pais de Marcelo, com quem não tem muita intimidade. Isa entrega uma garrafa de vinho branco à tia; Regina trouxe uma torta e os pais de Marcelo, uma sobremesa. Ângela agradece, diz que não precisavam ter se preocupado, há comida de sobra. Típico diálogo à chegada em festas de família. Todos seguem para a mesa da cozinha, conversam e, para conforto da anfitriã, o espírito agradável da festa de Natal não se perde na casa dela, ainda que não haja aqui a mesma leveza inspirada pelo apartamento novo de Isa e Marcelo. Otávio liga a música no aparelho de som, o jantar transcorre quase tão prazeroso quanto o anterior. Em meio às falas animadas e ao piano de fundo, nem se percebem os toques dos ponteiros no relógio da parede.

Quando a ceia termina, todos ajudam a recolher a mesa. Em seguida, saem da casa, rumo à praia, para verem a queima de fogos. Seguem pelo meio da rua de paralelepípedos, como se estivessem em uma cidade sem mais carros ou pessoas. Tal impressão é revertida ao alcançarem a avenida, onde uma multidão se move no mesmo rumo. A maioria também trajada de branco. Ao tomar parte na corrente, Ângela tem a sensação de pertencer a um grupo de semelhantes, o bando da espécie dela, em migração a um destino comum, sem que haja necessidade de indicarem o caminho.

Ela não conseguiria se recordar da última vez que se deixou envolver em um passeio como esse. Embora haja mais desordem ao redor do que lhe seria ideal, há também uma forma de amparo. A brisa agradável começa a perpassar seu corpo, a soprar no tecido das roupas e, assim, mostra a proximidade do mar.

Chegam à orla, encontram um lugar para aguardar a meia-noite, a zero hora, quando os fogos pontuarão a chegada do novo ano. Outro sentimento do qual Ângela não se recordava: uma comemoração verdadeira do início de um ciclo temporal. Até essa noite, seus Réveillons se tratavam de uma triste demarcação: não se ganhava um ano, perdia-se outro. Ela ainda tem dúvidas quanto à própria alegria. Talvez esteja contaminada pelo clima ao redor, nada mais do que isso; um mimetismo do contentamento que sua espécie exibe, mas poderia não ser dela própria. Pensa em Felipe, faz dele uma bússola a indicar o caminho emocional. A passagem do ano não provoca à memória do filho mais tristeza ou mais alegria; a recíproca se mostra verdadeira. Ele sai do lugar de quem "deveria estar aqui"; não está e isso é tudo. A virada de página no calendário não traria, como em uma manobra esotérica, qualquer diferença na distância ou proximidade dele. Felipe é apenas o que foi. Nenhum Réveillon, nenhuma pontuação do tempo mudaria algo nisso. O novo ciclo a ser celebrado não pertence a ele, mas apenas àqueles que ainda estão ali para dar o nome de "novo tempo" aos dias à frente. Sim, é triste. Mas pode haver uma sombra de alegria, por Ângela ter a perspectiva de um tempo em branco. Um Réveillon.

Ao se aproximar a meia-noite, as expectativas se agitam, parecem formar ondas no ar. Isa pergunta tantas vezes a Marcelo quanto falta para a hora da virada, que a resposta dele chega a se repetir, ainda no mesmo minuto. Todos riem, fazem piada. No sistema de som, a voz anuncia que está próximo o momento aguardado. A locutora, pouco depois, dá início à contagem regressiva; participa do coro toda aquela multidão: "Cinco, quatro, três, dois, um", e então o mar de vozes rebenta à praia: "Feliz Ano-Novo!"

Ondas de aplausos e comemorações se erguem por todos os lados. Os fogos rompem o céu em estrondos, a escuridão da noite desfeita pela força das luzes coloridas. Os olhos de todos refletem os brilhos que se disparam e escorrem no firmamento. As mãos das pessoas mais próximas se encontram em demonstrações de afeto e força. Otávio envolve Ângela com firmeza e amor nessa travessia do tempo: um ano se torna o outro no abraço dos dois.

# Janeiro

Otávio envolve Ângela com firmeza e amor nessa travessia do tempo: um ano se torna o outro no abraço dos dois. O casal troca beijos e declarações, votos de felicidades que não se eclipsam de todo. Em algum grau, é o primeiro Réveillon em mais de trinta passagens de anos. Ainda que a mudança no calendário não signifique muito, pode ser algo notável e bom. Talvez justamente por não significar muito.

Em seguida, cumprimentam os parentes em volta. São parte da mesma família, mas os laços entre uns e outros têm tessituras muito diferentes. Ângela se achega a Isa, esperava pelo momento com a sobrinha. As duas diante de uma renovação mais funda do tempo. A tia acaricia o ventre da afilhada, curva-se diante dele e deseja um feliz ano novo a Gabriel, gestado ali: ele próprio, recomeço do tempo.

Os fogos cessam em poucos minutos. Restam as luzes das clareiras abertas na areia, com velas que empoçam redomas do tom dourado do fogo. O mar, escuro como a noite, não se projeta para além da margem próxima; arcos de espuma que provocam o ir e vir das rosas, dos desejos manifestos e das embarcações em miniatura. Ângela olha para o horizonte: não vê o mar a não ser através da lembrança. O som do rebentar das ondas não a alcança, encoberto pela música festiva que volta a vibrar com força dos alto-falantes. Um oceano quase aos pés, do qual ela vislumbra só a espuma da beira-mar. Depois de pedir licença ao grupo, ela caminha à frente, entra na água. Um oceano a cercá-la, assim como cerca países inteiros, continentes afastados, mas do qual tem apenas uma pequena porção, em um breve intervalo de tempo. Cinco minutos, quase seis. Então sai. E se sente bem.

Quando volta à areia, a festa dá sinais de que vai continuar por horas, mas os familiares demonstram cansaço. Voltam juntos para a casa de Ângela e Otávio. Ao chegarem, Isa anuncia a partida dela com Marcelo e incita, assim, as despedidas de todos. Ângela interrompe: "Não querem entrar? A gente passa um café, come alguma coisinha. Sobrou tanta comida." Eles agradecem, dizem estar tarde. Típico diálogo à saída de festa em família. "Seu vinho, Isa, a gente nem abriu! Leva a garrafa, então." A sobrinha agradece, diz que fiquem, deixem na geladeira e tomem outro dia. A tia insiste, fala que em breve terão as reformas, talvez tenham de desmontar tudo. "Então, quando as obras deixarem vocês loucos, pelo menos terão o vinho para ajudar a lidar com tudo."

Eles se vão, Ângela e Otávio ficam sozinhos na rua. Dali, olham de frente para a casa; observam a fachada, calados. Deveriam entrar, mas se mantêm parados. Desejam dizer algo um ao outro, ainda? Nenhuma palavra se apresenta. Estão prestes a ver tudo isso mudar: o portão híbrido, as cores das paredes, os ladrilhos do piso, as peças de resistência que não durarão mais do que alguns dias ou semanas agora. Ângela sente o peso de um único Réveillon a encerrar mais de trinta anos.

Um táxi vem pela rua, de faróis acesos, tira o casal do transe. Eles sobem à calçada, Ângela olha bem para os ocupantes do carro, enquanto ele passa devagar pela rua de paralelepípedos. Além do motorista, estão um senhor idoso no banco da frente e um moço no de trás. Ângela pensa que devem ser pai e filho, por dividirem o mesmo táxi, o mesmo tipo físico, mas idades bem distintas. Talvez seja apenas leitura dela, mas é provável que correspondam aos papéis assinalados e que estejam a caminho de casa, de volta de alguma festa de Réveillon. O rapaz tem um ar sereno, no entanto, parece imerso em um silêncio sem fim, impassível até à música agitada no rádio do carro. O senhor, sobre quem o olhar dela recai por mais tempo, porta na expressão uma perplexidade desesperançada. Ela ainda o vê refletido no retrovisor enquanto o carro se vai; percebe que o velho também se olha no mesmo espelho. Mesmo depois da partida do carro, a imagem ainda a perturba. Teve a impressão de se sobreporem o reflexo dela e do velho; mais do que isso, no rosto dele — portanto também no próprio — algo recendeu à proximidade da morte. Ainda que ele estivesse na companhia de um filho, parecia rumar a um destino só dele. A última solidão.

No fim de tudo, o tempo sempre passa e se esgota. Para ela, para Otávio, para os homens naquele táxi, para Felipe. O dia no qual a existência dela também chegará a termo virá de um jeito ou de outro; resta apenas ser alcançada por esse dia ainda ancorada à tragédia anterior ou, ao menos, ter rumado para outros caminhos. A morte, espelho derradeiro; Ângela deseja que, nele, seu reflexo possa ser visto não com resignação e pena, mas com alguma marca de realização maior. Ainda há tempo.

As ondas repetem os riscos fugazes dos arcos de espuma. Ângela observa o movimento, a renovação do ir e vir. O mar nunca desenharia uma reta precisa ou um círculo perfeitamente fechado, como se espera fazer da vida às vezes. A mulher respira fundo, o ar da maresia resfria seus pulmões. A cidade emoldura a paisagem em uma quietude quase desértica, no avesso da festa de horas antes. Rosas brancas e amarelas agora jazem na areia, despetaladas, incapazes de qualquer dádiva. Restos de rojões se espalham pelo chão, diferenciados de outros descartes de papel apenas pelas marcas de queimados. Por toda a extensão da orla há garrafas vazias; ela se lembra das histórias que ouvia quando criança: náufragos que enviavam, de ilhas isoladas, pedidos por socorro em garrafas como essas, à espera de que atravessassem todo o mar e alcançassem alguém. Mas não há nenhuma mensagem nesses recipientes de vidro abandonados, nenhum chamado. A mulher praticamente sozinha na primeira manhã do ano.

O costume de vir à praia cedo nessa data foi herdado do pai. Ele a trazia, quando menina, para tal hábito. Por isso, as conexões com lembranças da infância a tomam: histórias de náufragos, piratas, pescadores e outras figuras aprendidas com o velho, que trabalhava no mar. Ângela se pergunta como deve ter sido para ele — o homem sob a figura paterna — criar as duas filhas, vê-las crescerem, casarem-se e saírem de baixo da proteção dele. Seu Onório, como tantos patriarcas daqueles anos, quase nada desvelava de seus medos, angústias ou afetos. Em conformidade, ninguém se atrevia a desbravar sinais desses sentimentos no homem. Ele sempre circunscrito ao âmbito do trabalho das mãos, do zelo com as mulheres sob o teto dele, das palavras que guiavam a ordem, do cansaço ao fim do dia. Cumpriu o papel à risca, sem deixar faltar comida à mesa ou respeito à família; tão enquadrado ao antigo método de paternidade, nunca ficou aquém dele, nunca foi além. Raras vezes pronunciou em voz alta qualquer conjugação do verbo amar, e, quando o fez, manteve a entonação de quem fala sobre um dever cumprido, sobre mais um dos pilares na ordem familiar que não podia ruir. Morreu antes de nascerem os netos. Como lidaria com o desaparecimento de um deles? Demonstraria, afinal, alguma fragilidade sob a pele espessa, feito um barco que se rompe nos porões e é invadido pela água que o afunda?

A mãe de Ângela, dona Maria, viveu bem mais tempo, tendo atravessado na viuvez grande parte dos anos de ausência de Felipe. Faleceu ainda na esperança de ver o neto reencontrado. Ângela, o pai e a mãe dela: três pontos cardeais na travessia de Felipe pelo tempo. O avô, pretérito, deixou de existir antes que o menino chegasse à vida; a avó se foi sem que ele retornasse, permaneceu no futuro; a mãe deriva no presente, sem aportar. Uma náufraga, cercada de garrafas sem nenhuma mensagem, garrafas tão somente vazias. Ela ainda circula pela areia um pouco mais, antes de voltar para casa. Aproveita esse intervalo sozinha, como se montasse para si outro Réveillon, sem todo aquele ruído do mundo.

Em casa, encontra Otávio ao fim do café da manhã. "Voltou cedo dessa vez", ele se levanta da mesa. "Temos bastante trabalho ainda hoje", ela inclina o rosto às caixas de papelão, empilhadas nos fundos da casa. Pensa em tudo que retirarão, para ser guardado nos cômodos que não serão reformados. Toma um copo de água, é o que pode fazer para se preparar.

Começam pela sala. Enrolam o tapete em um grande cilindro, levam-no para o quartinho dos fundos, onde ficará a maioria das peças guardadas. Ângela desmonta e embrulha de volta o presépio feito por seu Miguel. Tira a toalha da mesa e, depois, Otávio leva as cadeiras, que são acumuladas em um canto da cozinha. A mulher recolhe do armário os objetos de decoração mais delicados. Separa os porta-retratos em uma caixa só para eles. Enquanto os retira do lugar, consola-se com o fato de ser apenas temporária a remoção; uma manobra de cuidado com as lembranças. Ainda assim, cada gesto prenuncia a partida final, como em um ensaio. Ela carrega a caixa com as fotografias a um canto mais resguardado. Fecha a porta por um minuto, escora-se à parede em uma vertigem.

A sala é esvaziada mais rápido do que o esperado. Restam apenas o armário desocupado, sem as gavetas, a mesa nua e os sofás. Não é confortável de se ver. O casal já havia passado por isso outras vezes, mas antes era em nome de uma pintura interna, a qual serviria para manter a casa do mesmo jeito, retorná-la à aparência de sempre. E "sempre" era uma forma de se dar nome aos dias em que Felipe viveu ali. Dessa vez, quando os móveis e outros objetos retornarem ao cômodo, não será o mesmo cômodo, nem sequer o desejo de um mesmo cômodo. Ângela e Otávio concordam em deixar que os pedreiros retirem os sofás e o armário no dia seguinte. É peso demais para os dois, a essa idade.

No andar superior, tiram os quadros e os aparadores do corredor, depois arrumam o quarto de casal. Removem as gavetas e as carregam como se fossem caixas de transporte. Usam as malas para guardar as roupas a serem usadas no dia a dia, como se preparassem uma viagem que não os tirará do lugar. O vestuário mais antigo, quase nunca usado, bem como roupas de cama guardadas e outros itens do armário, são empacotados e passam a tomar também a cozinha, por falta de espaço. O quarto de Felipe poderia ser usado para alojar algo, mas nem se menciona tal ideia.

Quando acabam de guardar as coisas, bem como descartar muitas delas, Ângela está exausta. Porém, ainda resta uma tarefa. Na área de serviço, ela pega dois panos dos mais espessos. Umedece-os no tanque e os leva até a porta do quarto do filho. Do lado de dentro, ela coloca um dos panos sob a fresta da porta; para que não se solte conforme a fecha, prende as extremidades do tecido. Funciona. Ela vai até a janela, fecha o vidro e as cortinas. Devia ter acendido a lâmpada antes, pensa, quando a escuridão se abate, e não é só a do quarto. Não enxerga os pertences de Felipe, caminha com cuidado para não esbarrar em nada, enquanto mede distâncias pela memória do corpo no espaço. Os braços estendidos se chocam à porta, afinal, e a mulher abre o acesso à luz externa. Do lado de fora, coloca outro pano sob o vão da porta. Devem ser suficientes para impedir que poeira e detritos das obras invadam o quarto do filho. Ângela espera que sirvam também como lembretes aos pedreiros, faixas de demarcação para aquele território interdito.

Ainda diante da porta fechada, ela se preocupa com a eficiência da medida de proteção. Demora a surgir a ideia de trancar o quarto, que deveria ter sido óbvia. Por que não foi? Ângela abre de novo a porta, procura no lado avesso a chave à fechadura. Não está ali. Já esteve algum dia? Ansiosa, a mãe checa as gavetas da escrivaninha e do guarda-roupa, abre-as todas e depois bate, com uma urgência que não é do tempo. Agita o pequeno cofre de brinquedo, o estojo de lápis, e nada. Procura no chão debaixo da cama e do armário, doem os joelhos. Revira tudo com nervosismo, enquanto jura a si mesma que nunca tirou a chave dali, mas já a viu. Puxa a cadeira, sobe nela e observa as prateleiras, ergue os bonecos sorridentes como se fossem meras obstruções. Não encontra. Pior: sente, só como efeito tardio, ter tratado as coisas do filho com uma indiferença atroz. Não tocava nenhuma parte do universo dele sem delicadeza. Tomada por uma espécie de vergonha, ela sai do quarto. Ajeita os panos da porta de volta ao lugar e, em seguida, atravessa a casa, ainda em busca da chave.

O primeiro lugar onde procura é a suíte, mas, ao se deparar com o dormitório esvaziado, percebe a insensatez da escolha. Se a chave houvesse estado ali, teria visto em meio à arrumação ou aos descartes. O cansaço quase a detém por hoje, mas ela persiste; desce ao quartinho dos fundos, reabre todas as caixas embaladas ao longo do dia, checa as gavetas removidas. Nada. Revira os armários e gavetas antigos do cômodo; encontra chaves perdidas, mas tem certeza de que nenhuma delas é a que busca. Ainda assim, leva-as consigo. Perpassa toda a cozinha e o banheiro social. Nada também; por que a chave do quarto de Felipe estaria no estojo de escovas de dentes abandonado no lavatório, que ela olha?

Otávio pergunta se está à procura de algo específico. A devolutiva de Ângela constitui-se de outra pergunta, quanto a ele saber da tal chave. O marido diz nem lembrar se ela um dia existiu. Ângela volta para a porta do quarto do filho, resignada. Testa as velhas chaves que tem nas mãos, mas prevê a inutilidade delas antes de se confirmarem a cada investida. A maioria gira em falso na fechadura, outras emperram. Ela deixa a porta apenas encostada, não há muito mais que possa fazer. A lembrança quanto à chave pode ter sido apenas mais uma confusão, das muitas, entre o que pertence à memória e o que foi apenas imaginado ou sonhado. Nunca teve a chave que poderia fechar esse quarto.

As imobiliárias são avisadas de que visitas à casa devem ser suspensas por ora. Ângela repete para cada atendente a incerteza quanto ao prazo de término das reformas: "O plano é acabar o mais rápido possível." Ela soa como se confessasse uma necessidade, mais do que concedesse uma simples previsão. Contrataram até uma equipe maior do que o habitual, para acelerar o processo. Não será barato, mas o casal decidiu usar, afinal, parte do fundo reservado para Felipe. O dinheiro que, antes de tudo, havia sido pensado como poupança para garantir seu futuro. Hoje, parece absurdo esse intuito tão típico de pais. Com o desaparecimento, todo futuro se rompeu.

A situação financeira também sofreu reveses ao longo da história: além de Ângela ter deixado o emprego como professora, e nunca mais ter trabalhado, passou a usar muito mais medicações e tratamentos; outros gastos bem maiores foram os relativos a medidas de busca pelo filho, nos quais nunca houve comedimento. Cartazes com fotos do garoto foram impressos e distribuídos às centenas; cópias coloridas em uma época na qual não eram comuns ou acessíveis. Ângela e Otávio achavam ruim demais as fotocópias em preto e branco, nas quais o rosto de Felipe aparecia manchado e distorcido. Precisavam dar o melhor, sempre. Outras versões do pedido de ajuda gráfico foram fabricadas, em especial um pequeno selo, com a foto do menino e informações de contato, que Otávio pedia aos clientes, na agência de correios dele, para ser colado aos envelopes das correspondências. Dessa forma, o retrato de Felipe era distribuído a muitas cidades do país, ou até mesmo ao exterior. O serviço postal quis coibir a prática, mas Ângela comunicou o embate à mídia e a repercussão criou um impedimento moral para a proibição. Os selos continuaram a ser impressos e anexados aos envelopes. Inclusive, mais pessoas procuraram a agência de Otávio e até pediam pela estampa com Felipe, o que criou uma espécie de moda. Como toda moda, ficou logo ultrapassada e esquecida.

E sempre foi das principais batalhas a luta contra o esquecimento. Não podia haver nenhuma forma de resignação, nem mesmo involuntária, ao fato de Felipe não ter sido encontrado ainda. Foram também confeccionadas muitas peças de vestuário — camisetas, bottons, bonés etc. — e produzidas propagandas para veiculação em rádio, na televisão local e em outdoors. Na época, era tudo bastante caro e eles, os pais, teriam falido se pagassem por tudo; a notoriedade do "caso Felipe" os ajudou a receber doações e apoio financeiro. A mãe sempre teve conflitos com essa exposição: por um lado, garantia-lhes o suporte que via faltar a outras famílias; por outro, provocavam até náuseas, muitas vezes, as formas como os holofotes se punham sobre tragédia tão íntima.

No fim, sobrou muito do dinheiro que guardaram. Inclusive a quantia oferecida em recompensa a quem encontrasse o menino. Queriam muito ter entregado esse valor, como entregavam tudo mais. Com o passar dos anos, a poupança adquiriu outros significados e propósitos, como a possível necessidade de tratamentos médicos e psicológicos para Felipe, caso voltasse. Hoje, Ângela conclui que dedicava ao filho as mesmas ideias de cuidado que ela própria recebia.

E permitir-se sacar parte desses fundos, pela primeira vez, para pagar as reformas, é algo que tenta compreender como mais uma parte da desmontagem da espera. A considerável quantia que irá sobrar será doada ao Mães em Busca; dessa forma, ainda será direcionada a ajudar quem lida com o desaparecimento de alguém. Tudo que receberam no passado foi investido diretamente, mas o fato é que só puderam guardar tanto dos próprios proventos por terem gastos cobertos com o apoio de outras pessoas e organizações. Talvez devesse entregar todo o dinheiro à associação, mas quer fazer algo para si mesma. O estranhamento com o que lhe parece ser egoísmo, quem sabe, trata-se de um desajuste de percepção após décadas sem se conceder tal direito.

A campainha toca, são os trabalhadores para dar início às obras. A mulher os recebe, orienta-os primeiro quanto ao material separado para o serviço. Depois, confirma o que deve ser feito em cada cômodo, guiando-os pela casa. O grupo sobe ao andar de cima e Ângela repete, com toda a ênfase da qual é capaz, que não devem fazer nada naquele quarto do lado direito, cuja porta está protegida pelos panos. Devem tomar muito cuidado até com esse limiar, ao trabalharem no piso do corredor. Seu Antônio, o mestre de obras, promete que não causarão nenhum estrago ali. Aparenta estar intimidado pela advertência enérgica da dona da casa, ao convocar os colegas a iniciarem os trabalhos.

Ângela vai para a cozinha. Não há muitas alternativas de espaço na casa. Vê os homens passarem, a toda hora, da área de serviço — onde ficam os materiais das obras — para a sala, de onde se vai ao andar de cima e com a qual a cozinha faz divisa. Eles carregam ferramentas que, por vezes, se assemelham a armas de uma guerra bárbara. Falam alto, pisam com força, fazem barulho a ponto de encobrir os toques dos ponteiros do relógio na parede. Ângela perde a concentração na leitura que tenta fazer. Vai à pia, com a crença de que lavar a louça poderá funcionar melhor para distraí-la. As operações no piso de cima chamam a atenção, é inevitável. Tenta decifrar os gestos por trás dos sons abafados pela alvenaria, como se escutasse as sombras dos movimentos. Passos que parecem se aglomerar justo no ponto acima dela. Um ou outro estalo indica manuseio de ferramenta, ou a colocação de objetos no piso, ela pouco consegue discernir. De repente, o golpe desferido com força; um estrondo assustador, que irrompe sua vigilância. A mulher se curva e fecha os olhos em um reflexo, como se fosse desabar algo sobre ela. É brutal o choque contra aquela superfície, ao mesmo tempo teto a protegê-la e, do lado avesso, chão a ser destruído. Ângela perde o fôlego. Outra arremetida, e mais outra, logo a série de colisões contra a divisória, uma chuva férrea. O corpo da mulher trêmulo de súbito, formigamentos a vibrarem sob a pele. Ela tenta se manter sob controle, toma um copo nas mãos para lavá-lo. Precisa beber água. Abre a torneira e, com o fluxo e o sabão, o copo lhe escapa, despedaça na bacia. Só quando ela vê as espirais vermelhas, a escaparem fugazes na água, percebe a ardência do corte na mão. Estanca a ferida com um pano. As marretas e clavas continuam a arrancar o chão sobre a cabeça dela. Não aguenta mais.

Apressa-se, pega na sala as chaves do carro, depois sobe as escadas e grita para chamar seu Antônio. As ferramentas param de golpear, como um cessar-fogo. Ela avisa que precisa sair para resolver pendências na rua. Deixa a casa com rapidez, ainda com o pensamento de que não deveria abandoná--la dessa maneira, sem nenhuma supervisão. Mas os sons das marretas a alcançam até na rua da frente, impelem-na a pisar no acelerador e partir.

Não há rumo definido; ela apenas se preocupou em sair de onde estava, não em ter outro destino. Algumas voltas de carro pela cidade bastam para que se lembre da tarefa programada, mas ainda não cumprida. Provavelmente, não seria o melhor momento ou jeito de chegar lá: sem aviso, sem nada a apresentar além da própria vontade, ou mesmo sem estar vestida como gostaria. Mas que mal poderia haver em tentar? Ao menos, nada tão ruim quanto estar em casa agora.

A rua do Colégio São Marcos está vazia, o prédio também, tão diferentes do período de aulas. Estaciona em frente ao portão, desce do carro e chega à secretaria, dentro da escola. Uma jovem a recebe e ela se apresenta; pergunta por Sandra, a diretora. Diz não ter horário marcado, mas ser uma amiga de longa data. A atendente pede que aguarde, faz uma chamada pelo telefone e, logo após desligar, avisa que a diretora virá encontrá-la.

Enquanto espera, Ângela pensa ter dado sorte. Não só nesse momento, mas ao ter visto Sandra por acaso na rua, mais de um ano antes. À ocasião, a colega de magistério — e de trabalho em outras escolas — contou-lhe que havia se tornado diretora nesse colégio. Que continue no cargo, e esteja presente aqui no período de férias, parece um ótimo presságio. Ela se mostra na área comum, um funcionário a cumprimenta com reverência: "Bom dia, dona Sandra." As duas se aproximam e Ângela repete a fala dele em tom de ironia, realça a parte do "dona Sandra". Riem como se voltassem à época quando eram alunas.

Vão para a sala da diretoria, Ângela ainda brinca com detalhes dali, como a mesa austera ou a placa com o nome de Sandra. Olham para o presente dela como se vislumbrassem, do passado comum, um futuro imaginado. O tempo, um jogo de espelhos. Conversam sobre como ambas têm levado a vida, Ângela conta sobre as reformas na casa, a gravidez da afilhada. Antes que o assunto possa convergir à própria maternidade, ela o direciona ao tema que a trouxe: "De novo eu te peço desculpas por ter aparecido assim, sem aviso e sem muito preparo, mas como você me conhece bem, achei que podia aproveitar a oportunidade. Posso voltar outro dia, se for melhor, mas gostaria que você soubesse: eu quero voltar a dar aulas." Sandra comemora, diz ser uma ótima notícia. Pergunta sobre as ideias da antiga colega. "Bom, você sabe da minha história. Posso trazer meu currículo depois, mas também não tem nenhuma novidade nele. Só quero me colocar à disposição, se tiver uma vaga aqui, ou se souber de outra escola que precise. Posso começar quando quiserem. O ideal seria já neste ano. Estou pronta."

Quando o dia se aproxima do fim, e os trabalhadores já se foram, Ângela circula sozinha pela casa. Mede a magnitude dos estragos. Um lar impossível de ser refeito, é o que lhe parece. Do antigo piso, quase nada restou, desde esse primeiro dia: a pele do chão arrancada, expostos o cimento e a terra. Ela atravessa a sala quebrada, observa os escombros largados pelos cantos. Ficaram aos cacos, as fundações da resistência ao tempo e ao desaparecimento, que pareciam sustentar a casa como alicerces secretos. Ângela enxuga os olhos e sente a poeira raspar as retinas. Com dificuldade, sobe os degraus ainda íntegros da escada; nunca os joelhos doeram tanto nesse breve percurso. O corredor no andar de cima também despedaçado. Ela vai ao quarto de Felipe, é o que mais a preocupa. Apesar da ansiedade, maneja com cautela os panos no vão da porta, para retirá-los. Saíram um pouco do lugar, o de fora está bastante sujo e cravejado de estilhaços. Terá de trocá-los todos os dias.

Ao abrir a porta, cuidadosa, vê próximo à entrada o rastro de poeira que se revela pouco a pouco, grãos de reflexo da luz no corredor. Entra no quarto, acende a lâmpada, recolhe o pano do lado de dentro e usa-o para limpar o pó que invadiu o cômodo. Ao menos, o estrago se limita a isso. O resto do quarto em harmonia, com cada objeto intacto e no lugar, a garantir a permanência do pequeno universo de Felipe. Ela sabe que deveria se perguntar para que essa preservação, mas não consegue se colocar tal questionamento. Não ainda. Fecha a porta pelo lado de dentro, senta-se à cama do filho. Depois de tantos golpes na casa e nos ouvidos, o silêncio como um refúgio, afinal. Sente-se protegida pelas coisas que ela protege.

Deixa o quarto pouco antes de Otávio chegar. O marido repete a mesma ronda ao entrar; analisa o que foi feito, porém, aparenta menos perplexidade. Não chora. Os dois tentam se acomodar à própria casa; fracassam. E o fracasso é uma teia, na qual se enredam todas as sensações de fracassos anteriores. Ângela tem vontade de sair para a rua de novo, ao ver que os hábitos dos dois não encontram pouso nos lugares de antes. A tentativa de transformar a casa parece tê-la feito retornar àquele estado mais grave, de quando sentiam que tudo se mostraria errado no interior da familiaridade, por faltar o filho. Ela se tranca no banheiro, Otávio pergunta se está tudo bem. A resposta, tempestuosa, é de que precisa ficar sozinha. Tantas tentativas de avanço para cair sempre nessa sensação de estar presa aos primórdios. Os revestimentos arrancados a lembram de que era o que desejava ter feito lá atrás, quando Felipe desapareceu: destruir essa casa inteira. Mas a blindou, inclusive de si mesma, porque acreditava ser o melhor para ele. Tudo isso para nada.

Depois, a noite escura, somente escura, sem nenhuma possibilidade de sono.

Os homens continuam o serviço no dia seguinte, terminam de remover o pouco que sobrou na sala, depois descascam os degraus da escada. Limpam o entulho, tudo se torna entulho. A tarde ainda na metade quando seu Antônio chama por Ângela, avisa que encerraram por hoje. A próxima etapa será assentar o piso novo, não compensa começar a essa hora. Tal fala já seria o suficiente para deixá-la preocupada com a demora no serviço, mas a frase seguinte do mestre de obras a perturba ainda mais: "E amanhã a gente vai pegar o quarto da senhora, pode ser? Daí, não vai poder mais usar. Por uns dois dias, pelo menos. Que precisa assentar o piso e depois deixar ele descansar, para fazer bem a cola, sabe?" Ela confirma que não vão poder entrar na suíte por dois dias. "É, depois a gente vem fazendo o corredor, a escada, assim por diante. As coisas precisam ser feitas assim, de dentro para fora." Então, ela conclui, ainda que o piso do quarto fique pronto, não poderá chegar a ele, por ser acessado somente pela escada, ainda a ser refeita. Seu Antônio sugere que durmam em algum outro cômodo, ou vão para a casa de parentes. Despede-se e se vai, com os demais trabalhadores.

Não há outro cômodo onde dormirem. O quarto dos fundos está tomado do que foi removido de outras partes da casa, a cozinha tampouco tem espaço para um colchão e o quarto de Felipe não se cogita. Por que essa defesa quase religiosa dele, como se fosse um solo sagrado que não se pode profanar? Deveria ser só um quarto, um dormitório providencial neste momento, ao menos enquanto a escada estiver disponível. Mas revira o estômago de Ângela pensar em desfazer a cama dele, intrometer o próprio colchão e roupas no lugar. Depois de tanto evitar que interferissem naquele quarto, ela mesma o faria? Não. Repete a palavra nos lábios, "interferir", e cinde-a na metade posterior: ferir. Seria mesmo parte da etimologia? Que exercício inútil, procurar uma espécie de explicação ou lógica para a dor.

Proporá a Otávio que se hospedem em um hotel. É provável que ele concorde, a mulher sabe. O problema maior é outro. Ela sobe a escada ainda disponível, passa pelo corredor rumo ao quarto do filho. Recolhe os panos sob a porta, limpa a poeira que insiste em invadir. Mais uma vez, fecha-se em resguardo no dormitório, como se afastasse de si mesma as demolições do espaço e do tempo que a cercam. Sentada à cama coberta de estrelas, ela conta os dias. Em breve não poderá mais pisar no corredor que a traz a esse refúgio. Depois, os degraus da escada se tornarão inacessíveis e, por fim, a sala, que serve de entrada à casa, não poderá ser pisada. Poderia se abster de tais espaços, sem muita dificuldade, a essa altura, se não fossem o único caminho a esse quarto. O mundo em ruínas do lado de fora e o refúgio, ainda que incólume, não será alcançável. Sim, ela tem feito do quarto do filho um cais abandonado dentro da própria casa, percebe. E em poucos dias nem esse consolo será possível.

O presente, o passado e o futuro. No quarto do hotel, Ângela, insone, mantém os olhos abertos na escuridão; o quarto de Felipe, onde estava há algumas horas, não sai da lembrança dela e do centro da inquietação; o próprio dormitório, com o qual também se preocupará nas próximas horas, sinaliza o impedimento que se estenderá pela casa, por conta do piso novo. O presente, o passado e o futuro espelhados em três quartos. As divisórias entre eles se desfazem no pensamento, como se não houvesse paredes ou metros e quilômetros que os separassem; como se a linha do tempo se enredasse em um novelo.

O estranhamento com a estadia no hotel, portanto, não é só do corpo que não se acomoda à cama; tampouco são motivos de perturbação o espaço reduzido, a relativa simplicidade das instalações ou os ruídos estranhos que vêm da rua e dos corredores alheios. Ainda que o casal estivesse hospedado em um hotel luxuoso — escolha pouco viável, dados a quantidade e o propósito das diárias —, o incômodo que revolve Ângela seria equivalente. A perturbação a acompanhou desde antes de chegarem aqui, carregada feito bagagem por todo o itinerário de casa a um hotel na mesma cidade. Pareceu à mulher que viajaram sem ganhar outro território, com o agravante de que, depois, tampouco voltaria para a casa que conhecia.

Otávio dorme um sono pesado e Ângela não consegue evitar o ressentimento diante da aparente tranquilidade dele. O passado, o presente. Para o marido, não é a primeira vez fora da casa. Como se decretasse o fim de uma primeira fase do desaparecimento, do luto, ele, a certa altura, disse que precisava sair daquela situação. Ao menos, por um tempo. Havia ficado para trás a urgência inicial, quando parece que o filho pode ser reencontrado a qualquer instante; também a fase ardentemente sombria a seguir, em que nenhuma boa notícia parecia possível, apenas a perspectiva de que concluiriam a história com a morte comprovada do garoto; nada mais tardaria, a não ser a notícia do aparecimento do corpo, o qual só restaria enterrar. Passados esses dois períodos, mesmo o estado permanente de alerta ganha conformação. É preciso ter as refeições em meio ao alarme, trabalhar em meio ao alarme, dormir e acordar, levar o carro ao conserto, lavar a louça, aceitar ou recusar convites a festas, fazer pagamentos no banco, renovar documentos, deixar de mencionar o alarme em meio ao alarme. E sentar-se à mesa para as refeições, sem o filho, fez com que o casal evitasse comer nos mesmos lugares ou horários, remontar a cena de falta; o trabalho levou Otávio a estar fora quase todo o dia, a dormir e acordar em horários distintos do da esposa insone. Mal perceberam que, exceto nos momentos de erupção da dor, passaram a desviar um do outro dentro da casa. Dividiram-se entre falar sobre Felipe, e isso os remeter direto a um inferno aberto, por invocação deles mesmos, ou tentar conversar sobre qualquer outro assunto e fracassarem em absoluto, como atores que tentam interpretar personagens dos quais nada sabem. Apoiavam-se mutuamente no que dizia respeito a Felipe, nessa direção à qual apontavam juntos, mas um para o outro eram quase como ímãs que se repeliam quando aproximados. "Eu não consigo mais viver assim", Ângela ouviu o marido dizer um dia. Ela, que também não conseguia mais viver assim, mas não tinha alternativa. Otávio contou em seguida que já havia alugado um apartamento. Ela o odiou com a soma de todo o ódio que a tomava à época. Disse que fosse mesmo embora, fosse para o inferno, e logo pensou no inferno conhecido. "Você só demorou um pouco mais para abandonar a família", ela o comparou a homens que haviam conhecido e dos quais ele dizia se distinguir. "Não é isso", tentou se defender, disse que continuaria na luta por Felipe, da mesma maneira. "Cala a boca,

Otávio. Não fale que é da mesma maneira, quando você muda tudo. Quem continua a lutar da mesma maneira sou eu, agora." Para Ângela, foi como se ele propusesse uma aliança ao mesmo tempo que declarava guerra. "Eu só preciso de um tempo." Ângela respondeu que essa desculpa o deixava mesmo igual aos outros. "Não existe mais o tempo", foi a conclusão dela. O marido, se ainda fazia jus a tal denominação, ficou quieto; saiu pela porta como se não soubesse nenhuma palavra a mais.

Ângela se enfureceu, criou todo tipo de fantasia sobre o destino, sobre a rotina oculta dele. Teve como certo que estaria envolvido com outra mulher. Se foi o caso, ninguém soube, ninguém a viu. Depois de algumas semanas, ele pediu que Ângela o recebesse de volta. Sentaram-se ao sofá da sala, para conversarem; ela esperava saber, então, o motivo de outra reviravolta. "Por que vir para cá de novo, agora?", perguntou. "Agora?" — ele suspirou, como se não visse sentido no termo. — "Não existe mais o tempo", repetiu a fala dela de antes. E, então, antes de romper em um choro bestial, como o de uma criança transplantada a um corpo velho, balbuciou: "Eu não consegui." Ela nunca soube a que fracasso, com exatidão, o marido se referiu. Se não havia conseguido ficar, sem o afastamento, ou se não havia conseguido se afastar. Tudo era fracasso naquela época. Otávio voltou para casa. E tudo mais ficou sem ser perguntado.

Ainda que demore, a manhã chega. Ângela vai para casa, abri-la aos trabalhadores. Ao fim do dia, seu Antônio mostra, da entrada da suíte, o andamento das obras. Com o piso novo, o quarto parece mais iluminado, como se a renovação extrapolasse o âmbito material. A mulher os parabeniza, dá sinais do que seria contentamento. Eles vão embora, ela checa e troca a proteção de tecido no quarto que era de Felipe. Passa um tempo dentro do cômodo e depois, já no hotel, parece ter de novo esse quarto ainda a cercá-la. O passado, o presente e o futuro, águas impossíveis de se divisar.

O piso da suíte fica pronto no dia seguinte. Alguns ladrilhos também instalados na região do corredor próxima ao quarto. Ângela estranha que, dessa vez, tenham começado uma parte do trabalho que não daria tempo de acabar. É como se as lâminas de piso apenas vazassem para fora da borda da suíte, uma ameaça tácita ou um lembrete cruel de que na próxima manhã se iniciaria a interdição do corredor. A partir de então, o quarto que era de Felipe não poderia ser alcançado, nem mesmo para a troca de panos que tentam protegê-lo. Ela reforça a frágil vedação, deita-se à cama estrelada pela última vez nesse período. Vibra por dentro dos ouvidos o ruído branco das águas do tempo, em ressaca. Como um mar infindo a rebentar contra a porta fechada.

É difícil ir embora. Sempre difícil, porém, hoje ainda mais.

No hotel, a noite de sono é pior do que as de insônia. Mesmo com as medicações, ou talvez por contribuição delas, tem pesadelos horrorosos. No pior deles, a casa é inteiramente demolida, ela vê as ruínas e se desespera. Logo descobrem que Felipe estava ali dentro o tempo inteiro, nunca saiu da casa, mesmo enquanto a punham abaixo. Essa imagem ainda a assombra quando, no fim do dia seguinte, senta-se ao degrau mais alto da escada, com os joelhos doloridos pela posição. É o mais longe que pode ir, em vista do trabalho concluído no corredor. À distância, vela a porta do quarto do filho.

Por um instante, cogita pisar aqueles ladrilhos com passos tão leves que não os afetem. Bastaria atravessar o trecho proibido, tão breve, para alcançar a outra margem e de novo se refugiar na terra firme da cama de estrelas. Não pode, não deve. Desliza uma das mãos pela aresta que divisa o corredor do último degrau, em uma carícia fria. Sente a aspereza da reforma inacabada. Coloca mais força ao toque e percebe, de fato, a falta de firmeza no piso assentado; ele não suportaria um passo dela. A tão poucos metros daquele quarto onde queria estar, nunca se sentiu tão apartada dele. Nem mesmo nas noites anteriores no hotel, a quilômetros dali, o cômodo no fim do corredor pareceu tão inalcançável. O presente, o futuro, distâncias intransponíveis.

No sábado, os pedreiros começam a trabalhar na escada. Cobrem-na quase inteira na parte da manhã e vão embora. Ao longo do fim de semana, Ângela sobe os poucos degraus que pode, de onde enxerga apenas uma fatia daquela porta fechada. Por conta do ângulo de visão, o restante fica obstruído pela parede do corredor. Nem mesmo consegue ver se os panos se mantêm. Ela tenta afastar do pensamento as fantasias de estragos; nenhuma das hipóteses que cruzam sua imaginação cheia de apetite parece verossímil. A essa altura, deveria ser mais do que certo que não depende da atenção dela se algo ruim acontece ou deixa de acontecer. Os seus receios são como os de uma criança no escuro, que só teme por não estar à vista o que contrariaria as próprias invenções. Medo: a sombra do que não se pode controlar. Não há opção além de consentir com o distanciamento dentro da casa, alegoria da própria renúncia.

O começo da semana seguinte traz, ao menos, uma boa notícia: Sandra lhe telefona para formalizar o convite a dar aulas no colégio, como professora contratada. O ano letivo começará em fevereiro, combinam de Ângela buscar o material didático e conversarem sobre todo o cronograma. Ela se empolga e se intimida, pensa que as coisas devem ter mudado muito no ensino. Nas crianças de hoje. A turma dela será a do primeiro ano do ensino fundamental. Meninos e meninas entre seis e sete anos: idade que Felipe ficou para sempre à iminência de completar. Continua o reflexo mental de produzir tais cálculos — ela se flagra depois da conta feita.

Com o material didático que pega no colégio, Ângela passa a preparar as aulas em casa. Seu Antônio a chama quando terminam o expediente. Ela vê a escada concluída, chão branco que desce do andar de cima até o de baixo. "Ficou bom, né?", o mestre de obras pergunta e recebe, em seguida, a concordância polida da dona da casa. "Amanhã, a gente começa aqui na sala." Não poderá passar da porta de entrada, então. Os homens partem, ela se aproxima da escada e, sem poder pisar sequer sobre o primeiro degrau, pergunta-se que sentido há em ainda ficar ali. Nem enxergar a porta lá em cima é possível. Do pouco que sobrou, não faz diferença um pouco mais ou um pouco menos. Então, decide voltar para o hotel, com o material das aulas.

No carro, pensa no momento quando, ao se mudarem, terá de se despedir em definitivo do quarto que foi do filho; a experiência de agora poderia ser também um ensaio. Mas ensaios parecem ter pouca utilidade nesse âmbito. A despedida verdadeira, por mais que seja preparada, tem algo de repentina. E por mais que seja repentina, carrega consigo ainda o passado, o presente e o futuro do que é deixado: projeta a ausência desde antes do início dela, prolonga-a por muito depois da separação, preenche o presente com ressonâncias do adeus. Adeus que nunca alcança de fato aquilo de que se despede, por já ter ficado para trás, de uma forma ou de outra.

Na caixa de correspondência, que checa antes de entrar na porção da casa onde é possível, Ângela encontra o envelope de aspecto reconhecível. Antes mesmo de abri-lo, prevê o conteúdo por conta do carimbo do Mães em Busca na parte de fora, das dimensões do volume. Já devia ter cuidado disso, pensa enquanto rasga o embrulho, mas tem tido tanto o que fazer. Agora é tarde para uma parte da urgência, o envio deve ter sido feito para muitos outros lugares e pessoas. E é mesmo o calendário que ela pensava; folhas com os meses e dias do ano iniciado, fotografias e informações sobre pessoas desaparecidas nas páginas opostas, como se oblíquas fossem também as contagens do tempo delas. Os números entre barras sob os retratos, em uma defasagem estanque dos anos sempre a se sobreporem em folhas novas. Na contracapa, Felipe. E o fantasma dele ao lado, envelhecido digitalmente. Ângela joga a encadernação em meio aos entulhos das obras. Absurdo um calendário no qual só uma folha importaria ser desafixada, mas é a única perpétua.

Ela telefona para Dora de imediato, na rua. Pergunta sobre a disponibilidade dela para atendê-la, combinam uma visita para o fim da tarde. Quando seu Antônio chega, avisa-lhe que terá de fechar a casa um pouco mais cedo. Ele diz que o único problema é que isso pode atrasar os trabalhos. "Não tem problema", ela responde.

Antes de tomar a estrada para a capital, liga para Suzana, diz que vai à associação para conversar com Dora e se desligar de vez. Conta sobre ter recebido o calendário. "Quando eu vi, já estavam prontos. Me perguntei se deveria ter falado alguma coisa, mas te prometi sigilo, então fiquei quieta. Imaginei que você fosse avisar antes do fim do ano", a terapeuta diz. Ângela responde que era esse o plano, mas acabou por deixar passar, esqueceu. Suzana pergunta como ela está, com aquele tom de voz de psicóloga na clínica. "Agora, estou com aquela impressão de que não importa o que eu faça, nada muda. E, ao mesmo tempo, não fica igual: alguma coisa nova se perde ou chega para lembrar da perda." Do outro lado da linha, o suspiro lança uma nuvem de chiados no auscultador. "O pior é que essa frase soa exatamente como a de uma mãe que ainda se debate com o desaparecimento de um filho, você se deu conta?" Às vezes, falas de terapeutas são como um golpe de esgrima com palavras. E às vezes voltam o florete contra si mesmas: "Sabe, essa sua decisão mexeu até comigo. Com a maneira como vejo meu trabalho na associação. Ainda quero pensar em alguma coisa diferente para fazer com ele. Mas depois conversamos melhor sobre isso." Ângela se oferece para ouvi-la mais, depois da reunião com Dora, se quiser. Tenta melhorar os humores, antes de desligar.

Quando chega à sede do grupo, é recebida por Dora, depois levada à sala dela. São oferecidos água ou café, Ângela aceita a primeira opção. Tem dificuldades de iniciar o assunto; além de não ter de assumir a renúncia para outros há um tempo, presume que será um golpe duro para a presidenta da associação. E, embora houvessem passado por muitas experiências, sentimentos e lutas comuns ao longo dos anos, parecia ainda haver alguma reserva entre as duas. Uma espécie de margem de segurança na relação. Estranho como entre certas pessoas, por mais que compartilhem tempo e vivências, ainda se mantém uma última distância, nunca trespassada.

Ângela começa os agradecimentos a Dora e à associação, com o tom de quem se justifica pelo que virá a seguir. Pouco tem a acrescentar antes de assumir que não procurará ou esperará mais por Felipe. E que deseja o desligamento do grupo. Dora não se mostra chocada; em um silêncio plácido, levanta-se da cadeira e contorna a mesa, para colocar-se no espaço entre Ângela e o móvel. Toma as mãos dela. Assume aquela postura conhecida, de "mãe das outras mães", como gosta de falar sobre si mesma. "Meu anjo, você sabe que eu já estive com milhares de mães na nossa condição. E tem esses momentos, claro, em que a gente pensa em desistir. Quantas vezes já não entrou alguém aqui, na minha sala, se sentou nessa mesma cadeira e falou igual a você. É compreensível. Acho que todas passamos por isso, uma hora ou outra. Só Deus e nós sabemos como é difícil. Mas vai passar. Você sabe que passa. Fique, deixe a gente te ajudar." Ângela não acredita que é igual a outras que se sentaram nesta cadeira, seu gesto é diferente da desistência ocasional. "Minha decisão é muito séria. E é definitiva. Você me conhece bem, Dora, sabe que eu jamais tomaria uma atitude como essa de forma irresponsável. Demorei para te contar, mas já tenho organizado minha vida nesse sentido. E vou continuar nessa direção." A chefe do grupo insiste: "Mas, querida, claro que você pode organizar sua vida assim. É o que a gente encoraja, aqui, inclusive. Só que também vou te lembrar do nosso lema: o que não pode se perder é a esperança." Tão desnecessária a retomada do mote, repetido à exaustão; Ângela está farta de tal frase, impacienta-se só por vê-la replicada aqui, em cartazes, no porta-canetas sobre a mesa, nos lápis apontados dentro dele. Estava também no calendário que a trouxe. A esperança não é só esse sentimento bonito que se apregoa; tem um lado avesso capaz de consumi-la.

"Eu sei. Cada pessoa tem a sua história. Cada mãe, a sua maneira de lidar com o desaparecimento de seus filhos e suas filhas. A minha será essa a partir de agora. Eu entendo seu lado, mas espero que você entenda o meu também. Preciso deixar o Felipe partir. E preciso que me deixem também." Dora defende que Ângela converse com Suzana, antes de qualquer medida tomada. Alega que seria até irresponsável da parte dela desligá-la assim, sem assessoria psicológica. "Eu já conversei com a Suzana, ela apoia minha decisão." A presidenta inspira fundo, transparece o abalo de contrariedade.

Se não fosse a gratidão por tudo que o grupo representou, tanto para Ângela quanto para Felipe, ela encerraria logo o assunto. Sente-se na necessidade de retribuir, e uma conversa desagradável não é um custo tão alto. É difícil mesmo quando o fim chega para apenas um dos lados, enquanto ao outro é inaceitável a ideia de desligamento. Dora só tem persuasões reiterativas a oferecer, na tentativa de mudar a decisão de Ângela, que, por sua vez, avança às medidas práticas, para abreviarem o embate que a nada levará. "Eu preciso fazer alguns pedidos: primeiro, como falei, que o cadastro de Felipe aqui na associação seja desfeito. Não quero mais cartazes com a foto dele, nem calendários ou qualquer coisa do tipo. Nada dele deve ser publicado. Também apaguem do sistema os dados de nosso endereço, do telefone e tudo mais. Vamos mudar de casa. Não quero que me contatem." O rosto de Dora endurece como um vaso de barro prestes a rachar. Deve ser muito difícil admitir, ou mesmo formular, a ideia de apagar dos registros a história de uma mãe, em especial das mais notáveis do grupo, se não a mais notável. Ângela é um símbolo de resistência, conhecido até pelo público geral. Um totem que agora pede para ser desfeito.

"Não faz sentido. Não faz sentido uma decisão dessas", Dora repete, inconformada. Insiste que nada é cobrado para se manter ou se apagar as informações, então por que não as deixar, ainda que quietas, no cadastro da associação? "Porque não há quietude, Dora, enquanto o nome dele se mantém aqui. Veja o que aconteceu com o calendário, que eu recebi em casa. Aliás, precisamos conversar sobre isso também." Ângela exige que sejam descartados os exemplares ainda na associação e, para quem foram enviados, sejam enviadas novas cópias, refeitas sem qualquer menção a Felipe. Dispõe-se a pagar por todas as despesas do processo. E menciona a doação que pretende fazer ao grupo, além desse valor, assim que se despedirem. A presidenta diz não ser uma questão de dinheiro. "Mas envolve dinheiro e eu me responsabilizo", Ângela reage. Assertiva, exige que Felipe seja excluído de tudo. Dora abre as mãos, expressa pesar. Diz que vai ter uma conversa com Suzana, trata-se de algo muito importante. Fala sobre a responsabilidade que sente. "Sabe, Ângela, são escolhas que afetam outras pessoas também. As outras mães daqui, por exemplo. Você sabe que é uma pessoa que faz a diferença na vida de todas nós."

Ângela ia responder algo, perde as palavras. Não tem uma dívida com todos, precisa se convencer disso novamente, muito rápido. "Tudo bem, converse com a Suzana, então. Mas quanto ao calendário, precisa ser refeito já, por gentileza." A psicóloga talvez seja mais eficiente em convencer quem não quer ser convencido. Ângela se levanta, dá sinais de despedida; Dora diz que será sempre bem-vinda, a associação é como uma casa para elas.

A porta da sala de Suzana está aberta. Ângela a chama, as duas vão para o mesmo café onde se encontraram da última vez. Discutem sobre a conversa com Dora e como conduzirão os próximos passos. Ângela reitera o desejo de não ser perturbada por nenhum apelo, nenhuma nova ideia, nada que a traga de volta à mesma história. Suzana confirma que ajudará, como possível, nesse sentido; diz que deve ser difícil para Dora também. "É outra perda significativa, para ela. Outro luto. E você sabe como é isso."

Ao entrar na casa da tia, o espanto de Isa é perceptível. Não vinha desde a ceia de Réveillon, intervalo próximo a um mês, mas que parece ter divisado lapso muito mais extenso. A casa transformada, depois de uma vida inteira mantida igual, de forma obstinada. O piso claro, no lugar dos antigos tacos de madeira, proporciona leveza à sala e aos degraus da escada. Isa, em um impulso, olha para o teto e pergunta aos tios se foram colocadas mais lâmpadas ali. Ângela comenta que teve a mesma reação ao ver os resultados pela primeira vez, no quarto deles. "Só parece ter mais luz." A jovem se demora ao circular pelos ambientes, a conhecê-los de novo. Os móveis, cobertos de plástico negro para protegê-los da pintura a ser feita, contrastam com a claridade ao redor. A Ângela, parecem grandes vultos fúnebres, mas ela guarda para si mesma tal impressão. Tenta se contentar com o ar surpreso da afilhada; é bom vê-la diante do resultado, sem passar pelas rupturas e escombros de antes.

Os três vão para a cozinha e, por ali ainda manter o aspecto anterior, é como se saíssem de um lugar alheio e chegassem em casa, afinal. Otávio arruma as cadeiras e caixas acumuladas, para que Isa, rumo ao sexto mês de gestação, consiga se acomodar melhor. Os ponteiros do relógio na parede respingam sobre o silêncio, enquanto se tenta encontrar conforto aos três. Ângela conta sobre os percalços com as obras; faz parecer ter sido algo mais sereno do que quando os viveu. "Não acredito que vocês foram para um hotel. Por que não me falaram? Podiam dormir lá em casa", a sobrinha os repreende, mas os tios alegam que seria muita dor de cabeça; em especial com a gravidez, o trabalho dela e do Marcelo. Isa diz que poderia ter falado com a mãe. "Ficar na Regina? Aí você quer que eu tenha dor de cabeça", Ângela responde com sarcasmo. "A gente poderia ter colocado um colchão no quarto do Gabriel. Não tem nada lá, ainda." A ideia de dormir no quarto dele não agradaria a Ângela. Na verdade, nada tem sido agradável quanto a acomodações. A própria casa se tornou também estranha, como se mesmo na suíte deles ainda estivessem em um hotel, em outro lugar da cidade.

Depois que a sobrinha vai embora, o casal se deita e Ângela tem outra noite de insônia. No breve intervalo em que consegue dormir, o sonho recorrente do sobrado demolido com Felipe dentro. Ainda que em reconstrução, ainda que retornada a ela, a casa continua a ruir e Ângela a vê-la e a escutá-la de fora.

A pintura interna é concluída em alguns dias. Recomeçam as visitas dos corretores, os visitantes aparentam mais satisfação com o estado do imóvel do que a moradora. Escusam os transtornos por conta das obras, em especial na fachada ainda em curso, dizem perceber o cuidado, o ar de renovação. Ao menos, até se depararem com o quarto ainda sem interferência. Ângela prefere não estar perto quando o veem; presume o estranhamento das visitas quando corretores o mostram, em meio a tudo que mudou. Contrastante com a claridade ao redor, o quarto de criança sem uma criança adquiriu o aspecto de uma sombra na alvenaria. A moradora escuta ao longe, algumas vezes, os corretores dizerem que a reforma dele ficará para depois. Parecem contar uma história de fantasmas, que, a mãe sabe, deve espantar a maioria dos potenciais clientes. "É só pegar o material que já está aí e pedir para alguém fazer a reforma nele também, não será nada difícil", tem vontade de dizer-lhes. Tem vontade de dizer a si mesma, mas é quem menos estaria pronta a ouvir.

Ela também estranhou o quarto, quando o viu pela primeira vez depois das reformas. Assim que foi permitida a entrada dos moradores na casa, Ângela caminhou reto da porta principal até o quarto do filho, viu apenas de passagem o que havia sido feito na sala, na escada, no corredor. Arrastou o pano de proteção externo às pressas, abriu com urgência a porta. O quarto, exatamente igual. E essa similaridade criou uma diferença chocante. Em meio às reformas, ainda parecia que tudo fora dali era precário, enquanto aquele recanto mantinha a integridade; com a completude dos arredores, inverteu-se a imagem: o quarto que era de Felipe passou a parecer o negativo de uma fotografia da casa. Ângela abriu as cortinas e as janelas para entrar luz, mas, ainda assim, sob o dia cinzento, o ambiente pareceu afundado em água turva. A mãe se sentou na cama de estrelas desbotadas, lembrou de vezes em que repetiu esse mesmo gesto com Felipe, para fazê-lo dormir; para lhe contar alguma história; para passar remédio em algum machucado dele, assoprar enquanto dizia que isso levaria a dor embora.

Tentou proteger o quarto de todas as maneiras possíveis, para quê? Isolou-o das reformas, vedou a porta com panos, removeu o pó todos os dias, para quê? Isso é o quarto do filho, não é o filho. Deveria ser tão óbvia essa ideia, por que o corpo não se conforma a ela? Os alicerces invisíveis se mantêm firmes aqui dentro. Ângela se lembra da frase de seu Antônio, a respeito das obras, como se fosse um tratado existencial: "As coisas precisam ser feitas assim, de dentro para fora." Mas ela percebe que de fora para dentro também se fazem as coisas. Eventos externos como as reformas na casa, as reações dos outros à renúncia ou o desaparecimento do filho têm definido os caminhos dela e, portanto, quem se tornou. Os labirintos moldam quem os habita, como se, ao final, tomassem a forma um do outro.

Esse quarto terá de ser desfeito, e não demorará, ela sabe. Mas continua incapaz de conceber como, ou em qual momento. E o que será guardado daqui. Observa cada peça do mundo infantil a cercá-la, guardiões de pelúcia e plástico, sem conseguir desvencilhar Felipe de tudo, de si mesma.

Ainda que *saiba* que esse quarto não é ele, falta *sentir* que é só mobília e alvenaria. Quase impossível. Ela refuta encadear as palavras da forma que se apresentam, mas a voz do pensamento é uma voz que não se cala, como se dentro da cabeça falasse a partir de outro corpo. E a voz sentencia, por ter como certo: desmontar esse quarto seria como matar o filho. Matar o filho que nunca morreu.

# Fevereiro

A fila de carros, com pisca-alertas ligados, ocupa a rua; circula de pouco em pouco, feito um carrossel emperrado. Funcionários do colégio, pais e crianças tomam também a calçada, em um cenário agitado que pouco lembra a calmaria de quando Ângela esteve no Colégio São Marcos da outra vez. Naquele dia, estacionou bem em frente ao portão, para se encontrar com Sandra, o que seria impensável hoje. Ela chega à entrada e é detida por um segurança, reconhecível na função por conta do paletó preto, do rádio à mão e da expressão pouco amigável; ele estende o braço à frente e a detém, feito uma cancela. Ângela se apresenta, conta ser professora recém-contratada. O homem confirma a informação pelo rádio e libera o acesso. As coisas mudaram, definitivamente. E agora ela pensa que, à época anterior de professora, qualquer pessoa poderia entrar em uma escola, sem esses controles. Uma forma de inocência coletiva se perdeu; foi no momento em que a dela acabou? Precisa parar de estabelecer essas relações, manter o foco no dia de hoje, sem se deixar levar por comparações a qualquer porção do passado. E acabar com essa perversão do narcisismo: não foi a inauguradora do medo de todos.

Imaginava que a volta a uma escola traria efeitos colaterais desse tipo. Dessa vez pretende manter o trabalho, o que não fez no ano seguinte ao desaparecimento de Felipe, por ter pedido demissão no primeiro dia de retorno às aulas. Havia tirado uma licença no semestre anterior, o consecutivo à perda do filho, porque tudo era insuportável: o luto; a ideia de ficar confinada em um prédio, a desperdiçar horas nas quais Felipe tinha de ser procurado; a multiplicação, ao redor, de crianças que não eram seu filho. Conforme a primeira urgência se desgastou, ela achou que poderia trabalhar de novo, convenceram-na de que seria salutar. Já havia passado o tempo de circular de forma incessante por hospitais, delegacias, necrotérios, ruas, prédios condenados. Ou de desabar à letargia, por entre as paredes do quarto fechado, os entorpecimentos das medicações em doses altas. A retomada do trabalho tornou-se alvo da maioria dos conselhos dados a ela; médicos repetiram tal indicação, como se a prescrevessem em um receituário.

Àquela época, olhava-se no espelho e via-se a definhar. As órbitas oculares afundadas nas cavidades do rosto, os cabelos envelhecidos, os entalhes do crânio demarcados sob a pele, como se houvesse se esvaído o que se guardava entre os ossos e a superfície da epiderme. Estava perto demais da morte e não podia morrer, pois isso seria também trespassar a existência ainda possível de Felipe. Aquele reflexo iniciou uma necessidade de recuperação. Havia evitado se fechar no colégio, mas havia afundado pouco a pouco na clausura do próprio quarto. Então, saiu de casa e — como em tudo mais — caiu no fracasso ao tentar ser professora de novo. Foi insuportável ver tantos meninos e meninas com aquele uniforme, idêntico ao que Felipe usava todos os dias. Ouvi-las gritarem: "Mamãe, mamãe!", na saída da escola; chamados que a faziam virar-se para olhar, o corpo atravessado por uma labareda gélida. Só os filhos dos outros voltavam às famílias.

Ela chega à secretaria, apresenta-se às funcionárias que ainda não a conheciam. Uma delas informa Sandra da chegada da professora nova. A diretora vem ao seu encontro, para conduzi-la à sala de aula; no caminho, mostra outras partes do prédio. "Qual é a sensação de voltar?", pergunta quando se veem a sós. "É boa", Ângela engasga com a própria saliva e tosse. Quer pensar nesse trabalho como um passo adiante, não uma volta.

O mar agitado de vozes e risos agudos das crianças ressoa pelos corredores. É um som atemporal, que, renovado de geração a geração, perpassa o ar de forma idêntica ao de outros tempos. De alguma maneira, é como se fossem sempre as mesmas crianças a circularem. E se alguma delas chamasse pela mãe? Ângela sentiria de novo o fisgar daquele ferrão de esperança? Ela teme entrar de vez no corredor e naufragar no mar de vozes. Mas não é comum crianças chamarem pela mãe ou pelo pai no interior da escola, nenhuma faz isso no momento. As falas delas somam-se em uma nuvem isenta de significados. O que causa calafrio em Ângela é a visão de um garoto que passa por ela e, dadas as costas, corre à frente para longe: as perninhas atiradas para trás a cada passo, os pés quase a baterem nas costas; os braços agitados de forma exagerada, a cabeça balançando para os lados e os cabelinhos loiros agitados como penugem de um frágil filhote. Ela se petrifica por um instante, Sandra pergunta se está tudo bem. "Acho que tive uma pequena tontura. Passou", avisa ao reabrir os olhos, como se acordasse de um sonho repentino. Volta a caminhar.

Os uniformes têm cores diferentes aqui, felizmente. Nas mochilas, estampam-se ou oscilam, em forma de pingentes, figuras de super-heróis, princesas e bichinhos. Ela desconhece a maioria das personagens. E mal sabe como lidar com a presença, agora predominante, de celulares e aparelhos do tipo, cujas telas entretêm muitos dos meninos e meninas. "Parece que até o jeito deles de pensar mudou, sabe? Têm, ao mesmo tempo, uma individualidade mais desenvolvida, uma necessidade de voz própria, mas, por outro lado, os comportamentos ficaram meio padronizados." Elas seguem em frente, passam por uma sala diante da qual um garoto chora, agarrado à mãe, por não querer ser deixado ali. Sandra se agacha em frente a ele, convence-o de que será bom ficar na escola e, caso não for, podem chamar a mãe dele de volta. O garoto, com muito custo, é convencido, afinal. A diretora se ergue, continua a caminhar com Ângela. "Algumas coisas nunca mudam."

Chegam à sala da turma dela. A nova professora se detém antes de entrar, olha no mural ao lado da porta os cartazes feitos pelos alunos. Nas cartolinas coloridas, fotos impressas dividem espaço com lantejoulas e frases escritas a canetinhas. Repetem mensagens sobre cuidados com o meio ambiente e com o uso da água, em caligrafias e discursos carregados de ingenuidade, como se salvar o mundo fosse algo muito simples. Sandra diz que são do ano passado, esses trabalhos. "Eles ainda fazem cartazes assim? Achei que seria tudo no computador hoje." A diretora sorri. "Em geral, pegam as imagens da internet, mas o resto continua igual. Foi o que eu disse: algumas coisas nunca mudam."

Algumas coisas nunca mudam. A turma de Felipe fez cartazes muito similares a esses, com ajuda de outras professoras, para prestar homenagens e solidariedade ao colega perdido. Ângela apreciou o gesto a princípio, mas detestou ver todas aquelas folhas ainda presas ao mural da escola, quando retornou no semestre seguinte. A turma havia passado de ano, o filho dela continuava desaparecido e aquelas imagens, em vez de pedidos de ajuda passíveis de serem atendidos, assemelhavam-se, então, a um memorial precário. Ultrapassado, até. E a procura por Felipe, naquele momento, deveria ser urgente, vívida, não anacrônica. Naqueles trabalhos escolares, ela viu a esperança de o menino ser encontrado como algo de uma ingenuidade tão pueril, que era como essa crença de que para salvar o mundo basta não fazer a maldade de desmatar florestas ou de poluir mananciais. Para ela, a recuperação de Felipe era o modo de salvar o mundo.

"Vamos?", Sandra chama Ângela de volta. Entram na sala de aula, as crianças brincam e conversam. A diretora pede que se sentem nas suas carteiras, apresenta a nova professora e pede que a cumprimentem. O coro dos pequenos responde em uníssono, com demoras exageradas nas vogais das sílabas tônicas: "Bom dia, tia Ângela." Algumas coisas nunca mudam. Poucas orientações depois, a diretora a deixa a sós com eles. Ângela conversa um pouco, diz que fará a chamada, com o intuito, também, de aprender o nome de cada um. Toma a lista de presença em ordem alfabética, corre o olhar até o meio da página, onde, pela sequência há um Henrique logo em seguida a uma Daniela. Nenhum Felipe, por sorte. Ou não foi sorte, Sandra teve esse cuidado na hora de distribuir as classes? Da outra vez, nem sequer orientaram os alunos a deixarem-na em paz; um garoto puxou a barra da blusa dela, no corredor, para perguntar: "Tia, é verdade que foi o homem do saco que levou o Felipe?" Havia sido da turma dele, contou que o pai disse que seria roubado da mesma forma, caso se comportasse mal. E havia quebrado, sem querer, um dos carros em miniatura da coleção do pai. Começou a chorar enquanto narrava o episódio. Ângela o abraçou e chorou também. Disse que não, ele não seria raptado. "Só aconteceu com o Felipe, meu anjo."

Diferente daquela manhã longínqua, a de hoje transcorre com mais tranquilidade. Na sala de aula, as crianças de seis e sete anos fazem com que o mundo pareça ter a mesma idade delas, começado só quando elas passaram a existir. As guerras dos séculos e das décadas anteriores, a chegada do homem à lua, a ditadura militar, tudo isso capaz de ter o caráter de fábulas, pertencentes a outro universo. A tragédia de Ângela tornada inaudita. E tamanha indiferença à história dela e do filho, pela primeira vez, não a perturba: é preciso que as tristezas esvaneçam em algum momento. Faltaria lugar para todas no mundo, se permanecessem.

O sinal de término das aulas soa, Ângela está com tudo preparado para sair da sala, com os alunos em fila. Correu tudo bem, incrível. Ao se aproximar da rua na saída, ela se sente muito satisfeita por perceber que pode, sim, continuar no trabalho. Atravessa o portão, vê os carros outra vez na formação de ciranda atravancada. Mais calma agora, observa os pais que vêm buscar os filhos: a média de idade deve ser em torno dos trinta e poucos anos ou perto dos quarenta. Talvez algum desses adultos tenha feito parte da turma de Felipe. Será que a reconheceriam? Se alguém a chamasse nesse momento, para identificar-se como um deles e cumprimentá-la, Ângela nem saberia o que dizer. Ou o que representaria tal encontro, em termos de significância.

Ninguém a chama, no entanto. Algumas coisas nunca mudam. Há, sim, os incontáveis gritos de "Mamãe, mamãe" a cercá-la, mas tem consciência de não serem para ela. Seu filho se foi; se estivesse vivo, seria alguém próximo a esses poucos homens que buscam alguma criança, não às crianças que gritam para ganhar a atenção deles. Em Ângela, não se apresentam mais os reflexos atiçados por chamados às mães. E é bom que seja diferente daquela outra vez, quando se voltava a todas as convocações. Além dos sustos e das frustrações reiteradas, outro horror a tomou no mesmo ensejo: o de se achar menos detentora de maternidade do que antes, por ter perdido não só o filho, mas também a capacidade de discernir a voz dele das de outras crianças. Via essa capacidade como um condão exclusivo de quem era mãe.

Certo dia, ao voltar da escola, Ângela passa direto pela própria casa e segue em frente, sem perceber já ter chegado a seu destino. É como se esquecesse, por um lapso, do portão substituído pelo modelo maciço, similar aos dos vizinhos, e o muro amoldado a ele, que obstruiu por completo a visão da casa para quem a olha da rua. Dá ré com o carro, volta até o próprio endereço. A arquitetura, de formas retas e rigorosamente geométricas, inspira em Ângela a imagem de uma caixa tampada. Antes, havia dito ao marido que a casa deles se assemelhava a um mausoléu; agora, a construção a lembra o gaveteiro de um cemitério: bloco branco e simétrico, no qual se perde de vista a história particular de cada família.

Após a conclusão das obras, sem mais trabalhadores ou intervenções, a casa mergulha em um silêncio mais fundo. Poderia ser mera impressão, por contraste às movimentações e aos golpes anteriores, Ângela pensa. Continua a passar a maior parte do tempo na cozinha, dedicada ao preparo das aulas. Os outros espaços do sobrado voltaram a ser acessíveis, mas ela não se habitua a nenhum deles. Sua casa era a outra. As batidas dos ponteiros no relógio da parede atravessam a tarde, um coração a pulsar solitário. O trabalho com as aulas não demanda muito.

Ângela vai para a suíte; se havia desejado se livrar das antigas rotinas do luto, agora sente que não há mesmo onde realocá-las. O que ela fazia antes, das tantas horas vazias? Liga um filme na televisão. Em determinada cena, dois homens discutem dentro de um escritório. Gritam um com o outro sobre o plano que falhou, ela tenta entender do que se trata. Toca a campainha de um telefone na mesa entre eles, repetidas vezes, mas ninguém se altera na discussão. Então, ela escuta alguém bater palmas na rua e se dá conta: não eram do filme os sons, eram do interfone recém-instalado na casa, acionado por visitantes pela primeira vez. É para ela o chamado. Desce as escadas e vai para a sala, ver quem chegou e anunciar a presença dela. Abre a persiana e se depara com o portão maciço, que agora impede o contato visual entre quem está dentro da casa e fora. Só grita que já vai, nem sabe se pode ser ouvida. Procura pelo controle remoto, que ainda não prendeu ao chaveiro, custa a encontrá-lo. Quanta dificuldade para abrir a casa e sair.

Ela perde um pouco da cautela, disponibiliza o acesso antes de saber de quem se tratava. A mulher na calçada se apresenta como corretora, diz que trouxe consigo aquele senhor, seu Vicente, agendado para conhecer o imóvel. Ângela cumprimenta os dois, havia confundido o dia da visita, e os acompanha até a sala, diz-lhes que fiquem à vontade. O homem demonstra, desde o início da visita, bastante simpatia, provoca identificação entre os dois. Talvez seja apenas por pertencerem à mesma geração, ou por alguma afinidade a mais, das que ficam sem explicação. Eles conversam sobre as reformas, Ângela pergunta se a casa é só para ele. Quando percebe, já os acompanha pelo circuito entre os cômodos, em vez de se esconder na área de serviço. "Na verdade, minha filha vai voltar a morar comigo alguns dias da semana. Ela estava fora, mas passou em um concurso na universidade aqui. Vai se dividir entre o trabalho e a cidade onde tem casa com o marido. Ele é concursado lá também. Por um tempo, vão ficar assim." Seu Vicente conta quase toda a história dele, diz que também já morou com a família em um sobrado. Após a partida dos filhos, ficaram só ele e a esposa no lugar que já lhes parecia grande demais. Por fim, ela foi diagnosticada com câncer e faleceu há alguns anos. "Ficou impossível continuar na mesma casa." Ângela pousa a mão sobre o ombro dele, diz que sente muito. De súbito retira o toque, considera-se invasiva. Seu Vicente responde estar tudo bem, agradece. "Eu via a falta dela em tudo. Na mesa onde não se sentava comigo, nos corredores em que nunca aparecia, no silêncio que ficava igual a uma sombra do que seriam os hábitos dela. Passei a dormir no quarto que era do meu filho, porque não conseguia mais ficar na nossa cama. E eu esperava ela abrir a porta a qualquer momento, como se fosse chegar de volta. Tinha até alucinações, sabe? Escutava o tilintar das chaves dela perto da entrada, como acontecia antigamente. Como aconteceu por tanto tempo, não é?", fala com Ângela com os modos de quem a conhecia há muito. "Foram meus filhos que guardaram as coisas dela. Eu não conseguia tirar nada do lugar." A mulher se identifica, ainda assim não conta sobre o filho desaparecido.

"Eu confesso que preferia alguma coisa menor, mas a localização aqui é ótima para a gente. E a casa está muito bonita", seu Vicente diz pouco depois, enquanto vê a parte térrea. Antes de saírem dos fundos da casa, o possível comprador comenta que tinha o mesmo piso de cacos avermelhados no sobrado dele. Agrada-o a mescla de renovação e familiaridade. A mansidão dele lembra as maneiras de Otávio. Na volta à sala, Ângela percebe que ele demora um pouco o olhar nos porta-retratos recolocados no armário. Tem a impressão de que perguntará sobre o menino tão reiterado nas fotografias, mas sempre nos primeiros anos da infância. Nada é dito por seu Vicente. Ele é o primeiro visitante de quem Ângela guarda o nome.

A corretora lembra que há dois dormitórios no andar de cima. Um deles, uma suíte. Ângela percebe a deixa para sair de perto, mas sobe as escadas com os dois. Será incômodo mostrar aquela parte da casa, ainda que a conversa sobre a esposa falecida tenha causado alguma proximidade com seu Vicente. Mas as mortes que cada um carrega consigo não se comunicam de todo com as dos outros; além do mais, no caso dela, não houve morte que, consumada, colocasse um ponto final à história. Embora as chaves ainda a tilintarem nos ouvidos dele mostrem que mesmo o ponto final do falecimento não encerra tudo.

Vão primeiro à suíte, depois ao banheiro social no corredor e, por fim, resta só o quarto que era de Felipe. Ângela quase se detém, como se o tempo pudesse ser estancado junto ao passo dela. Com os outros possíveis compradores, esse momento era incômodo por ser uma invasão alheia; dessa vez, o que a abate é uma vergonha própria. Tem impressão de expor uma incapacidade quanto ao luto, que provavelmente seu Vicente poderá reconhecer, linguagem que ele compreende. "Posso?", ele pergunta a Ângela, enquanto estende a mão à porta fechada. A mulher se entristece, por achar que esse seria o morador ideal para a casa e, ao mesmo tempo, prever que ele se desagradará com a ferida ainda não cicatrizada no sobrado. Ela diz: "Sim."

O homem abre a porta, acende a luz, expõe o refúgio de uma infância arcaica, de um tempo que não deveria ter perdurado dessa maneira. É provável que alguns desses brinquedos, ou objetos, sejam reconhecíveis a seu Vicente, por conta dos filhos dele terem crescido à mesma época. Ela se vê constrangida, agora, ao mostrar-se ainda agarrada ao quarto do filho, como se o segurasse pela mão, para nunca mais soltar.

"A gente não mexeu aí, por enquanto. Ainda. Mas, bom, o material para reformar está comprado. É só fazer. Está guardado lá nos fundos. É que, enfim. Se o senhor for mesmo, ou, bem, quem vier para cá", a mulher tenta fornecer alguma explicação, mas as palavras se perdem, à fuga do que explicariam. Seu Vicente, pela primeira vez, observa um pedaço da casa sem tecer comentário. A vergonha de Ângela se agrava. O que ela poderia dizer sobre essa espécie de cais abandonado dentro do lar? Apenas pressente que o elo frágil, estabelecido entre os dois, não resistirá ao impacto que esse quarto, feito uma assombração, impõe. "Bom, eu comecei a ver agora, temos outras casas ainda para visitar, mas qualquer coisa entramos em contato" — ele irá dizer, ou algo parecido, como todos os outros que se afugentam nesse ponto. Conforme continua parado, no limiar da porta, em silêncio, Ângela se enerva. Seria melhor que fosse embora logo, então, com aquela rejeição mal disfarçada dos clientes de sempre. "Vá de uma vez", ela pensa, como se sussurrasse ao homem.

Os lábios dele finalmente descolam um do outro. Ele inspira o ar de forma profunda, semelhante ao impulso de quem se prepara para uma pergunta importante. Ângela volta-se a ele, pronta para assumir em voz alta a dor inconclusa. Quase escuta as interrogações por serem feitas, como se ouvisse o tilintar alucinatório de chaves que nunca vão abrir nenhuma porta. Seu

Vicente, em silêncio ainda, estende o braço, direciona a esse gesto o fôlego tomado antes. Alcança o interruptor e apaga a luz do quarto, retorna-o à escuridão anterior. Depois, puxa a porta em um movimento muito cuidadoso, até encostá-la sem nenhum ruído. Fecha o quarto da criança como se zelasse por um sono delicado ali, que não quer perturbar.

A proposta formal de seu Vicente, para compra da casa, chega poucos dias depois. Otávio conta a Ângela ter recebido e-mail da corretora, com negociação do valor, pouco abaixo do pedido, e, por conta da urgência em receber a filha, o pedido pela liberação do imóvel em breve. O cliente também mostra total disposição a cuidar das obras no dormitório por fazer. O casal conversa, entra em acordo para aceitarem. Ângela mal assimila que em um mês estará fora daqui, em definitivo. Os toques dos ponteiros do relógio na parede marcam uma contagem regressiva.

O jantar se encerra com o prato de Ângela quase intocado. Ela atravessa a casa e percebe que já não há mais tanto adeus a ser dado; essas paredes e revestimentos, como páginas em branco, não têm marcas aparentes dela mesma. Os objetos de decoração, bem como outros pertences, voltariam às caixas de papelão sem muita dificuldade, depois do primeiro ensaio. Está tudo próximo da prontidão, menos ela. O quarto que era de Felipe dispensado de obras. Conseguiria mesmo deixá-lo para trás e seguir adiante? Ângela sente-se como um barco que só se mantém pela âncora; afundaria caso a soltasse.

Ao longo dos dias e semanas seguintes, apressam-se para finalizar os procedimentos da mudança; assinam o contrato de venda da casa e pesquisam apartamentos que nunca satisfazem Ângela. Enquanto dá aulas de manhã, ela concilia a procura frustrada com horários livres à tarde. Em meio a uma das visitas com corretores, agora do lado oposto da transação, o celular dela toca na bolsa. É Dora; coloca no modo silencioso e deixa para retornar a ligação depois. Continua a vibrar o aparelho, muitas vezes. Ângela apressa a saída do prédio, entra no carro e telefona para a presidenta do Mães em Busca. Torce para que seja o aceite do desligamento dela, com os últimos acertos a serem feitos. Quem sabe a nova versão do calendário confeccionada, sem a imagem de Felipe. Tamanha insistência de Dora não chama atenção em especial, costuma ser mesmo o jeito dela.

"Ângela? Tentei te ligar tanto", soa fora do usual a afobação, mesmo para Dora. Então, as palavras seguintes são ainda mais incisivas; despedaçam as possibilidades de calendários no pensamento de Ângela. Ela fica petrificada ao ouvir; o formigamento atravessa veloz o escuro sob a pele e persiste. Nervos adormecidos se acendem em nova polvorosa, os vidros do carro poderiam se estilhaçar e romper, em frente às ondas de choque com a notícia. Ângela desliga o telefone em um reflexo impensado. Mesmo depois de interrompida a chamada, a frase anterior de Dora continua a girar em espirais dentro da cabeça: "Nós soubemos de um homem em um albergue, Ângela, e achamos que pode ser Felipe. O seu filho."

Dezenas, centenas, ou, mais provavelmente, milhares de vezes ela se imaginou nessa situação. Não é uma novidade por inteiro que alguém a diga: acho que o encontramos. O diferencial é acontecer depois da renúncia. Antes de assumi-la, Ângela se dedicou a fantasiar, das mais variadas formas, como seria recusar convocações desse tipo. Telefonemas ou e-mails de Dora, visitas de policiais à casa dela e de Otávio, matérias e espetáculos de televisão, mensagens anônimas pelo site ou por carta, até mesmo o surgimento repentino de algum homem que dissesse: "Eu sou Felipe." Todas essas cenas haviam sido formuladas e confrontadas em pensamento, como uma espécie de treino que Ângela acreditava ser necessário, mas nunca ter colocado à prova. Agora se dá conta de que, dentre os exemplos hipotéticos, alguns poderiam ser recusados sem dificuldades paralisantes, em especial as propostas midiáticas; outros, como o surgimento de um homem que dissesse aquela frase terrível, tiveram de ser rechaçados como impossíveis desde muito antes. Não haveria renúncia se perdurassem ainda todas as teorias do que poderia acontecer. Um telefonema de Dora, como esse, estaria no meio do espectro, dentre todas as recusas. Porém, sua realização o eleva na escala, a ponto de se tornar, de repente, irrecusável. Mas será assim, então, a renúncia? Esse fingimento débil, que recua à primeira provação, para cair de novo no fanatismo da esperança? Você sabe, Ângela, que precisa dizer não. Em algum momento, terá de fazê-lo, se quiser se dar o grande sim. Tão diferente o *saber* e o *sentir*, quando diante somente da hipótese ou diante da experiência. Calma; mesmo o anúncio de Dora, real, trata-se de uma suposição. Esse homem no albergue não deve ser Felipe. Não pode ser. Diga não, você também, Ângela, como a vida tanto lhe fez.

Basta ligar de volta para Dora, abdicar da checagem. Reafirmar que nunca mais a telefonem com algo do gênero. Mas como se firmar na irreversibilidade da perda, quando alguém de confiança anuncia sua iminente reversão? Só há uma maneira de a ausência de uma pessoa ser irremediável e, embora tenha pensado muito a respeito, é difícil para Ângela encarar tal possibilidade, ainda que lhe pareça necessária, de alguma forma. É esperado que mães gerem a vida, ao terem filhos, não o oposto. Deveria dar a morte a Felipe?

Ela pensa em tudo que já foi feito: as reformas na casa, a venda do imóvel, as conversas com pessoas próximas, o anúncio aos vizinhos, o pedido de desligamento da associação, a retomada do trabalho, as emoções vividas. De novo, o muito que já foi realizado parece reduzido a nada, quando posto diante do vulto do filho. Mas essa mitomania tem de acabar. E, de repente, percebe que entra em conflito mais com as próprias motivações do que com a demanda absoluta que sempre foi o menino dela. Ou apenas se faz muitas perguntas porque evita a fundamental: vai ao encontro do homem tido como um possível Felipe? Um Felipe possível.

Se for até ele, descreditará a própria renúncia, ela sabe. Ninguém confiará mais que encerrou a história, se ao menor teste tudo é posto de lado. Dora jamais aceitaria remover o cadastro dela e do filho, depois de uma atitude desse tipo. E teria razão. Ficará difícil defender a própria escolha, quando todos a olharão como se dissessem, mesmo em silêncio: "Isso é só enquanto ninguém diz que ele pode ser encontrado. Nada mudou, na verdade." Não, as coisas têm de haver mudado. Precisa se tornar capaz de eliminar por completo a crença na proximidade de seu filho, acatar a irreversibilidade da perda. Ela odeia Dora por um instante; é como se fosse uma rival a desafiá-la, ou um demônio a tentá-la, só para vê-la cair. Mas, e se realmente for Felipe, se estiverem prestes a concluir mais uma história das quais se diz depois: "Aconteceu quando eu estava prestes a dar fim a tudo." Ângela imagina manchetes de jornais e de sites da internet, nas quais se marcariam essas palavras que ela ainda não disse.

Que se dane: ela poderia checar aquele homem no albergue e, em vez de considerar uma fraqueza o ato de ter se disposto a vê-lo, usar a não correspondência como confirmação de que devem mesmo cessar essas iniciativas. "É por isso que não quero mais, Dora. Nunca é Felipe", dirá com assertividade à presidenta do Mães em Busca. Um encerramento a mais no encerramento o confirma ou o renega? Que se danem todas essas noções, inclusive. O que é o próprio orgulho, ou as ideias que farão a respeito dela, quando há algo muito mais importante em questão? Depois de tudo que passou nas últimas décadas, depois das coisas às quais se submeteu em nome do filho, isso não é nada. Não há dano que possam infligir a ela pior do que tudo o que já lhe atingiu. No papel de mãe, ela pensa, mas logo se detém: ainda é mãe? Poderia escolher não ser? Trata-se de uma escolha que afeta não só a si mesma, mas também, pelo menos, ao homem no albergue. Se for Felipe e não o buscar, a orfandade dele, constituída de pais vivos, será renovada, provavelmente até o fim da vida. O que a repele e a impede é só aquele antigo repúdio, pela ideia de um estranho ocupar o lugar do filho? Não, não é isso.

Além do homem desconhecido, há outro que pode ser afetado pela escolha. E talvez a ajude com o dilema. Ângela pega o telefone, seleciona o contato do marido. O que lhe dirá? E de que forma? Não vai gritar, com aquela euforia perturbada de tantas vezes no passado; não tem mais aquela crença na conclusão da frase: "Disseram que pode ser o Felipe." Por outro lado, teme falar ao pai que talvez o filho dele esteja por perto, mas ela está em dúvida se deve ir lá ou não. Parece monstruoso dizer algo assim. Ela abre os vidros do carro, claustrofóbica consigo mesma. Não há nenhuma luz a pulsar na esperança, ela percebe com clareza não ser mais a mesma mulher. A família não será restaurada. Ainda que fosse ele...

...Não; se for mesmo ele, tudo aquilo que pensou antes — sobre ter se tornado um homem estranho e intocável — pode ser repensado. Pode ser Felipe, o verdadeiro Felipe a esperá-la, não aquela distorção do envelhecimento digital. Aquilo foi a mentira, aquela imagem o alvo mais adequado à descrença. Precisaria pôr o encontro à prova, para ver se não há mesmo nada remanescente no elo entre mãe e filho, um reconhecimento inexplicável dos traços duradouros, dos alicerces invisíveis da criação e do amor que puderam compartilhar e nunca foram perdidos. Uma sombra de si mesma também carregada pelo homem que Felipe haveria se tornado, espelho no qual ela reconheceria a própria maternidade. Erguem-se de novo nela, feito ondas a rebentarem em seu coração, os antigos sonhos: ela, Otávio e o filho diante de dezenas de câmeras e microfones, em relatos emocionados sobre o reencontro. Todas as emissoras de televisão e rádio a transmitirem a notícia; as lágrimas, as alegrias e celebrações de todo mundo por aquele pequeno milagre.

Abra os olhos, Ângela: mesmo diante de uma chance remota, quase impossível, você cogita ir ao encontro de um indigente, mas fantasia aquele menino imaculado, um Peter Pan como o das cortinas no quarto dele. Esse homem no abrigo não pode ser Felipe. Mas, caso não vá vê-lo, esse momento já não está estabelecido como uma vivência impossível de ser apagada? Já não está condenada a perguntar-se, depois, o que aconteceria se tivesse checado? Mesmo o que não foi vivido pode ser uma experiência, ela sabe disso melhor do que ninguém. Dora insistirá enquanto ela se recusar, pode até conseguir que o homem procure Ângela, como uma montanha que vai a Maomé. Talvez pudesse esperar até que isso acontecesse, então. Mas e se o homem desabrigado sumir, sem deixar pistas? Não seria incomum. Ela aperta o botão para falar com Otávio.

"O que aconteceu? Por que essa voz?", ele diz, mal ela pergunta se podem conversar. Então, conta sobre a fala de Dora. O silêncio de Otávio, do outro lado da linha, tem o formato de um ponto de interrogação voltado para Ângela. A responsabilidade da resposta de novo com ela. "Não sei se devo ir lá." O tom do marido é o de alguém ultrajado: "Como não?", fala em um sobressalto. Logo em seguida, como se demorasse a ter compreendido, ou se afastasse ainda mais da compreensão, ele prossegue: "Eu sei que teve a sua decisão, a nossa decisão, e é importante. Mas e se for ele mesmo? Não é porque a gente fez uma escolha, uma promessa, não sei, que isso tem que passar por cima de tudo." Ângela tem vontade de dizer que precisa justamente passar por cima, ou por fora, dessas iniciativas; sair de baixo delas ou da sombra vasta que projetam. "Não é ele, Otávio. Você e eu sabemos que não é." O marido se recusa a aceitar. "Como assim, sabemos? A gente não sabe nada. Eu, pelo menos, não sei. Não fale por mim, desse jeito, porque eu não sei se é nosso filho." Ele questiona, cada vez mais exaltado, se o homem está com Dora, se continua no albergue. Diz que vai com Ângela até lá, só precisa de dez minutos para resolver algo no trabalho. Ela responde não saber, mal ouviu o que Dora falou, acometida de uma espécie de catatonia. Reitera que deveriam pensar melhor, juntos, antes de decidirem. O homem é categórico: "Temos que vê-lo. Se você não for, eu vou."

A assertividade dele tem algum efeito sobre ela. Não se trata de submeter-se à vontade do marido, conjectura consigo própria; o mais provável é ter feito da resposta dele uma espécie de álibi para a própria vontade. Como se quisesse, no fundo, que algo a colocasse na obrigação de fazer algo desejado, porém proibitivo segundo um código estabelecido. Segundo as leis da própria renúncia. Ângela diz que irá. Orienta Otávio a ficar no trabalho; se for algo digno de melhor averiguação, ela o chama. Ele ainda insiste em irem juntos. "Eu preciso fazer isso, pode deixar", a mulher responde e depois se despedem. Ela telefona de volta para Dora, avisa que está a caminho.

Na sede do Mães em Busca, repara na sala de Suzana, vazia. Dora sai do escritório dela, passa o braço às costas de Ângela, conduz ambas ao corredor externo, onde ficam os elevadores do prédio comercial. Fecha a porta atrás delas, Ângela mal consegue formular uma pergunta sobre a ausência da psicóloga. Dora diz que Suzana saiu de férias, emenda explicações sobre o suspeito de ser Felipe. O abrigo onde ele está fica perto, podem ir a pé. Ângela estranha o ar de clandestinidade nos gestos e nas falas de Dora, sempre tão cerimoniosa. Ela se explica como se lesse o pensamento alheio: "Você sabe, querida, esse não é o procedimento normal. Eu esperaria alguma evidência a mais, antes de falar com você. Mas, em consideração à nossa história juntas e a essa decisão, que infelizmente você queria tomar, achei por bem te comunicar o quanto antes." Ângela pergunta quais indicações há de que poderia se tratar de Felipe. Dora se esquece de apertar o botão para chamar o elevador, atenta-se a explicar que, além das similaridades com o retrato de envelhecimento — tendo em conta, claro, a margem de erro —, a conversa tida com o homem causou-lhe uma forte impressão. "Ele falou que se perdeu da família quando era muito novo. E que sempre morou nessa região, nunca saiu do estado." Não é isso o que tantos outros dizem? Nada é muito extraordinário quando se chega perto demais da realidade. "Você acredita mesmo que é ele?", a possível mãe questiona e chama o elevador, afinal. "Olha, querida, é justamente isso que eu gostaria de conversar com você, antes de a gente chegar lá. Eu não posso te dar certeza que é, ou não, Felipe. Nunca vou poder. O mais importante, o que eu acho que essa descoberta vem mostrar, é que a gente não pode desistir. Nunca. Você vê? Depois de tantos anos, aparece assim, do nada, uma nova chance. Por isso a gente tem que se manter perseverante. O que não pode se perder é a esperança", ela sempre pronuncia o lema do grupo com uma entonação diferenciada. As portas do elevador se abrem.

Enquanto se deslocam ao térreo, Ângela sente falta de ar na caixa tão pequena, antiga. A respiração perde compasso entre inalar e exalar, entre as paredes na qual se enclausura o oxigênio a ser partilhado com Dora. O formigamento sobe em grau, contrário à descida pelos andares. Finalmente, as portas pantográficas se abrem de novo, as duas saem do prédio. Chegam rápido ao albergue, uma recepcionista as atende na sala principal da casa adaptada. Na parede atrás do balcão, um cartaz do Mães em Busca. Ainda o retrato de Felipe em destaque, junto ao do envelhecimento digital. Ângela pensa na iminência de encontrar esse homem mal traçado; um fantasma a encarnar em outro corpo. "Ele é mais magro. E o rosto é um pouco diferente", Dora aponta o dedo ao mesmo cartaz, como se realizasse o acabamento daquela imagem.

"Essa é a amiga de quem falei, a que viria ver o rapaz do quarto sete." A atendente dá sinais de entendimento, pede que as duas a acompanhem. Segue com elas por parte do corredor, então indica a porta à distância, diz que podem bater, ele já havia sido avisado. Está sozinho. Dora toma as mãos de Ângela, diz que ela também deve seguir só, a partir dali. "E lembre-se: não importa o que aconteça hoje, você não pode desistir. Eu acho que é um sinal, meu anjo. Um sinal de que você deve ter persistência. Imagina se acontece uma coisa dessas e você não é avisada? Ia perder a chance. A chance que, você sabe, é a que todas nós mais desejamos."

Ela atravessa o corredor. Observa os números crescentes nas portas, como uma contagem regressiva cujo vetor se inverte junto ao rumo dela. Chega ao batente onde estão presos os algarismos metálicos zero e sete, corroídos por ferrugem. O ar que Ângela respira parece não tocar os pulmões, como se ela ou a atmosfera ao redor estivessem mortas. Do quarto sete tampouco provêm sinais vitais. A mulher não consegue dar seguimento a nenhum gesto, diante da porta fechada. Teriam mesmo as correntes do tempo desaguado aqui? O filho a tão poucos metros, separado apenas por essa tênue divisa de madeira. Tantos anos, mais de três décadas, com o quarto de Felipe preservado no ventre da casa, para o refúgio final poder estar nessa outra acomodação, tão estranha quanto o homem que a habita. Ângela inspira fundo, toma fôlego, e então dá impulso ao gesto: três leves batidas à porta. Toques que poderiam ser como a prestidigitação de um mágico; a remoção do transe no qual o tempo caiu. A voz masculina emana de dentro do dormitório, em resposta; o corpo inteiro da mulher vibra em ressonância, ao ser tangido pelo sopro oculto. Das mil faces que o homem fora de sua vista poderia ter, restam na imaginação agitada de Ângela apenas algumas, as que poderiam corresponder a essa voz fragilizada, que diz: "Entre."

A porta é aberta com gestos, mais do que cuidadosos, amedrontados. O interior do quarto se desvenda lentamente: chão de tacos de madeira descascados, um beliche vazio no canto esquerdo, a janela que banha de luz enviesada o dormitório. Aos olhos de Ângela, desenha-se no sentido contrário a sombra do homem; estende-se do pouco que ela revela à porta, inicialmente, até alcançar os pés dele, afinal à mostra, bem como o restante do corpo. Um corpo envergado à cama de baixo do outro beliche, coberto por roupas deterioradas. Os braços e o tronco envoltos por um casaco, mesmo no calor. Ângela se detém, antes de empurrar a porta até o ponto onde daria para ver o rosto dele.

Ainda que não se volte à mulher que o visita, são perceptíveis as semelhanças com o retrato do envelhecimento digital. A barba é quase idêntica. Mas são justamente similaridades com o que ela acreditava diferenciar aquela imagem da do filho. Ainda à espera de algo que não sabe o que seria, ela adia a entrada de vez no quarto. Haveria alguma anunciação, algum sinal de que esse momento extrapola a vida ordinária? De certa forma, a sensação é de invadir a privacidade desse homem, ainda que ele tenha dito para ela entrar. Um morador de rua sente ter privacidade? Ângela detesta o desconhecimento que ainda tem, a ponto de pensar em uma pergunta como essa, que talvez seja totalmente indevida. Gostaria que uma reação qualquer — do homem, dela mesma ou do mundo que os cerca, indiferente — instaurasse algum significado maior a esse encontro.

O homem, no entanto, mantém-se inerte. Parece conformado por completo à invisibilidade, ao fato de que alguém passar perto dele não pressupõe interação. Se algo há de acontecer, terá de partir dela. Aproxima-se do leito que o acomoda, pede licença para se sentar ao lado dele. O colchão parece prestes a se esfarelar, quando ela coloca o peso sobre ele. A situação do homem se mostra ainda mais deplorável: restam odores e sujeiras, ferimentos, que resistem ao provável banho recebido no albergue. E, por ser a casa de si mesmo, ele continua a vestir todas as roupas que possui. Tem até um cachecol, o que impede a mulher de ver o pescoço dele.

"Oi. Eu sou a Ângela. Qual é seu nome?", ela inicia. "Tenho nome não, dona", o homem responde, quase delirante. Ela diz que todos têm um nome, talvez ele apenas esqueceu o dele. Como o chamam, então? "Ah, o pessoal só me chama de Ferida", revela o apelido, que Ângela repete em pensamento. O susto ao perceber as semelhanças: seis letras, três sílabas bastante parecidas, a tônica na do meio, o início com "Fe". A mesma melodia ao falar: Ferida, Felipe. Seria uma corruptela do nome original, signo correspondente à degradação que acompanhou o menino perdido até esse destino na mendicância?

Continuam as perguntas da mulher, sobre os lugares de onde ele veio, por onde passou. Sobre familiares ou conhecidos. Conforme Dora havia dito, ele alega ser da cidade, nunca ter saído daqui. Não tem família, sequer se lembra do pai. "Da minha mãe lembro um pouco. Parece com ela, a senhora."

A pergunta que viria a seguir se desmonta no pensamento de Ângela.

Em meio à mudez, observa com atenção o homem à sua frente. Parece estar muito acima da casa dos trinta anos de idade, dos quarenta, talvez dos cinquenta. Comparado a Isa, por exemplo, ou a Marcelo, é outro aspecto etário. Mas Ângela sabe que o tempo pode talhar as feições das pessoas com intensidades muito diferentes, conforme as contingências da vida. O rosto riscado de fissuras, dentro do quarto vazio, mira outro vazio no quarto. Ela gostaria de poder remover de cima desse pobre homem todas as camadas que se sobrepuseram a quem ele é: as roupas gastas, as sujeiras, os ferimentos de toda ordem; estaria um possível Felipe soterrado sob tudo isso? E, em caso positivo, ainda restaria algo dele nos escombros de um adulto assim? Antes descrente, ela não consegue evitar agora o desejo, em parte cruel, de que a afirmação dele faça sentido: as semelhanças reconhecidas com a mãe. Calma, Ângela, mantenha o controle. Não se deixe influenciar por qualquer fala; lembre-se de todos os absurdos que já escutou de pessoas na mesma condição. Por vezes, são tão marginalizadas que caem para fora do senso de realidade, inclusive. Não seria a primeira vez, se houvesse a tentativa de outro dizer: "Eu sou Felipe." A possibilidade de ganhar abrigo, de ascender a uma vida mais confortável, poderia levar qualquer um nessa situação extrema a abdicar da própria identidade, do pouco que sobrou dela.

Por sua vez, ela deveria também evitar direcionamentos às falas dele. Seria fácil, como nos truques de farsantes do esoterismo, inserir respostas nas perguntas — e vice-versa — para que ambos, ao final, forjassem juntos um encontro espontâneo. Faltaram a Dora precauções quanto a conjecturas prematuras, mas Ângela não quer incorrer no mesmo avanço. Em parte, ainda prefere que não seja Felipe diante dela. Só é inconcebível colocar a si mesma tal verdade. Levar um estranho para uma casa onde não poderão ficar? Se pensasse de verdade na hipótese, buscaria de imediato provas de que esse homem é somente um desconhecido. Sempre haveria de ser.

"O que você lembra da sua mãe?", ela pergunta e ele balança a cabeça em negativas, diz que quase nada. "Mas você disse que ela se parecia comigo." O homem murmura ser verdade. "Um pouquinho." Ângela conhece esse tipo de diálogo, cuja falta de definições nas falas dificulta o colhimento, ou a permanência, de significados. Em meio aos contatos com desabrigados, enquanto tentava descobrir qualquer pista sobre Felipe, ela se deparou com muitas discussões labirínticas desse tipo. Circulou por ruas e ruas nas madrugadas, levava mantimentos e outras doações, para entregar às pessoas e conversar com elas. Muitos diziam ser perigoso, mas a mãe não tinha mais o que temer. Nenhuma madrugada seria de mais trevas, nenhum dano seria mais grave, quando o filho poderia estar em situação pior, à espera de resgate. Ela tem a sensação de ter aprendido um pouco desse outro idioma, a fala de quem não tem voz. Com palavras tão quebradiças, torna-se difícil saber o que tem validez. "Por que você se afastou da sua mãe?" Depois de dizer que foi por ela ter ficado longe, e de Ângela perguntar onde, da repetição de ter sido longe, e da busca por saber sobre a distância, ele alega se tratar de outra cidade. "Vocês moravam em outra cidade?" O homem, Ferida, balança a cabeça em afirmação. Nunca saiu da cidade, mas morava em outra cidade; como somar as falas dele?

Ângela suspira. A história de um desaparecimento tem sempre algo dessa contradição, entre se ausentar enquanto se permanece. Ferida e Felipe se foram e ainda se fazem presentes. "Outra mulher veio conversar com você ontem, não veio?" Ele confirma. Gesticula com a cabeça no mesmo sentido, quando perguntado se o nome dela é Dora. "Ela é parecida com a sua mãe, não é?" Ferida contrai um sorriso, de novo diz que sim. Impossível serem ambas parecidas com a mãe dele, quando seus aspectos físicos diferem tanto entre si. Ângela não tem vontade de sorrir junto; os sins e nãos dele são quase aleatórios, meros rebotes às perguntas, ou às formas como elas se apresentam. Seria a própria memória dele tão precária, a ponto de se alterar também, conforme o que é dito? Uma história pessoal criada no momento, para ser perdida logo em seguida. O caso desse homem, em específico, é dos mais comprometidos entre os que conheceu. Ela o observa, tenta compreendê-lo a partir do próprio olhar, mas é quase como se fossem animais de espécies distintas. Incomunicáveis em seus mistérios particulares. Não se trata unicamente do abismo social entre os dois; outros vazios os divisam. Ângela não sabe se há propósito em continuarem com as trocas de palavras. Tenta entrever, por entre as falhas na trama esgarçada do cachecol, o pescoço do homem. Não consegue.

"Você estava em uma galeria, aos cinco anos, quando se perdeu da sua mãe?" O indigente ergue a cabeça, como se buscasse em algum éter a resposta. "É, foi isso", diz afinal. Sorri. O vazio que o envolve não é o mesmo que a cerca. Ele confirmaria até mesmo absurdos se o perguntasse: Você foi embora da galeria em um barco? Sua mãe morou na galeria por um tempo? Uma nave espacial passou por vocês? É Felipe seu nome verdadeiro?

O que precisa mesmo fazer é conferir se há as três pequenas manchas claras no pescoço dele. As estrelas. Mas tantas vezes foi dito que elas poderiam sumir com o tempo. Só haveria a confirmação no caso de estarem presentes; caso não estejam, a negação continua ambígua. Ela toma coragem, afinal. Pede-lhe, por gentileza, que abaixe o cachecol. Ele estranha, dá os primeiros sinais de se sentir intimidado pela presença da mulher. "Tire o cachecol, por favor", ela dá mais ênfase ao pedido, quase tornado ordem. Ele obedece. Começa a desenrolar o pano frágil, que parece à iminência de esfarelar nas mãos dele. Ângela se adianta, na tentativa de ver o pedaço de pele que lhe importa. Mesmo após a remoção do cachecol, a gola do casaco ainda faz sombra. "Me dá licença?", ela pinça a lapela do agasalho com os dedos e a puxa, como uma página a ser virada. Então, vê. A náusea sobe amarga e rascante pela garganta, os órgãos internos da mulher em erupção vulcânica. Ela corre para fora do quarto.

Deveria ter mais consideração pelo homem que a recebeu, tratá-lo com dignidade e se despedir de forma adequada, mas nesse instante é incapaz de tanto. Já fora do quarto sete, ela bate a porta atrás de si com um golpe violento. Curva-se no corredor surdo, o corpo prestes a rebentar em um vômito febril e exasperador. Nada sai de dentro dela, ao fim.

Ela caminha, ainda ébria, pelo corredor, até alcançar o final. As mãos se apoiam nas paredes, o chão movediço sob os pés. Por que veio até aqui? Era do que precisava, ver em carne viva que tudo se perdeu, de um jeito ou de outro? Não lhe sai da cabeça aquela imagem, desvelada sob a gola e a sombra do casaco do estranho: a úlcera enorme, purulenta, que havia devorado quase toda a pele do pescoço; a ferida que talvez seja origem do nome daquele homem. Rasgo no corpo capaz de consumir qualquer mancha de nascença, de engolir todas as estrelas feito um buraco negro.

Ao chegar na recepção, é interceptada por Dora. O estado de alteração dela deve ser perceptível; ainda assim, a líder do Mães em Busca pergunta, em tom reconfortante, como foi a conversa. "Você não pode me chamar para nada disso. Nunca mais. Me ouviu, Dora?", falta fôlego às palavras, às mãos que tremem. "Oh, querida, não era ele? Mas, olha, é claro que eu vou entrar em contato com você se aparecer outra oportunidade. Pode não ter sido dessa vez, mas você viu que uma nova chance sempre pode surgir." Ângela abre bem os olhos trincados, coloca o dedo em riste próximo ao rosto de Dora: "Não, você vai tirar o nome do Felipe do cadastro, as fotos dele, tudo! Agora. Acabou. Essa história acabou. Você não tem autorização minha para usar imagens do meu filho. Um menor de idade. Se não der fim em tudo, eu juro que vou te processar e tirar à força."

A conversa com o indigente deixa Ângela perturbada por dias. Ela não comenta com mais ninguém sobre a ida ao albergue, como se houvesse fechado outras portas por cima da porta batida àquele quarto sete. A única pessoa a quem conta sobre a conversa é Otávio, mas de maneira entrecortada e ríspida. "Não quero mais falar disso", ela encerra o assunto, como se privá-lo das informações fosse também uma forma de represália. Transferência da culpa — por ter ido — a quem não foi até lá. Ele ainda insiste e a situação entre os dois piora, até que fiquem sem se falar.

Dora presenciou a reação dela e, quanto a Suzana, Ângela ignora se ouviu falar ou não da história. Evita perguntar. Nas tentativas do passado, ela falava muitas vezes sobre os encontros — se é que valiam tal categorização —, como se, ao narrar, compusesse alguma forma de aproximação a Felipe. Ela sentia como verdadeiro o que Dora tentou forjar desta vez: mesmo o erro continha alguma projeção do acerto, um sinal de que poderia haver realização na oportunidade seguinte. Hoje, só quer conceder a si mesma a certeza de que não haverá oportunidade seguinte. E considerar a ida ao albergue um disparate, quase ofensivo à memória do filho. O que precisa reencontrar é o próprio caminho.

De todos os naufrágios dos quais já tomou parte, foi esse o mais significativo da renúncia. Houve oscilações antes, mas nenhuma delas significou uma quebra real no voto feito a si mesma; nenhuma tinha ultrapassado as dificuldades emocionais para cair na esperança de que Felipe poderia mesmo estar de volta. E Ângela se remói por ter capitulado; uma a mais no mar de culpas que já carregava consigo. Precisa ter mais controle sobre si mesma, pensa, enquanto vislumbra a imensa falta de controle referente à vida e ao mundo. O pai, pescador, já dizia que tudo que se pode fazer é manejar o barco onde se está, conforme as águas mudam. Elas mudam o tempo todo.

Outro revés não demora a se apresentar. Ângela recebe uma ligação de Isa; logo depois dos cumprimentos, desculpa-se por não ter aparecido, mas esteve muito ocupada com as aulas, a procura por um apartamento e os últimos acertos com a casa. "Ai, tia, desculpe trazer outra preocupação. Mas eu tive um problema com a gravidez." Ângela pergunta o que aconteceu, mostra temor quanto à sobrinha e ao bebê. "Estamos bem. Não é muito grave. Só vou ter que ficar de repouso, repouso absoluto, até o fim da gestação. É uma coisa chamada placenta prévia, já ouviu falar?" Isa explica que a placenta, em vez de se alocar acima do bebê, como esperado, posiciona-se por baixo dele. Tenta acalmar a madrinha, conta que foi para o hospital e fizeram todos os exames, que Marcelo está de olho e ela tirou licença do trabalho. Só precisa ficar na cama, como de fato está. A tia diz que vai vê-la, pergunta se necessita de algo da rua. "Não, temos tudo aqui. Mas a visita não vou recusar."

Ela vai ao prédio de Isa. Na portaria, aproveita o fato de a conhecerem para dizer que não devem interfonar, incomodar a jovem. O porteiro responde que não há problema em ligar, Regina está lá. Seria uma notícia desagradável, mas dessa vez traz alívio por Isa não ficar sozinha. Recebida pela irmã à entrada do apartamento, ela pergunta como está a afilhada. Teme que o problema possa ser pior do que teria contado, conforme é típico; Regina é um bocado alarmista, então seria preciso calcular uma média entre a gravidade relatada pelas duas. No quarto de Isa, Ângela a cumprimenta e demonstra compadecimento, senta-se ao lado dela; o colchão parece prestes a abraçá-la, quando coloca o peso sobre ele.

Regina diz que vai aproveitar a visita para sair, cuidar de outros afazeres. Após o som da porta aberta e fechada, Isa e Ângela conversam em um modo que se instaura apenas quando estão a sós. Ela explica de novo a enfermidade, conta mais detalhes, fala sobre a rotina atual. Conta terem confirmado o diagnóstico com uma ultrassonografia, mas o alerta foi por causa de um sangramento no começo da semana. "Ah, o pior foi o medo. Eu já pensei o pior", dos olhos de Isa minam lágrimas. A tia a abraça. Sente o corpo dela aos tremores, enquanto chora quase silente. Tantas vezes a aninhou de maneira similar, quando era pequena; o pranto retraído não mudou quase nada. Uma ameaça drástica, como essa, pode tocar a vulnerabilidade mais íntima: o lugar de si que guarda, ainda na idade adulta, a mesma fragilidade de quando se era uma criança. Ângela conhece bem esse tipo singular de medo, que deixa alguém desamparado em absoluto, como se perdesse a capacidade de viver em um mundo tornado grande demais, pesado demais para uma pessoa. "Não falei isso para ninguém, porque não queria assustar todo mundo, e nem sei se devia comentar. Ainda mais com você, mas..." — Isa perde a voz, até tossir. Ângela diz que pode falar o que quiser. "Eu achei que ia perder meu filho." Depois de juntar tais palavras, ela pede desculpas. "Isso não vai acontecer, está tudo bem", a tia sente transmitir-se a corrente fria da sobrinha a ela, tenta agasalhá-la com os braços. "Eu nem montei o quarto dele ainda", Isa confessa, como se assumisse de vez a terminologia de outro idioma, compreensível para Ângela, a fim de comunicar a assombração. "Alguém vai cuidar disso, fique tranquila. Marcelo, Regina, ou eu mesma. Você não pode fazer esforço agora." A sobrinha conta que havia pensado em delegar-lhe essa tarefa. "Marcelo é atencioso, mas não leva jeito para coisas mais delicadas. E minha mãe, eu prefiro que não. A gente vai acabar brigando, tendo estresse por nada. Não quero passar nervoso."

Ângela diz que montará o quarto de Gabriel, então. Pedirá a ajuda de Otávio, o mais provável é que possam vir no fim de semana. Isa confessa o receio que a acometeu, e ainda permanece, quanto a ter o quarto montado, caso algo mais sério viesse a acontecer depois. A tia compreende o que ela diz, compreende também o que cala. "Nós vamos montar tudo, sim. Eu acredito que nada vai dar errado, mas se der, prometo que cuido disso também. Você nem vai ver o quarto ser desmontado." Isa agradece, com um sorriso lacrimoso. "Só vamos lidar com as coisas conforme elas acontecerem. Nada de pensar em soluções para problemas que nem tivemos. Tudo bem? Você só precisa repousar agora, são poucas semanas, antes dos muitos anos que ainda vai ter com o Gabriel. Vamos pensar nisso. De vez em quando, a gente tem que parar de olhar para o tempo tão de perto."

Nenhum lugar seria perfeito para morar, havia ficado cada vez mais claro. Das opções vistas, Ângela e Otávio entram em acordo sobre o apartamento cuja localização é mais afastada do que gostariam, mas que tem todos os outros atributos desejados. Fecham negócio, não podem esperar muito mais. Ainda precisam retirar toda a mudança do sobrado onde vivem e Ângela se comprometeu também a ajudar a sobrinha. Pergunta-se como pôde ter se disposto, com tanta facilidade, a desmontar o quarto do filho de Isa, caso fosse preciso, quando o do próprio filho parece impossível. E tanto quanto é impossível é necessário.

Do limiar da porta, ela observa as prateleiras com os brinquedos, as cortinas do Peter Pan, a cama arrumada e todos os outros objetos a sustentarem o pequeno universo de Felipe dentro da casa. De repente, parece ter sido tão breve a vida até esse ponto. Os cinco anos, quase seis, em que teve o menino por perto, uma fração muito pequena do tempo, poucos grãos da ampulheta que depois se quebrou. Mesmo as três décadas à espera pela volta do filho não têm dimensão tão vasta nesse instante. Agora, parece repentina a necessidade de desmonte do quarto à frente dela. Como o faria? Se tivesse que desmanchar o quarto de Gabriel, haveria de ser com urgência e por amor a quem não deveria lidar com a reiteração da lembrança de uma criança que se perdeu; faria isso em um instante. Poderia ter o mesmo entendimento sobre a própria história?

Do limiar da porta, Ângela observa o quarto vazio. Otávio a chama, precisam confirmar com Isa, na cama dela, alguns detalhes da montagem. Atravessam o corredor do apartamento da sobrinha, vão até ela, que explica todos os planos. Os tios ouvem as orientações, recolhem os desenhos e voltam para o outro cômodo. Marcelo oferece ajuda, porém os mais velhos a dispensam, agradecidos; dizem que deve atentar-se à esposa, é o mais importante no momento. No quarto do bebê que ainda não está, Ângela cola com fita adesiva os esquemas de Isa às paredes, enquanto Otávio estende as lonas de proteção trazidas da própria reforma. Os dois olham para o cômodo, de dentro dele, na tentativa de vislumbrar no espaço em branco os contornos de um quarto de criança, a ser erigido pelos dois. Quando Felipe estava perto de nascer, fizeram o mesmo.

Era tudo muito diferente naquela época. Hoje é como se aqueles dias pertencessem a outra vida, uma encarnação passada, que experimentaram no mesmo corpo. Ângela se recorda de como tudo era mais simples: não mais fácil, apenas menos complexo, com o universo de cada pessoa a ser mais estreito, a ter menos desdobramentos com os quais lidar. O quarto de Felipe, por exemplo, foi montado com poucos esforços e aquisições: o pai de Otávio, marceneiro, construiu o berço e o armário de pátina. Além disso, poucas roupas, fraldas e alguns brinquedos bastaram para o começo. Com o passar dos anos, o berço deu lugar à cama adquirida em loja, as cortinas foram trocadas para as que Felipe escolheu e os brinquedos sofreram substituições regulares. Tudo muito simples. O filho de Isa e Marcelo terá de início: umidificador de ar, gaveteiro com conexões elétricas embutidas, guarda-roupa, berço pré-montado, prateleiras planejadas, persianas bloqueadoras de raios solares, babá eletrônica, uma infinidade de brinquedos, tapete de borracha, rede protetora contra mosquitos, luminária noturna com sensor de luminosidade para acender quando escurece, aromatizante, e tantas outras coisas descritas nos esquemas de Isa. Muitos dos itens comprados pela internet, já sob medida. Ângela cuidará de tudo com muito carinho, mas não consegue evitar o sentimento de que essas peças, em pouco tempo, serão descartadas, substituídas por outras demandas de uma criança a crescer em ritmo acelerado. Passa tão rápido. O berço, sobre o qual ela instala o móbile de abelhas em torno da colmeia, será desmontado para dar lugar a uma cama diminuta, que anos depois também será trocada por alguma que acomode Gabriel crescido. Antes disso, o menino passará a escolher os próprios heróis, em vez dos personagens eleitos pelos pais para a decoração. Na adolescência, novas trocas de elenco no panteão particular.

Por pensar nessa fase, Ângela percebe não estar mais centrada em Felipe. Foi só a juventude de Isa que viu de perto, as paredes do quarto dela a se recobrirem de pôsteres de atores, cantoras e bandas. A sobrinha foi quem Ângela viu continuar a crescer, como se fosse uma filha. Queria ter tido mais maternidade a entregar, mas foi exasperada. E conforme ela se torna mãe, prepara-se para dar à luz o próprio rebento, Ângela se vê no recomeço de grande parte das vivências. Monta um berço. Testemunhará outra infância, outros aniversários e transformações; o aprendizado da fala, dos passos, do amor e suas variantes. Quem sabe dê tempo de ver Gabriel ter filhos também. De novo, outro berço — se é que existirão berços no futuro — e os demais aprendizados, que dificilmente mudarão tanto. Ao menos, assim ela acredita.

Marcelo surge à porta, oferece ajuda ou algo para servir. Ângela e Otávio pedem, ao mesmo tempo, um copo de água. Antes de sair, em direção à cozinha, o rapaz saca do bolso um telefone celular; tira fotos para mostrar a Isa o progresso da montagem. Ângela sai do campo retratado, apressada. "Ah, não quero aparecer assim na foto, toda desarrumada." Os três riem e a mulher, ao lado de Marcelo, coloca a mão sobre o ombro dele, depois de terminados os registros. "Aproveitem bem, porque passa muito rápido." O rapaz agradece pelo conselho e pela ajuda deles. Ângela responde: "Eu vou dizer uma coisa, e não é por educação, é muito verdadeiro: sou eu que devo gratidão a vocês por isso." Os homens talvez compreendam parte do que ela quis dizer.

Montar o quarto do menino é uma espécie de redenção para ela. Enfim, constrói algo novo, em meio a tantas demolições. Entra em contato de novo com um sentimento que havia se perdido: o de semear novos ramos ao tempo, em vez de apenas podá-los ou ceifá-los. Com o passar das horas, o quarto de Gabriel toma forma. Ângela e Otávio olham um para o outro, exaustos. Entre uma tarefa e outra, soltam as ferramentas e se abraçam, sem nada dizer. O estranhamento dos últimos dias dissipado. "Eu estou vendo, hein?", soa a voz de Isa na babá eletrônica, que, depois de instalada, tornou-se um canal de comunicação e brincadeiras entre os tios e a sobrinha. Ela parece uma criança em certos momentos.

O tapete de borracha é a última peça colocada. Soletra, em partes encaixadas, o nome de Gabriel. Ângela, no microfone de transmissão da babá eletrônica, diz: "Tudo pronto. Câmbio final." Marcelo aparece rápido, para tirar fotos. E assim que ele sai com o tio, a fim de comprarem algo para todos comerem, Isa pede que Ângela a ajude a se levantar e ir ao banheiro — o que tem permissão médica para fazer —, mas depois insiste para irem ao quarto de Gabriel, ela quer vê-lo. A tia demonstra resistência, a sobrinha a vence: "Imagina se meu banheiro fosse só ali, do outro lado do corredor? Eu andaria essa mesma distância e ninguém reclamaria. Vamos, vai." Ângela cede, como poderia recusar tal vontade? Da porta, as duas olham para o quarto montado. Abraçam-se com cautela. Ela recolhe com o dedo uma lágrima no rosto da moça. "Está tudo bem, só estou feliz", Isa responde, mesmo não tendo sido pronunciada a pergunta.

Voltam para o repouso, Ângela ajuda a afilhada a se acomodar, depois avisa que voltará ao quarto de Gabriel, para apagar a luz. Esqueceu-a acesa. Defronte ao novo dormitório, antes de imergi-lo na escuridão da noite que principia, a mulher se vê contaminada pelo temor de a sobrinha perder o bebê. Sabe que aquelas lágrimas dela, há pouco, não haviam sido apenas por felicidade; compreende bem demais essa forma de medo, reconhece-a mesmo quando dissimulada. E se Gabriel também se perdesse, antes mesmo de nascer? Em Ângela, ressoa o terror velado. A perspectiva de desmontar esse quarto. Tem certeza de que o faria, para o bem de Isa. E lhe concederia forças, como pudesse. Diria que a vida precisa seguir em frente. Precisa. Vamos lá, Ângela, a vida precisa seguir em frente.

# Março

As ondas rebentam em branco contra as pedras. De cima da plataforma de cimento que avança sobre as águas, Ângela observa o movimento infindo do mar: os riscos fugazes que se derramam sobre o rochedo gris, em uma repetição de desaparecimentos. Diante dos olhos da mulher, o mesmo ciclo imutável, como se os dias e as ondas fossem feitos de uma única substância: o ir e vir permanente, em arcos a traçarem contornos sempre e sempre no mesmo lugar. Ela poderia voltar a esse recanto pelo tempo que quisesse, nada deixaria de ser como é. Milhares de anos antes, milhares depois, a permanente indiferença do mundo: ondas a se reerguerem e caírem, movidas por uma força que em nada se liga à tragédia de Ângela, ou a de qualquer outra pessoa. Mesmo a soma de todos os sofrimentos humanos não alteraria um traço sequer desse movimento infindo do mar.

Tantos meses sem ter voltado a esse local, o cais abandonado. Ângela agora percebe, por comparação, como o olhar dela mudou. A força indelével da maré já não lhe serve como modelo, ou aprendizagem, para a condução da própria vida. Ela tampouco sente necessidade de voltar a refugiar-se aqui, como se pudesse se proteger do tempo e do mundo. Esse cais abandonado é também o mundo e é também o tempo.

Por que veio, então? Com a iminência da mudança de casa, do lar que tanto preservou, Ângela percebe seu processo de encerramento pessoal próximo da consumação, se há de ter consumação. Durante os próximos dias, os últimos cacos da tragédia serão recolhidos. A intenção é que essa seja a última vez no antigo cais, para proporcionar-lhe também novo significado. Para se despedir.

É muito difícil lidar com tudo isso. Não se trata de uma decisão simples esse encerramento, nunca se tratou. A rigor, talvez fosse mais justo dizer que não foi uma escolha, mas sim a falta de outras; a aceitação de ter caído em um vazio do qual só restava tentar sair. Um labirinto constituído de ausência, onde há incontáveis portas para o nada, onde não se encontram as chaves, os corredores se estendem sem fim e tudo o que se vê são sombras.

Essas sombras enganam. Daria para olhá-las como se fossem um sinal de proximidade, um marco de que a fonte a projetá-las está perto. Bastaria estender o braço um pouco mais e pronto, a mão alcançaria o que foi perdido. Mas não é assim, nunca foi. As horas, os dias, os anos e as décadas passam sem se perceber o fluxo, sem que se sinta a vida se esvair aos poucos. O tempo perde substância quando se está apenas a esperar. E essas sombras, elas não vêm de algo que possa ser recuperado. Não há luz que as desenhe, quem as desenha sou eu.

E eu sinto muito a sua falta, filho. Sempre vou sentir. Isso nunca vai mudar, não é o que tento mudar. O seu quarto, seus brinquedos, seus retratos, a casa, todo esse tempo... Eu guardei tudo isso para você, acreditando que um dia você poderia voltar e reencontrar seu mundo intacto. E todos nós poderíamos sentir que havíamos restaurado a ordem das coisas, realinhado o mundo e o tempo. Você saberia que nenhum dia se passou sem que tivéssemos cuidado de seu pequeno universo, sem que tivéssemos zelado por você, mesmo à distância.

Mas nós nunca o tivemos de volta. E eu guardei todas as suas coisas por tantos anos, enxergando nelas o espelhamento da minha esperança, da minha dor. No fim, elas restaram sem sentido, por não terem você. Elas existem apenas para serem suas, não minhas. As suas coisas não são minhas, filho; essa é a verdade que custei a entender. Protegi o seu pequeno mundo como se fosse meu, mas isso só me prendeu dentro dele. Eu cerquei ainda mais as paredes do labirinto onde me enclausurei.

Eram as suas sombras que eu tentava reter nas minhas mãos. Fiz tudo o que podia, mas... Eu sempre pude tão pouco. Eu não pude quase nada. Nada. Perdi você nesse mundo sem fim, grande demais, pesado demais. A mamãe não é nada perto disso tudo, dessa imensidão, filho. Nenhuma pessoa é. Nós somos todos tão pequenos, indefesos feito você ou qualquer outra criança, diante de algo como isso que nos aconteceu. Desde que eu te perdi, tudo se tornou amedrontador demais. Eu olhava para esse mar e sentia que ainda que o recolhesse inteiro com minhas mãos, seria apenas um pequeno pedaço do mundo, ainda haveria muito mais espaços onde você poderia estar por ser buscado.

Nada poderia fazer justiça, para mim ou para você, pelo que aconteceu. Eu e seu pai nunca descobrimos quem te levou embora, ou o que foi feito de você, e é quase como se não importasse. É tudo tão pouco, comparado ao sofrimento da sua falta, filho. Não existe justiça diante de seu rapto, a não ser uma impossível restauração de todo o tempo que deveríamos ter tido juntos. Eu queria saber o que aconteceu com você, sim; mas sei que nem isso vou poder. Você se foi e acabou.

Eu te perdi há mais de trinta anos e, ao mesmo tempo, nunca pude te perder de verdade. Porque sempre poderia acontecer o reencontro, sempre havia essa promessa de reunião possível me impedindo de te dizer adeus. Eu soltei da sua mão na galeria aquele dia, mas continuei agarrada por todos os outros anos. Um esforço a mais, uma tentativa qualquer a mais e lá estaria você, por trás de alguma porta, por trás de alguma luz. Sempre foi assim e jamais foi assim. Eu nunca pude te perder em definitivo, mas tive que conviver com tudo o que a sua perda assombrava. Com o pior da sua ausência. Agora, eu preciso perder você. Quando alguém que a gente ama morre, dói demais olhar adiante, sabendo que nunca existirá outro dia no qual essa pessoa estará conosco: a voz dela soando pela casa, os gestos e toques, as vivências. Mas nunca tive isso com você, ao olhar adiante; sua perda sempre se deu no sentido oposto: era quando eu olhava para trás, para o passado, que eu via os dias se somarem sem você.

Você me falta em tudo, Fê. Essa minha renúncia não altera em nada a saudade que sinto. Tenho dentro do meu coração uma ferida aberta, que desenha exatamente os seus contornos. Os meus pensamentos continuam cercados pela moldura da sua lembrança. As minhas mãos continuarão a sentir sua falta; apenas não te buscarão mais, sabendo que não há como te alcançar.

Eu nem mesmo sei se você está vivo ou morto. Ou o quanto viveu e de que maneira. Talvez tudo tenha acabado em questão de horas, e nós só não tenhamos encontrado o seu corpo, entregue à indiferença da morte desde o princípio. Talvez você tenha vivido mais — algumas horas, alguns dias, meses ou anos — e tenha morrido muito depois, sem saber de nós. Talvez esteja vivo. E tudo isso é tão igualmente vazio, que eu posso cair em desespero se pensar muito a respeito. Eu enlouqueceria em meio a esses devaneios, a essa soma de tragédias que não vejo, não vi e nem verei. De certa forma, perdi mesmo a razão pensando nisso tudo. Mas uma hora eu tinha que sair desse meu próprio labirinto, filho. Eu estava me enredando na mesma trama confusa de vida e morte na qual não suportava ver você.

Vivo ou morto, nós nos desencontramos em definitivo porque eu não pude te criar. Você se foi antes que suas ideias sobre a vida e o mundo pudessem ter substância, antes que pudesse tocar a maioria dos sentimentos com as próprias mãos, para sentir que dependeria dos seus gestos a escultura de seus amores. Você se foi antes de podermos — nós, sua família — construir juntos o que nos importaria de verdade, o que nos ligaria para além dos elos infantis. Nós nos perdemos, filho, para sempre. O tempo nos apartou demais para ser possível voltar.

Eu não sei se você pode me ouvir, caso não esteja mais entre nós. Perdi a crença em qualquer força sobrenatural. Sei que é estranho dizer isso, justamente enquanto converso com você, de certa forma. Talvez você esteja no Céu, olhando por mim e ouvindo essas minhas palavras, mas... É difícil confiar nessa ideia, quando vivo nesse mundo, onde uma criança linda e inocente como você é capturada por alguém, feito a presa de um predador animalesco, e nada mais acontece. Esse imenso sofrimento de mãe ser superado por uma indiferença do universo, maior ainda. Quem sabe, você esteja mesmo entre os anjos, tenha se tornado um anjo, e um dia a gente vá se encontrar de outra forma. Mas depois de tudo o que a mamãe passou, acho que pode haver perdão a um ceticismo. E o único perdão que eu poderia desejar é o seu, filho, se cometi alguma falta. Se não fui capaz de te proteger. Vale a pena arriscar ser ouvida de baixo desse céu fechado, se posso te pedir desculpas por tudo isso, também por ter ficado tão triste e por tanto tempo. Não consegui deixar de ser triste. Mas a culpa nunca foi sua. Detestaria que pensasse ter causado sofrimento à mamãe. Você não tem culpa nenhuma, Fê, você foi a vítima. Eu... eu também não tive culpa.

Sabe, outras mães que perderam seus filhos dizem que sentem a presença deles. Mesmo aquelas cujos filhos morreram, elas continuam sentindo o "espírito" deles, como se as acompanhasse, ou as olhasse do Céu. Eu não. Não sinto você fora de mim, só no meu interior. Assim como foi antes de você nascer, quando eu te carregava no ventre. Meu filho. Eu sempre vou te amar. Sempre vou amar, acima de todas as coisas, aquela criança que você foi ao meu lado, durante os melhores anos da minha vida. Quero me lembrar desses dias com cada vez mais clareza, cada vez mais ternura. Quero poder me aproximar deles sem medo, encostar meu rosto nessas lembranças e sentir seu cheiro, ouvir os sons da sua voz e do seu riso, ser tocada pelo seu calor macio. Quero tirar de mim essas sombras que encobrem as memórias de você, para recordar somente os momentos vividos. Apreciar até mesmo aquele nosso último instante juntos, que sempre lamentei. Gostaria de ser uma mãe capaz de adorar — porque foi de fato adorável, quando os vivi — nossos últimos minutos, naquela galeria, até eu soltar da sua mão e te deixar ir sozinho à loja de brinquedos. A sensação dos seus dedinhos, quando deslizaram por entre os meus, sua mãozinha escapando depois de ter sido liberado para seguir em direção às suas alegrias. Eu lembro de ter pensado, por um instante, em como era bonito aquele momento, no qual você ainda era uma criança tão pequena, mas começava a ganhar autonomia. Você estava crescendo e era tão lindo. A graciosidade dos seus passos sem tamanho, suas perninhas jogadas para trás em cada pisada contra o chão do corredor, seus bracinhos abertos como asas, seus cabelinhos loiros agitados como fios de uma trama de leveza. Isso era você, não a tragédia que veio depois.

Se ainda nos encontrarmos em outro mundo, espero que você possa me compreender. Se não houver outro mundo, fica só para mim esse amor guardado, do qual não me arrependo nem um pouco. Espero que você tenha sentido e sabido o quanto foi amado. Minha maior tragédia foi alguém ter te levado embora, mas você foi a coisa mais maravilhosa que me aconteceu. Isso é o que importa: você foi a coisa mais maravilhosa que me aconteceu.

Ângela observa o mar em silêncio, por mais alguns instantes. Contrai o vazio às mãos dela, como se tivesse algum amuleto para atirar à água. Nada, nenhuma moeda ou oferenda. E a carência de um gesto final de adeus a faz se dar conta: após tantos anos, dessa vez veio ao antigo cais, veio colocar-se diante do mar, como uma mãe que traz flores ao túmulo de um filho. E não há flores, não há túmulo.

Na casa onde Ângela e Otávio ainda moram, a progressão do esvaziamento sobrepuja a presença dos próprios moradores. Há mais roupas deles fechadas em caixas do que nos lugares funcionais; muitos pertences já foram encaminhados ao apartamento novo e os armários estão vazios. A maioria dos móveis foi retirada por entidades que recolhem doações; não haverá tanto espaço na nova moradia. Em meio à subtração dos pequenos detalhes que formam uma rotina — um lugar confortável para se sentar e passar algumas horas, os talheres à disposição no local adequado, os caminhos através dos cômodos desobstruídos —, Ângela sente a iminência do encerramento aqui como se já o houvesse ultrapassado, em certos aspectos. Apenas um elemento ainda a faz se sentir muito distante da conclusão.

Antes de chegar ao quarto que era de Felipe, ela busca recolher dos lugares mais afastados os vestígios do filho, as reminiscências da busca por ele. Sai de carro, munida com uma lista dos pontos onde sabia ter deixado cartazes do Mães em Busca ou confeccionados por ela própria. Já não há muitos, em especial da associação; depois que passaram a incluir o retrato do envelhecimento digital, Ângela não os distribuía mais, para evitar que aquela imagem deturpada se espalhasse.

A primeira parada desse itinerário, que reverte o gesto de colocar os cartazes, é a delegacia do bairro. Uma olhada rápida no mural basta para ver que não há mais nada ali. A cortiça se encontra quase vazia, vários dos alfinetes dourados se acumulam inúteis nos cantos da moldura. Ângela vai ao balcão de atendimento, pergunta ao oficial pelo cartaz das crianças desaparecidas que havia ali antes. Ele responde não saber nada a respeito; tudo o que têm é o que está afixado. A completa ignorância sobre aquela história de desaparecimento não a revolta dessa vez. O que veio fazer está feito.

Situações parecidas se repetem nos locais seguintes. No supermercado, o problema é o mesmo, por razões opostas: no mural há tantos papéis presos, que nenhum duraria muito tempo, sem ser soterrado. Ângela pinça com os dedos a ponta de cada um dos anúncios, a fim de virá-los como as páginas de um livro desfigurado. Pensa que o apelo pelo filho, e por outras crianças, talvez esteja encoberto sob os anúncios de vendas de carros, revisões de texto, serviços de cuidados com idosos e tantos outros. Não encontra nada. Assim como no vazio do mural da delegacia, nessa sobrecarga de informações o chamado por Felipe também se desfez.

Não lhe causa grande espanto o fato de não encontrar os cartazes que havia distribuído. Nos pontos onde costumava passar com mais frequência, muitas vezes viu o pedido de socorro perder lugar em questão de dias. Renovada a invisibilidade do filho dela e dos de outras pessoas, vez após vez. Mas ela vê que já faz tempo que não combate tal apagamento. Para fora das paredes de casa, dos afetos de pessoas próximas, Felipe já não está. Nem mesmo como ausência ele aparece.

Ela volta para casa; os apelos pelo filho já retirados, sem necessidade de nenhum gesto. Ninguém mais espera por Felipe. A próxima tarefa, na lista da mãe, é tirar do ar as redes sociais, o endereço de e-mail e a página de internet dedicada a ele. Pede ajuda a Isa, primeiro, depois envia um e-mail a Tiago, para conversarem. Antigo colega da sobrinha, na faculdade de administração, ele enveredou para a informática e havia se oferecido, anos antes, para desenvolver o site e cuidar de sua manutenção. A resposta dele chega rápido, marcam uma reunião para o dia seguinte.

No horário marcado, Ângela chega à casa de Tiago, toca a campainha e é surpreendida ao vê-lo tão diferente. Emagreceu de uma forma estranha, os cabelos rarearam e agora tem uma barba farta, ambos tomados de tons grisalhos. Há quanto tempo não se viam? Ele parece bem mais velho do que Isa, com quem compartilha a mesma idade. Para agravar a sensação de dissonância do tempo, Tiago traja uma camiseta estampada com um super-herói que, salvo engano, Ângela havia visto na mochila de um dos alunos dela, do primeiro ano.

Ela entrega a caixa de chocolates trazida como presente, os dois entram na sala. Nunca tinha ido à casa dele; haviam se encontrado em outros lugares ou, quase sempre, conversado apenas por e-mail. A mãe do rapaz surge, vinda da área dos quartos, e ele a apresenta. Ângela estranha que more na mesma casa a mulher de idade equivalente à dela. "Ti, eu vou buscar seu pai na oficina, ele deixou o carro para consertar. Tem bolo em cima do forno, tá? Serve um pouco para vocês", a senhora fala rápido, por cima da recusa educada de Ângela. O rapaz agradece com certa apatia, recebe o beijo na testa como despedida. Após a saída da senhora, ele pergunta por Isa, com os modos de quem, na opinião de Ângela, guarda alguma paixão platônica. "Você soube que ela está grávida?", a mulher pergunta ao fim, condói-se pelo que lhe parece desconcerto na confirmação de Tiago. Talvez seja por conta de mais do que um coração partido; trate-se também da comparação entre ela, tornada mãe, enquanto ele ainda tão no papel de filho.

Com uma fala extensa, iniciada por agradecimentos, Ângela conta sobre a decisão de encerrar a busca por Felipe, a necessidade de excluir tudo o que a envolve, inclusive a página de internet. Tiago se surpreende, mas não demonstra resistência. "Posso gravar os arquivos, fazer um backup. Se quiserem que alguém mais refaça o site, facilita", oferece, mas a mãe recusa, diz ser desnecessário. Ele insiste que a página da internet pode ser entregue a outro profissional, diz ter feito o melhor que pôde, quase como se pedisse desculpas por não ter sido mais útil. Talvez quisesse ter tido o papel de herói nessa história, aquele fundamental para resgatar o garoto. Em especial, um herói para Isa, Ângela especula.

Na manhã seguinte, a mensagem de Tiago confirma a remoção do site. O texto dele é bem mais longo do que a conversa da véspera; agradece a confiança da família nos serviços dele, demonstra apreço, em especial, pela mãe que tanto lutou. "Ainda é uma luta", Ângela responde em uma fala sozinha. Ela abre uma nova janela no navegador, digita o endereço eletrônico do site de Felipe. Surge a mensagem de que a página não pôde ser encontrada.

Só resta agora o que ainda está dentro de casa. Ângela vai ao quartinho dos fundos, tira do lugar a lata de tinta e as caixas de revestimentos, guardadas para o quarto de Felipe. Liberada a passagem, ela abre as gavetas do armário antigo, que havia sido pouco usado nos últimos anos. Muitas pastas, estufadas de tantos papéis dentro, são retiradas dos compartimentos, colocadas sobre o tampo do móvel. Ângela sente as mãos serem tomadas pela aspereza da poeira, que cobre os volumes como uma capa sobre a outra capa. O tempo. Ela pinça com os dedos as beiradas de cada página e as vira; folheia o arquivo que lhe parece o mais desfigurado dos livros. Diante dos olhos dela, revela-se a reunião de todas as publicações em jornais, revistas e outros meios impressos, a respeito do desaparecimento de Felipe. Páginas e páginas amareladas, ressecadas pelo passar das décadas, desde as longínquas manchetes do início. Conforme os anos passam, a repetição diária e obstinada dos detalhes da história cede lugar a matérias esparsas, em tons de nostalgia quanto ao que passou e nunca encontrou resolução. Quase uma mera curiosidade, para entreter leitores, ao fim. Os recortes mais antigos, com tipologias fora de uso, e até mesmo ortografias diferentes para certas palavras, dão à ausência de Felipe aspecto mais arcaico. Por outro lado, as fotos o fazem tão próximo. Ângela perpassa essa última vez os registros da procura pelo garoto ainda não encontrado — sempre: "*ainda não encontrado*" — e os aumentos na recompensa pela devolução da criança; a prisão de um suspeito, que depois se revelaria infundada; a demarcação de cinco, dez, quinze, vinte, vinte e cinco, trinta anos sem nenhuma notícia; tantas matérias mais, tudo em vão. Linhas e linhas acerca de Felipe, que costuram uma trama na qual Ângela tantas vezes tentou enxergar alguma novidade, ou sentido oculto, sem sucesso. Em outra pasta, cópias de laudos, evidências policiais e de correspondências por cartas ou e-mails, que se juntariam à cartografia do mistério, sem nunca ter sido desenhado um mapa de fato. Um caminho para a saída do labirinto.

É provável ser essa a documentação mais completa sobre o caso do filho dela. Ângela pensa que talvez tivesse valor para algum historiador, documentarista ou qualquer outra pessoa interessada em pesquisas sobre o tema. Essa constatação a detém por um instante. Ainda assim, esvazia cada um dos envoltórios plásticos, espalha sobre o tampo do armário as folhas a contarem a história despedaçada. Tantas frases e palavras a se multiplicarem, para no fim restar apenas uma única e definitiva verdade: seu filho se foi. Isso é tudo. Hoje ela acredita que, de certa forma, a história teve conclusão assim que começou. Nenhum acréscimo à biografia de Felipe depois daquele dia.

Ela traz sacos de lixo da área de serviço. Despeja todas as folhas e pastas nos recipientes de plástico, amarra a boca deles e os carrega até a calçada. Deixa-os ao lado da cesta metálica, onde ficam os materiais a serem recolhidos pelos lixeiros. Vão passar hoje, mais tarde, ela sabe.

Em visita a Isa, Ângela leva uma pequena coleção de objetos da casa dela, que não terão lugar no apartamento novo. Pergunta se a sobrinha gostaria de guardar algo de recordação, ou se podem ser descartados. É uma forma de dizer que estão às vésperas de concluir a mudança; Isa não entrará mais naquela casa. Ela pergunta à madrinha como se sente. "Bem. Conformada. E você, como está?", buscam acessar, uma na outra, a dimensão além da etiqueta. As duas a reterem um frágil cordão com os filhos; uma por tentar preservá-lo no presente, para que alcance o futuro, a outra por desapegar-se de tanta manutenção do presente, a fim de alcançar o passado.

De volta à casa dela, enquanto arruma as poucas caixas ainda restantes, Ângela encontra a garrafa de vinho branco deixada por Isa no Réveillon. "Mas que cabeça, a minha"; devia tê-la levado na visita à sobrinha. Termina de empacotar o que falta. Na sala, nos fundos e no corredor do andar de cima não há mais nada. Para terminar a suíte, falta apenas tirar o que ainda está em uso, como a roupa de cama, parte do vestuário e dos utensílios de banheiro. O relógio despertador, que ficava no gaveteiro ao lado da cama, agora no chão. Só o necessário para atravessarem esse último dia e a última noite aqui.

Contrário a todo o esvaziamento, o quarto de Felipe permanece intacto. O morador ausente é o único a ter todos os pertences à disposição. Ângela, apoiada ao batente do cômodo, sente a correnteza do tempo jorrar avassaladora em direção ao momento final. Tão perto agora, perto demais. Restam apenas horas. Ela ainda não sabe como poderia consumar esse desmanche, ainda que tenha conversado com Suzana e Otávio a respeito. É óbvio que não seria igual aos demais ambientes, nos quais a tarefa de colocar tudo em caixas foi mais inclinada ao banal, ao pragmático. Impossível tratar essas peças com os mesmos modos. A verdade é que não existe, nunca existiu, a maneira certa de se desmanchar o que uma vez formou o universo de um filho. Ninguém deveria ter de fazer isso. E, por mais boa vontade que seu Vicente tenha demonstrado, não vai legar-lhe esse memorial inteiro, como se apenas o abandonasse. Nunca se tratou de abandono.

O que Suzana a orientou a fazer foi encarar o processo de forma ritualística. Poderiam criar uma cerimônia de despedida, como nunca tiveram. A essa altura, em especial, seria bom que se desse somente entre o pai e a mãe. São importantes os símbolos, a psicóloga insistiu, diante das resistências demonstradas por Ângela. Ela chorou muito quando a terapeuta falou sobre o amor e o desapego. "Se quiser, posso te ajudar também. Vou até aí, faço isso junto com vocês." A mãe agradeceu, mas recusou. Disse que pensaria em algo, mas sabia que deveriam lidar com esse momento a sós. E foi depois de ter desligado que ela percebeu não ter perguntado sobre outras questões práticas, como em relação ao que faria com tudo a ser desmontado. Uma liturgia quase sacra a ser seguida, emoções e lembranças compartilhadas com Otávio, mas, no fim, os brinquedos e roupas atirados à lixeira, como tudo mais? Ou queimados em uma fogueira, a qual, por mais que se pretendesse mística, seria apenas torpe e violenta? Mesmo entregar tudo para doação soa vil.

Otávio não teve muito o que acrescentar, quando Ângela lhe contou sobre a conversa com Suzana. Disse que também acreditava ser aquele o melhor jeito; um rito à semelhança de um funeral íntimo. Repetiu a ênfase da psicóloga quanto à importância dos símbolos. Dispôs-se a cuidar do encaminhamento de tudo, sem que a esposa precisasse lidar com o destino dos pertences do filho, ou mesmo saber sobre tal destino. Ela agradeceu, abraçou-o com força e chorou. Concordaram em deixar o desmonte para o último dia, assim não teriam de lidar com aquele quarto esvaziado. Seria o ato derradeiro deles na casa, então partiriam de vez. Realizado com delicadeza e serenidade. Agora, o último dia é o próximo.

Quando Ângela se deita à cama, para atravessar a noite final, nenhuma delicadeza ou serenidade parece viável. Tudo se torna impossível, e é esse o centro nevrálgico da maternidade de um desaparecido: tudo se torna impossível, mas exigido com urgência. Não poderá adiar o desmanche para outro dia. Nenhuma espera mais.

A falta de sono se agrava à progressão com que diminui o tempo disponível ao sono. Ângela e Otávio se deitaram há horas, ele conseguiu dormir, mas ela permanece em um alerta estéril. O calor viscoso nas roupas e na cama a incomoda, o relógio despertador, no chão, emite a luz das horas, uma luz que não cede. Já é passada a meia-noite, o dia definitivo está aqui. Logo o sol irromperá. E terá chegado o momento de dar à própria história o desfecho, de ser realizado o gesto ao redor do qual o pensamento dela não para de circular, febril.

Na imaginação, a cena se repete incontáveis vezes, como o efeito de um disco riscado: ela e o marido dobram as roupas do filho, desfazem a cama que o aninhou, retiram os brinquedos daquela posição de eternos sorrisos ou de sentinelas. De pouco adiantam as tentativas de se pensar em outra coisa; tudo se cerca das paredes do quarto do filho, a se erguerem de novo e de novo na mente da mãe.

É impossível continuar aqui, deitada feito em um funeral de si mesma. A nova perdição do filho, sempre uma a mais, ressoa pela casa vazia e chama por Ângela. Só faltam algumas horas e, depois, acabou. Poucos grãos de tempo, diante da imensidão do mar das últimas décadas. E a ideia de que serão de novo eles, os pais, os que terão de dar o passo adiante na história. Não vai conseguir dormir; parece nunca mais ser factível fechar os olhos e esvanecer.

Com gestos contidos, para não acordar Otávio, ela se levanta da cama e sai do quarto. Em seguida, avança pelo corredor escuro; evita a aproximação ao quarto de Felipe. Desce a escada para a sala, atravessa com dificuldade o cômodo que, esvaziado, carece de apoios para ela tatear e se guiar. Não ter nada para tocar aumenta o temor de colidir contra algo. Alcança a cozinha, afinal, onde se permite acender as luzes, pois não chegariam à suíte do casal. Em meio à brancura dos azulejos expostos, ela se sente tão deslocada quanto na escuridão anterior. O relógio continua na parede, marca a cada toque uma aflição obstinada: o edredom de estrelas removido, os bonecos embalados, as cortinas do Peter Pan desparafusadas.

E tanto calor. Talvez não esteja na temperatura externa o sufocamento; falta-lhe maneira de medir, o termômetro já foi levado para a mudança. No corpo dela, os formigamentos se intensificam, a contradição entre as camadas inquietas e as petrificadas dentro de si. Tudo parece à iminência de rachar e despedaçar-se: os azulejos, as paredes, a mulher. O quarto do filho.

Precisa tomar alguma coisa, está quente demais. Tem febre, será? O relógio insiste em bater o compasso dos segundos, mas ela refuta o tempo. Precisa beber algo, só isso. A quantidade de água que tinham deixado na casa acabou antes do planejado, o filtro e a geladeira levados pela equipe de mudança. Não quer beber da torneira, em especial depois das últimas notícias. Precisam comprar ao menos uma garrafa amanhã. O amanhã. Ela respira, tenta respirar, respire, Ângela, respire. Abaixa a cabeça, encosta a testa ao refrigério do granito da pia. E com o olhar voltado para o chão, ela vê uma das últimas caixas restantes aberta, a ser levada ao carro. Dentro dela, o vinho branco, que Isa havia trazido no Réveillon e não foi devolvido. Pode haver alguma vantagem no esquecimento.

Por sorte, a tampa é de rosca, dispensa saca-rolhas. Ângela abre a garrafa e toma o primeiro gole. Não tem costume de beber muito vinho, mas por conta da sede e da insônia, o agrado a leva a servir-se de mais. Aguarda alguns instantes, checa se não há alteração nos sentidos ou no equilíbrio. Nada. Sorve outros goles. Precisa sanar esse calor, também domar os nervos em agitação. Os toques dos ponteiros a irritam, ela arranca o relógio da parede e tira as pilhas. Atira-o à caixa onde estava a garrafa. Nada mais mede o quanto demora para terminar a bebida.

Talvez, assim, o sono venha. Ela sai dispersa da cozinha, passa pela sala e pelos degraus da escada, os passos se desalinham. No andar superior, olha em direção ao quarto de Felipe. Amenizados os ataques de lembretes do que deverá ser feito. Ela volta para a suíte, onde o marido continua a dormir, deita-se na cama e fecha os olhos. Irrigado pelo vinho, seu corpo parece suscetível ao sono. Os nervos pararam de tremular, os batimentos do coração já não chegam até a parede do peito. Encostada ao travesseiro, Ângela adormece.

Ao abrir os olhos dentro da escuridão, percebe ser ainda noite. Otávio continua a dormir, o calor toma a casa. Nada mudou, como se o sono dela não houvesse avançado no eixo horizontal do tempo, mas apenas mergulhado na vertical. Ângela não olha o relógio, dispensa o conhecimento das horas. O tempo é sempre o mesmo, continuará a ser o mesmo, enquanto ela não seguir adiante. A manhã por vir é inviável; os ritos e sua placidez, absurdos. Precisa acabar com tudo de uma vez, pôr abaixo os muros circulares do labirinto e do tempo.

Levanta-se da cama de novo, nenhuma cautela com os gestos ou ruídos agora. A embriaguez se mostra, o chão branco sob os pés ergue-se e cai, como o movimento do mar. Ela vai de uma ponta à outra do corredor, nos dois eixos, os olhos se contraem no escuro e o corpo todo balança de enjoo e pesar. Com um dos braços apoiado às paredes, ela chega à porta do quarto de Felipe. Encostada ao batente, acende a luz e observa cada um dos pequenos objetos que formam, formaram, o mundo da criança perdida: a cama arrumada com o edredom azul de estrelas desbotadas, o guarda-roupa de pátina encardida, as cortinas do Peter Pan nas janelas, as estantes com os brinquedos, a escrivaninha com a cadeira desnuda. Como os tocará? Com que mãos recolhê-los? Insuportável pensar nisso e é preciso ir até o fim. Esse quarto pertencerá a outra pessoa, não mais a Felipe, não mais a ela mesma. Acabou, Ângela; são apenas sombras esses objetos, nada aqui é seu filho. Pensou tanto sobre essa decisão, fez todos os cálculos e previsões, mas quando tem de estender os braços e realizar o gesto definitivo: é insuportável. Os olhos se embotam de lágrimas, ela deixa de enxergar as coisas com clareza.

Os primeiros passos adentro do quarto do filho. Tudo que a contorna balança à deriva. Ela passa pelo guarda-roupa, pelas prateleiras com brinquedos, pela cama. Um mar inteiro para recolher sozinha. Aproxima-se da janela, das cortinas que a cobrem. Observa de perto os riscos de lápis de cor sobre o pano, os contornos canhestros rabiscados em torno do voo mágico de Peter Pan, feitos por Felipe tantos anos atrás. Respire, Ângela. Nunca mais as mãos dele a desenharem cores e contornos, a segurarem a mão dela. Respire, Ângela. A mão dele a escapar da sua. Respire. Sempre foi assim, a maior parte desses dias sem ele já foi atravessada. Simplesmente acabou.

O peso da cabeça embriagada tomba contra o tecido estendido; Peter Pan se borra em manchas a ir e vir, próximas demais aos olhos. O pó entranhado nas fibras da cortina, que Ângela inala e exala, exaspera-a feito tempo decantado. O fundo no qual flutuam as figuras da infância eterna deveria ser branco, mas se tornou ocre, por conta do envelhecimento. As mãos dela deslizam áridas pelo pano e o agarram, em uma torção de costuras e nervos enrijecidos. Acabou. Alguém, alguma pessoa constituída de absoluta indiferença ou crueldade, levou embora Felipe e foi para sempre. Desde o começo, foi para sempre. Os olhos de todos cegados para o rapto, a cidade surda aos chamados da criança para a família, e da família para a criança. A violência maior e, a acompanhá-la, só o mais puro silêncio. Acabou. Ângela contrai um gemido, seus dentes afundam-se uns contra os outros, como se prestes a se quebrarem. O corpo inteiro se ata com força à mesma dor, à iminência de rebentar com tudo isso. Do interior do ventre irrompe o sentimento que nunca recebeu nome. O grito preso na mandíbula vibra pelo crânio e estoura para fora com o abrir dos lábios. Ela solta um berro que rasga a quietude da casa e, então, atira os braços para baixo em um açoite, agarrados ao tecido. As presilhas que fixavam a cortina estouram e vão pelos ares, como vértebras fraturadas; destruídos todos os elos. Os desenhos das crianças em voo, os desenhos da criança ao redor delas, entornados ao chão.

Acabou. Ângela respira fundo, mas o ar é espesso demais e seus pulmões estão impenetráveis como pedras.

Com as mãos à boca, e o gosto da poeira impregnado nelas, a mulher se deixa cair sobre a cama onde dormia o filho. Lágrimas continuam a minar dos olhos, que se contraem quentes. Os soluços abrem, aos espasmos, margem de manobra para o fôlego claustrofóbico. O choro se derrama à colcha azul-marinho, onde ela se deita, deixa marcas escuras das gotas. Outro tecido vazio que as mãos dela perpassam. Os dedos se enrijecem e Ângela finca as unhas no fino edredom, rasga as fibras fragilizadas dele; alcança o avesso. A epiderme ilustrada por estrelas se abre em uma enorme ferida. Acabou. Ela solta mais um grito, arranca os lençóis de baixo como camadas da mesma tez morta. O travesseiro desaba sobre o piso, decapitado. Acabou. No colchão exposto, as pontas afiadas dos dedos dela, em cólera, cravam-se mais fundo, destrincham a carcaça sem resistência do acolchoado, que se verga em uma espuma disforme. Ângela não se detém, mesmo ao ver a mácula aberta no coração do antigo leito. Arremessa todas as peças da cama ao piso, no centro do quarto, junto às folhas caídas das cortinas.

Os brinquedos catatônicos mantêm a expressão sorridente, ou a posição inútil de combate. Ângela destrincha as carnes de pelúcia, arranca as cabeças, as patas e os sorrisos feitos de linhas e costuras dos bichinhos; despedaça o preenchimento de algodão. Desconjunta os soldados e ninjas de plástico e borracha. Atira os restos mortais à pilha que se acumula. Acabou. Ela estende o braço e o arrasta em um golpe pelas prateleiras, derruba o que sobrou: trens, carros, aviões. Tudo cai e se despedaça com barulho. Acabou. Cotovelos e punhos forçados contra as tiras de madeira velhas, Ângela as quebra com gemidos, como se fossem os próprios ossos a se fraturarem. Ela grita contra as paredes. Acabou. Suas mãos esganam os puxadores da escrivaninha, arrancam gavetas inteiras, que tombam e jorram para fora os lápis de cor, apontadores, borrachas e desenhos de Felipe. O pequeno cofre em forma de cogumelo, caído também, é esmagado por uma gaveta que ela derruba por cima dele. Tilintam as moedas que escapam, nenhuma tem valor mais. Acabou. Ângela segura a cadeira pela tira do encosto e a arremessa contra o piso, feito um esqueleto descoberto. Segue aos urros, um animal que tentou proteger a cria e se vê ferido em um ponto mortal. Debate-se dentro do quarto, pequeno demais para tanta angústia. O arfar da respiração dela vibra por todo o corpo.

Diante do guarda-roupa, o último móvel, ela enxuga as lágrimas, a saliva e a secreção do nariz, que se misturam em uma única substância a se derramar pelo rosto. Sente o gosto das próprias mãos, ásperas de pó e de sangue. Abre as portas do armário e algumas das roupas de Felipe oscilam nos cabides, com o golpe. Outras jazem sobre o tablado. Em uma das portas escancaradas, Ângela vê, por uma fração de segundo, o próprio reflexo no espelho interno, abaixo da estatura dela. A cabeça cortada para fora da moldura. Volta os olhos às roupas. Respira fundo, tensa, depois agarra as blusas e calças a desenharem os contornos de um corpo ausente. Acabou. Puxa as vestes como se os próprios braços fossem mandíbulas. Berra ainda mais enquanto esgarça as calças e camisas, até rasgá-las. Os cabides se rompem e todo o vestuário de Felipe sai do armário aos pedaços. As gavetas são extirpadas com a mesma selvageria. Arremessadas também à pilha de destroços.

Pijamas, meias, camisetas, a fantasia de Super-Homem, tudo no chão. Acabou. Pedaços de brinquedos, de roupas, da mobília, escombros de uma infância. De uma vida. Acabou. Ângela se aproxima da janela fechada e abre o vidro. Acabou. A brisa que vem de fora, em direção ao rosto dela, rompe o ar abafado de dentro da casa e atinge o calor do corpo da mulher, acentuado pelos esforços. Acabou. Há um pouco de mar nessa brisa a riscar os pulmões petrificados dela. Sob a pele silente, nada mais vibra, nem os formigamentos. Acabou. O corpo se esgotou e não há forças sequer para suportar o próprio peso. Acabou. Ela desaba sobre as coisas do filho, que amortecem a queda. Na ressaca do olhar, o quarto desfeito que a cerca se esvai até a escuridão completa. Acabou.

Ela abre os olhos outra vez. Mal sabe de qual sono ou sonho desperta. Quanto tempo passou. O quarto em claridade, trespassado pela luz do sol, e a percepção súbita de estar deitada, sozinha, na cama de casal. Pouco a pouco, os sentidos e a memória tomam forma, dissipam as nuvens do adormecimento e da embriaguez. As contrações doloridas nos músculos persistem como reflexos da noite anterior. A noite anterior: teria mesmo desfeito o quarto de Felipe? Parece inacreditável, um delírio, que tenha dado cabo daqueles gestos, que tenha desmanchado com tanto ímpeto aquele universo preservado até então. Teria sido apenas um sonho?

Ela sai da suíte em um sobressalto. As imagens da madrugada voltam à mente, fragmentos do que se assemelha a um estranho pesadelo. Ângela atravessa o corredor, parece-lhe ser a última vez que pisa esses passos. Os joelhos doem. A porta do quarto de Felipe está fechada. Não se lembra de tê-la encostado. Agora lúcida, a mulher próxima ao batente tem a sensação de que não aguentaria ver as roupas, cortinas, brinquedos e tudo mais que pertenceu ao filho espalhados pelo chão, despedaçados. Olharia para essa destruição como um espelhamento de si mesma. O que mais poderia fazer, no entanto? Havia combinado com Otávio desmontar o quarto nesta manhã, como um ritual de adeus, e, se não tivesse sido apenas um sonho, ela havia se antecipado, da maneira mais agressiva. Onde estaria o marido, o que diria a ele? Antes de pensar em tantas respostas, Ângela segura a maçaneta, toma fôlego com uma inspiração funda e abre a porta.

A imagem revelada a deixa perplexa, em um golpe que a paralisa por um instante. O cômodo não tem mais aquele aspecto de sempre, o que confirmaria ter sido apenas um sonho o desmanche, tampouco contém os pertences de Felipe, seja nos devidos lugares ou espalhados no chão. O quarto está vazio. Vazio de todo.

Nada mais no intervalo entre as paredes. Ângela entra no espaço que era o dormitório do garoto, também o refúgio dela mesma, e nenhum sinal dos objetos que haviam pertencido a Felipe. Os brinquedos, as roupas e todas as outras peças vertidas ao chão se foram; os móveis que ela não desmontou por completo tampouco ali. A janela está aberta, desobstruída sem as cortinas, e o sol inunda o cômodo vão. Na brisa que entra, quase nenhum vestígio do mar distante, a não ser a lembrança.

Ângela leva as mãos à boca, tenta conter o choro, mas não consegue evitar as lágrimas que esvaziam os seus olhos. Cai de joelhos ao chão, quase sem sentir o impacto do corpo envelhecido contra a superfície antiga. O quarto vazio a cerca em um silêncio fundo. De olhos fechados, a mulher sente o peso de outro corpo se encostar ao dela. Assusta-se, mas compreende ser o marido; conhece de cor os contornos dele. O homem a envolve em um abraço, transmite sinais de vida onde o vazio parecia infindo. Ela se deixa apoiar nos braços de Otávio. Os mesmos braços que tantas vezes carregaram o filho para o sono neste quarto, anos atrás, mas na última madrugada, em sentido reverso, retiraram Ângela daqui de dentro para levá-la de volta à cama.

# Abril

O telefone toca, aparece o nome de Isabela no identificador de chamadas, mas, quando Ângela atende, escuta a voz de Marcelo na linha. Diz que estão no hospital. "Aconteceu alguma coisa?", ela pergunta, aflita. "Sim, aconteceu a coisa mais maravilhosa: o Gabriel nasceu."

"A última porta deste corredor", a recepcionista na maternidade diz a Ângela e Otávio, aponta a direção. O casal caminha entre os quartos até encontrar o buscado. Sob o número que demarca a localização no batente, preso o enfeite com formato de um travesseiro em miniatura: a moldura verde com personagens de desenhos animados bordados, todos ao redor do quadro no centro da almofada, onde se inscreve o nome de Gabriel, o dos pais dele, bem como as medidas do bebê e a data de hoje. Os números entre as barras demarcam o dia em que se inicia a contagem do tempo de vida, de presença, do menino. Ângela, com um gesto muito cuidadoso, abre a porta e revela aos poucos a habitação de Isa no hospital. O quarto de Gabriel por ora.

A sobrinha repousa na cama, com as costas erguidas pelo encosto reclinável. Os longos cabelos dela caem soltos sobre os ombros, sobre a camisola da maternidade; no punho, a pulseira de interna grafa seu nome e o do filho, que aninha ao colo. Assim que percebe a chegada dos tios, a jovem vira o rosto e o bebê na direção deles. Visíveis na expressão da afilhada o cansaço e a realização, como se nas últimas horas ela houvesse atravessado a profundidade de muitos anos. "Olha quem chegou", Isa diz com uma entonação similar à de uma criança muito nova; agita de leve o bebê nos braços: gestos e voz que já não são só dela, mas de um uníssono produzido para os dois. Ângela vai até eles, nem percebe ter deixado de cumprimentar os outros. Os olhos dela cheios de Gabriel, enquanto Otávio dá a mão a Regina e Marcelo, achega-se a Isa depois. Ângela assimila também o modo infantil de falar:

exclamações fugazes, que mal formam palavras exatas. Com as mãos sobre o peito, a mulher parece se apequenar, tornar-se do tamanho do menino. Procura os gestos, as expressões, com os quais poderia tocar a fragilidade bela e forte. Toma no colo o bebê, quando lhe é oferecido. Sente o pequeno corpo pleno de um calor plácido, envolto pela coberta branca e macia.

Depois de tantos esforços para recomeçar a própria vida, tem nas mãos uma vida no início. Um ser que nem precisa pensar a respeito de si. O nascimento delicado de um mundo. Ângela observa os pequenos olhos fechados diante dos dela, os cabelos finos como breves rabiscos sobre a cabeça, as feições do rosto em detalhes tão sutis. Quanto você ainda terá pela frente, Gabriel: aprender os nomes de todas as coisas, aprender que algumas delas jamais poderiam ser nomeadas. Saber pouco a pouco como firmar os passos no chão, o caminhar ao longo da vida. Compreender que todos os amores precisam ser constantemente esculpidos e como fazê-lo. Tanta vida para seguir adiante, tantos anos a atravessar. Ângela vislumbra os dias vindouros, tudo que vê é o presente e o futuro prontos a serem iluminados pelo crescimento do menino. O tempo, envolto por brancura e maciez, reata-se ao início do próprio cordão, em um elo infindo.

Os comentários que Isa, Marcelo, Otávio e Regina trocam em conversas ao redor — a respeito dos motivos para terem escolhido esse hospital na capital, da cesárea antes dos nove meses completos, e do aviso à família só posteriormente — passam ao largo de Ângela, cuja atenção está em Gabriel. Ela encosta o rosto ao dele e sente o cheiro que existe somente nos bebês. Inala e exala o perfume de um mundo praticamente intocado. Pelos movimentos dos pulmões do menino, o ir e vir da respiração, Ângela se rege. O braço dele, tão pequeno, estende-se para fora da coberta. A tia-avó segura a mão do recém-nascido, que cabe inteira dentro da dela. "Ele é perfeito" — diz comovida, antes de receber o abraço do marido, que também se aproxima. — "É seu filho, Isa. Ele chegou, está aqui", pronuncia o óbvio para tentar tocar o que nem a mais rara fala alcançaria.

Não pensa sobre tal marca agora, porém, após tantos anos de sofrimento pela perda do filho, é a primeira vez que é dada à luz uma criança tão próxima dela. Há algo no nascimento de um bebê na família que afeta a todos, como nada mais poderia. Um sentimento único, que nunca recebeu nome. Agora recebe: Gabriel. A esse nome corresponderá o novo mar, a se erguer lentamente em Ângela. Outras águas a rebentarem em ondas no interior dela. É bom, tão bom.

A tampa da embalagem é aberta à semelhança de uma pequena porta. Dentro, o porta-retratos enviado por Isa, com a fotografia de Gabriel, naquele primeiro dia. Ângela acaricia com os dedos o vidro que cobre a fotografia, quase capaz de sentir a maciez da pele do bebê, em repouso às cobertas brancas. Ela é tomada pela vontade de estar perto do sobrinho-neto de novo. Mas prometeu a si mesma que hoje não irá à casa de Isa, como tem feito todas as tardes.

Desde que Gabriel nasceu, tem acompanhado de perto as pequenas mudanças que traçam o desenvolvimento dele. Viu os olhos se abrirem pouco a pouco, as pálpebras ainda hesitantes perante um mundo de tantas luzes e tantas sombras; as mãos e os dedos minúsculos a se desenlaçarem em gestos que buscam alguma compreensão da atmosfera ao redor, universo tão diferente da substância anterior: as águas do ventre materno. A voz ainda incivilizada, que se espalha em soluços e murmúrios pela casa. Nenhuma palavra, mas um código em formação que logo será mais traduzível para a mãe. Todos os familiares, mas em especial Isa, Marcelo e Ângela, participam do desdobrar-se constante do menino, como se continuassem a vê-lo em processo de nascer: ainda e sempre a nascer dentro do tempo. A coisa mais maravilhosa.

Mas há muito o que ser arrumado no apartamento novo, mesmo semanas depois da mudança. Em algum momento, é preciso acabar com a procrastinação. Antes de começar a desmontar as caixas, ela cuida dessa nova peça a ser colocada. Vai ao aparador, comprado para a entrada da sala, e reorganiza os porta-retratos no tampo de vidro. A fotografia da formatura de Isa é inclinada a um canto, a do casamento com Otávio um pouco ao outro, e assim se abre espaço à nova moldura, com o rosto adormecido de Gabriel. Ângela o coloca em uma posição de destaque, mas toma cuidado para não encobrir nenhum dos retratos de Felipe. As fotos do filho parecem ainda mais antigas, com as cores esvanecidas e a nitidez bem menor. Pouco importa: a falta que ele faz, e sempre fará, tem contornos muito definidos; permanece através do tempo como qualquer um desses instantes afixados pelas câmeras. A saudade do filho — garoto a reter nas mãos a capa de Super-Homem rasgada, a posar em cima de uma bicicleta, a segurar o volante de um carro — nunca se apaga de todo. Sentimento pousado sobre o tempo, como uma luz plácida a se estender por sua superfície.

Otávio traz as últimas caixas para o centro da sala. O som do pacote tombado ao chão de piso frio desperta Ângela. Ela se aproxima do marido, sentado em uma cadeira deslocada, em frente aos recipientes de papelão. "Pode deixar que eu cuido disso", orienta-o a dar atenção aos reparos que precisam ser feitos nos armários e nas portas. Mal começa a desembrulhar as caixas, o celular dela toca. É Suzana. Depois de conversarem sobre o que tem acontecido, ela apresenta o convite: "Eu queria uma participação sua no evento do Dia da Criança Desaparecida, mês que vem. Para falar sobre esse seu processo de encerramento. Como convidada, uma pessoa de fora. Acho que seria muito bom, seria importante, para outras famílias, ouvir uma perspectiva diferente. E poderia ser bom para você também." Ângela anda em círculos pelo apartamento, nervosa. "Como assim? Você quer que eu diga para aquelas pessoas, que perderam os filhos delas, que eu decidi não procurar mais o meu?" A terapeuta confirma, diz que muitos farão exposições sobre as dificuldades e melhorias possíveis, todo ano se fala sobre isso. Seria interessante mostrar uma abordagem diferente, um contraponto. E Ângela é uma referência, teria algum impacto e seria respeitada. "E acredito que é importante mostrar que a vida pode ter continuidade, que é possível encontrar caminhos por onde seguir se os filhos não forem recuperados.

Existe mais do que só aquelas duas alternativas: ou ter o filho de volta ou a vida acabou. A ideia não é que façam igual a você, necessariamente, mas que se mostre haver outras possibilidades. Se quiser, ajudo com o texto." Ângela pensa que odiaria a mãe que dissesse algo dessa natureza, caso a ouvisse alguns anos antes. Tudo nela se inclina à recusa. A psicóloga insiste: "Eu confio em você, acho que é a única capaz disso. E só peço porque não sei se teremos outra chance como essa, de ver alguém tomar esse tipo de decisão e falar a respeito. Pense por um tempo, não precisa dar a resposta agora." Ela diz que vai pensar, então.

Otávio a encontra ainda com o aparelho na mão, depois de terminada a conversa. Ele pergunta do que se tratou a chamada, ouviu algo sobre o evento. Ângela conta, diz que, nesse momento, nem consegue pensar na hipótese de aceitar. Precisa cuidar das caixas, arrumar a casa. O marido volta para o quarto, com a chave de fenda que havia ido buscar na cozinha. A mulher se coloca na cadeira deslocada, o olhar distante das peças à frente. Não consegue se concentrar, encontrar uma ordem na qual situar tudo. Por fim, decide sair de casa, para desanuviar a tensão da proposta de Suzana. Avisa a Otávio que vai dar uma volta, o convite mexeu demais com ela. O marido a olha com as sobrancelhas erguidas, inclina o rosto à sala desarrumada, como uma forma de interrogação. "Eu não demoro muito. Cuido disso ainda hoje, pode ser? Agora não consigo." Ele assente com a cabeça, volta-se à porta que tenta ajustar, para não mais raspar no chão ao ser aberta.

Ângela sai de carro; o portão do prédio aberto pelo porteiro. Cruza muitas ruas da cidade, muitas dúvidas sobre aceitar o pronunciamento no Dia da Criança Desaparecida. Precisa estacionar, a fim de pensar melhor, de ter um único foco. Ao tentar escolher o local, o pensamento se direciona àquele ao qual esperava não retornar. Decide-se, ruma para longe do centro e chega ao cais atual. Desacelera. O funcionário do porto apita, sinaliza para que ela siga em frente. Passa por ele, pelos navios atracados, chega ao descampado que costumava servir-lhe de estacionamento. Para o carro e ouve, desde então, o ruído branco do mar, das ondas a rebentarem em seu movimento infindo. Ela caminha pela pequena trilha e alcança a faixa de areia. Nos desenhos marcados no chão — por erosões do vento, das chuvas e marés —, já não enxerga as próprias pegadas, como espelhamentos do ir e vir anterior. Chega à plataforma de cimento e se põe ao limite dela. A brisa a perpassar os pulmões é agradável. Diante dos olhos, o mar: a imensidão que parecia não ter fim, cuja margem oposta não se vê, bem como o fundo inalcançável e escuro. Mas o mar também é isso que vem até perto dela e a cerca: essas águas cujo vapor respira, nas quais poderia molhar as mãos ou entrar por inteiro, em poucos passos. O mar também é isso que se põe ao alcance.

Deveria aceitar o convite e dizer àquelas famílias que decidiu encerrar por conta própria as buscas pelo filho? Que o melhor para si foi aceitar a irreversibilidade da perda? É bastante intimidadora a ideia de se expor dessa maneira. Além do mais, sabe que as palavras a serem ditas poderiam atingir outros pais e mães como cacos afiados, voltados contra os que ainda guardavam esperança em reaver seus próprios filhos. A situação dessas famílias é algo muito delicado com o qual se lidar, uma ferida difícil de ser tocada, ainda mais com um gesto tão potencialmente perturbador. Mesmo que fruto de boas intenções.

Coloca-se no lugar das outras mães, avalia como seu pronunciamento poderia ser recebido. Aos poucos, formula outro lado para a história. Ainda que alguém se escandalize — como aconteceria a ela própria, em outro momento —, pode haver ao menos uma pessoa, ainda que seja a única, para quem sua mensagem traga algo benéfico, significativo. Ao longo da própria trajetória, fez falta ter quem lhe desse perspectivas de futuro. Felipe, que era somente passado, tornou-se um porvir absoluto e irrealizado. Que vida ainda poderia haver? Diante de tamanha escuridão, não é estranho que tenha sido tão difícil, tenha demorado tanto, para conseguir dar passos à frente. Como se fosse até mesmo proibitivo. Não deveria ser interdito viver de outra maneira. Ela precisa dizer isso, tanto quanto alguém talvez precise escutar: não pode ser coibida a continuação da vida; nem sequer vexaminosa ou digna de culpa, como uma espécie de pecado contra o deus-filho. Precisa ser possível o amor com outras formas. Talvez essa fala sirva como indicação de que existe alguma maneira, algum direito de mães e pais de filhos desaparecidos seguirem adiante, caso assim queiram, sem estarem todo o tempo presos unicamente à ordem de lutar mais e mais. Poderiam continuar a amar suas crianças, a sentir saudades delas, mas não precisariam se ater somente a isso, como se qualquer outro aspecto da vida — além das buscas e do luto — diminuísse qualquer coisa no elo entre os pais e quem perderam. Porque muitas vezes esse laço não pode ser refeito e é preciso encontrar outro modo de pacificação. Pouco a pouco, Ângela percebe que não odiaria uma mulher que lhe dissesse algo assim.

"Tia?", escuta chamarem-na. A voz de Isa, nesse refúgio onde sempre esteve só. Ângela se volta, surpreendida, vê a sobrinha subir à plataforma, os passos um pouco vacilantes. Como a encontrou? "Eu liguei no seu celular, estava sem sinal. Falei com o tio e ele me disse que talvez você estivesse aqui." Nunca contou a ninguém sobre este lugar, nem ao marido; ignora como ele poderia saber e ter presumido o destino dela. "Você veio dirigindo?", pergunta à afilhada, que responde ter vindo de táxi. Dispensou-o quando viu o carro da tia estacionado, disse que ele poderia ir embora. "E quem ficou com Gabriel?" Isa conta que Marcelo está em casa hoje. "Então, vamos; eu te levo."

As duas tomam o caminho de volta. Ela repara em Isa, enxerga uma transformação sensível. A maternidade alterou até sua postura, o modo de andar. "É a primeira vez que saio de casa desde que o Gabriel nasceu, sabia?" A tia se mostra admirada, pergunta em tom de brincadeira se a afilhada quer fazer algo melhor do que resgatá-la. "Não" — Isa sorri. — "Para falar a verdade, já estou com vontade de voltar. Quer ir para lá, vê-lo também?" Ainda há muita coisa da mudança, prometeu a Otávio e a si própria que terminaria hoje, Ângela diz, em tom de recusa.

No carro, atravessam a cidade até chegar ao prédio de Isa. O caminho é longo, leva tempo o suficiente para a decisão ser refeita: "Ah, vou subir com você, sim. Muita vontade de ver o Gabriel também. Ligo para o Otávio, aviso que vim. A mudança pode esperar." A sobrinha faz um pequeno gesto de comemoração, as duas desembarcam. Enquanto percorrem o jardim no condomínio, Ângela se percebe resolvida a fazer o pronunciamento para o grupo. E diz a Isa que ficou feliz por ela tê-la encontrado, há pouco. Uma tarde comum, mas há algo na luz, que pousa diferente por entre as folhas. A mulher entra em um estado de consonância, como se de repente houvesse harmonia entre ela mesma e as coisas que a cercam. O tempo. Está um dia bonito, tem as pessoas que ama por perto, pode se dar a liberdade de colocar ordem à casa depois, e tem algo a oferecer de si aos outros. A vida provavelmente não manteria tanto equilíbrio por mais de um instante, mas é bom senti-lo, ainda que de forma incontrolável e fugaz, feito o lampejo de um vaga-lume que passa e depois some. Que fura a escuridão. Vibra sob a pele dela uma sensação que não tem nome, mas não é o antigo formigamento. É como a ressonância de uma placidez. De se ter encerrado outro desaparecimento, que não o do filho.

# Posfácio à nova versão

O tempo. Se é um dos temas deste livro a passagem dos anos, dos dias, das horas, e quantas transformações podem se dar nesse percurso, também o próprio livro passa agora a ser outro. Comecei a escrevê-lo há aproximadamente uma década e, finalmente, sinto que o concluo. Mais do que simplesmente uma nova edição — voltada a revisar problemas localizados, enquanto mantém o teor do texto original —, este é um novo tratamento da história. O que faz dela, em algum grau, uma nova história. Por isso, a decisão de categorizar o livro como "nova versão".

Explicar o quanto ela se difere do *Rebentar* anterior é uma tarefa traiçoeira, mesmo para mim. Por um lado, a estrutura, os eventos principais e o narrador são similares: aqui estão o desaparecimento de Felipe na galeria, o processo de encerrar a espera e a busca por parte de Ângela, as presenças das demais personagens, os cenários, como o quarto do filho e o cais abandonado. E devo dizer que me surpreendi, ao revisitar esses lugares e acontecimentos, com o quanto ainda me vi próximo a eles. Senti-me em casa, de certa forma, quando voltei a entrar no lar de Ângela, junto dela.

Por outro lado, espero ser notável a mudança de olhar sobre esses elementos e a forma de manuseá-los, o que levou a novos desdobramentos e, imagino, a uma experiência de leitura bastante diferente. Houve reduções de muitos trechos, o que fez com que o manuscrito diminuísse dezenas de páginas. Porém, no caso de uma ficção, não me parece contraditório dizer que isso a amplia. Provoca maior abertura ao romance, ainda que ele lide com momentos asfixiantes.

Foi adicionado um capítulo inédito — no qual Ângela e Otávio participam de um programa de televisão — e muitas das cenas foram acrescidas ou modificadas, em especial no que toca aos comportamentos das personagens. Nesse ponto, as mudanças deixam de ser mensuráveis com exatidão, mas me parecem ainda mais determinantes. São elas que justificam, para mim, a reconstrução deste romance.

As diferentes reações à irmã ou aos entraves com os quais lida, por exemplo, mostram uma nova Ângela nesta versão; o mesmo vale para Suzana ou Dora, com suas oposições colocadas de formas distintas à renúncia da protagonista; e, por ter tido mais divergências com a esposa, é outro Otávio o marido de Ângela apresentado aqui. Um relacionamento modificado, o dos dois. Eles ganharam, inclusive, um novo passado, se posso me aproveitar das contradições da criação.

Tornaram-se vidas diferentes as deles, portanto. E tem sido uma vida diferente a minha, desde que publiquei a primeira versão deste romance. Esta, a nova, é uma busca por reunir, num outro nível de vínculo — como diz o verso de Caetano, em "Oração ao tempo" —, as renovações no meu olhar, nos olhares das personagens e nos de possíveis leitores e leitoras. *Rebentar* é muito importante para mim, eu tenho amor por essa história. Espero, dessa vez, ter chegado mais perto de fazer jus a ela.

Rafael Gallo, maio de 2023

# Agradecimentos

Minha imensa gratidão, em primeiro lugar, às mães de filhos desaparecidos que se dispuseram a conversar comigo, em especial Vera Lúcia Ranu, da associação Mães em Luta. Também às participantes e colaboradoras da Mães da Sé e do Projeto Caminho de Volta que me concederam seu tempo e atenção, entre as quais destaco Cláudia Fígaro-Garcia e Gilka Gattás. Esta história não poderia ter sido escrita sem tamanha contribuição.

Agradeço às pessoas envolvidas na feitura e publicação deste livro, em especial ao Grupo Editorial Record, a Rodrigo Lacerda, Duda Costa, Sara Ramos, Nádia Maria e Wilian Olivato. Também a quem me ajudou com o texto ou outros conhecimentos necessários à narrativa, com destaque para Adriana Lisboa, Maurício de Almeida, Flávio Izhaki, Henrique Rodrigues e Fausto Picelli. João Anzanello Carrascoza faz parte da confecção tanto do livro, por ter assinado a orelha, quanto do texto, por seus ensinamentos preciosos em conversas e através de seu trabalho autoral.

Muito obrigado a quem colaborou para a trajetória de *Rebentar*, desde a primeira vez até esta nova versão. Em especial a Babi Zanda, a Lia Pinto, ao Prêmio São Paulo de Literatura, ao Prêmio José Saramago e a cada leitor e leitora.

Este livro foi composto na tipografia Arno Pro,
em corpo 11,5/16, e impresso em papel off-white
no Sistema Digital Instant Duplex da
Divisão Gráfica da Distribuidora Record.